LUNA DE MIEL, QUESO Y CACAHUATES

JOSÉ
ENRIQUE
MIER Y TERÁN
MEDINA

Para la mujer de mi vida, de mi corazón y de mi felicidad.

"Nuestra vida es un camino. Uno decide si lo camina solo o acompañado. Feliz o triste. Lento o rápido. No importa adónde llegue ese camino, lo importante es disfrutar la travesía."

– Proverbio Chino

Una explosión hizo que los tres brincaran del susto.

El sonido intermitente de la alarma empezó a dominar toda la cabina.

La enorme hélice del motor en la nariz de la avioneta giraba en llamas, crujiendo de dolor y agonía. El humo negro nublaba toda la vista.

– ¡No podremos aterrizar! ¡No veo nada! –gritó el piloto. – ¡Agarren los paracaídas de atrás! ¡Voy a tener que subir lo más alto que pueda para que podamos brincar!

Ella empezó a llorar.

Él agarró rápidamente las tres mochilas de la parte de atrás y le empezó a poner el paracaídas a ella.

– ¡Tranquila! ¡Tranquila! –le ordenó.

– ¡No puedo hacerlo! ¡No puedo hacerlo!

– ¡Sí puedes! ¡Escúchame! ¡Vas a tirar de esta cuerda! ¡Primero estabilízate, poniéndote horizontal y luego vas a tirar…!

– ¡No puedo hacerlo! –gritaba ella de nuevo en llanto.

– ¡Escúchame! ¡Concéntrate! ¡Tienes que estabilizarte antes de jalar la cuerda!

– ¡Ustedes necesitan brincar primero! ¡Luego yo me pondré mi paracaídas y brincaré! –gritó el piloto de nuevo. – ¡Cuando te indique, abre la puerta!

Él se puso rápidamente el paracaídas y le pasó la mochila del tercer paracaídas al piloto.

– ¡Tienen que brincar! ¡Ahora! ¡Abre la puerta! –gritó el piloto.

Él abrió la puerta y la acercó bruscamente. Antes de empujarla se miraron a los ojos. Milésimas de segundo, donde los ojos fundidos en lágrimas de ella se abrazaban con los ojos fundidos en adrenalina de él.

Y él le dijo…

1

– Hola, bella durmiente. –dijo Jose, cerrando su libro.

– ¿Cuánto falta? –preguntó Andrea, ligeramente incorporándose, quitando el suéter que tenía entre el hombro de Jose y su cabeza.

– No mucho. Espero. Ya se me entumieron las piernas. –dijo Jose, moviendo las piernas un poco.

Andrea volvió a acomodar el suéter y cerrando los ojos intentó regresar a su sueño.

Jose miró por la ventana. Todo negro. Todo oscuro.

Agarró su libro y lo abrió en donde estaba el marcador.

– "Nah, ya no tengo ganas de leer…" –pensó, y cerró el libro.

Volvió a ver por la ventana.

Estaba feliz. Al fin, después de tanto tiempo, pudo subirse a un avión junto a Andrea. A pesar de estar súper entumido, estaba feliz de que su Luna de Miel iba a ser algo sumamente divertido, romántico y aventurero.

– "Estimados pasajeros, su atención por favor." –dijo la aeromoza por las bocinas, en inglés – "Les informamos que breves momentos estaremos descendiendo. Por favor, nuestro personal pasará por los pasillos para recoger cualquier basura que usted puede tener. Muchas gracias y que siga disfrutando el vuelo."

Jose sonrió y observó la ventana de nuevo.

– Cha cha cha chan… –susurró. – ¿Estás lista para nosotros, China?

– Tú sigue a todos. –dijo Jose, mientras iban caminando saliendo del avión en el enorme aeropuerto de Shanghái.

Los letreros estaban en su mayoría en chino. Uno que otro tenía un texto en inglés o algún símbolo que daba el indicio de algo conocido.

Pero desde que se bajaron del avión, no encontraban el símbolo o texto que los llevara a buscar sus maletas.

– Jose, se están separando todos. ¿A quién seguimos? –preguntó Andrea.

Jose levantó la mirada en busca de algo… o alguien.

– ¡Ahí! ¡Hay un oficial! –exclamó.

Con sus maletas de mano arrastrándolas, se dirigieron a un oficial que estaba junto a un acceso.

– Excuse me Officer, do you speak english? –preguntó Jose.

– Yes, how can I help you? –contestó el oficial con acento chino.

– We are looking for our bags. Our suitcases. Where can we retrieve them?

– You will find your luggage down the hall, all the way to the end.

– Thank you so much! –le contestó Jose y empezaron a caminar.

– ¡Está enorme este condenado pasillo! –exclamó Jose.

– Sí, pensé que estaba más cerca –comentó Andrea.

Cuando al fin llegaron hasta el final del pasillo, giraron a la derecha y se veían las miles de bandas transportadoras de equipaje.

– Bueno, el lado positivo es que encontramos las bandas transportadoras. –dijo Jose.

– No hay lado negativo. Estamos de Luna de Miel. –dijo Andrea.

Ambos se miraron, sonrieron y jalando sus maletas caminaron hacia las bandas.

Caminaron por una, dos, tres, cuatro… quince, dieciséis, diecisiete… treinta y uno, treinta y dos, treinta y tres…

– ¡No manches! ¡Ya sólo faltan esas cinco y están vacías! ¡No puede ser! –exclamó Jose.

– ¿Y qué dicen esas cinco? –comentó Andrea.

– Todo está en chino. Saquemos nuestro celular para que lo traduzca.

Jose sacó su celular y lo encendió.

– No hay internet, no puedo usar el traductor de Google. –comentó Jose.

– Saca el librito. –dijo Andrea.

Jose sacó un pequeño librito que estaba en su maletín de mano. Un libro traductor español-chino.

– Lo que podemos hacer es ver los números de vuelo. Ya que aquí los muestra en números chinos, así buscaremos la banda.

Juntos caminaron por las últimas cinco bandas.

– No, ninguna de estas cinco es… –comentó Jose – pues regresemos jajaja.

Caminando de vuelta y en cada banda iban verificando si los números coincidían con su número de vuelo.

– ¡Ese hombre estaba en nuestro vuelo! –exclamó Andrea, señalando la banda que estaba a dos bandas de donde Jose estaba checando el número.

Se acercaron a la banda y vieron que efectivamente había unas cuantas caras familiares.

– ¡1871! ¡Sí, este es nuestro vuelo! ¡Nuestra banda! –exclamó Jose.

Ambos se abrazaron de felicidad e hicieron un mini-festejo.

Obviamente los demás pasajeros se alejaron un poco de ellos, al notar ese "festejo" tan raro.

Agarraron sus dos enormes maletas y empezaron a… preguntarse dónde era salida.

Después de 15 minutos preguntando y caminando, encontraron la salida.

– Good afternoon, I will like a taxi, please. –dijo Jose a una empleada dentro de un cubículo que decía "Taxi".

– Where are you going? –dijo la empleada, con un tono seco pero amigable.

– Xen… Xenhu.. Xenhuit…?

– Xenxuigenzhui! Two hundred dollars!

Jose sacó el dinero y pagó el taxi.

Salieron juntos del aeropuerto hacia la sección de taxis y vieron una enorme línea de gente con equipajes.

– Excuse me, is this the line for the taxis? –preguntó Jose a uno de los turistas.

– Taxi, yes. Taxi. –dijo el turista, dando evidencia de que no domina para nada el inglés.

Se pusieron en la línea y esperaron. Una hora después de que la enorme línea se haya agotado y finalmente les tocara a ellos subir, entraron al coche.

– Hello! To the Xen… Xenhui…! –comentó Jose, aún esforzándose por decir bien la ciudad.

– Xenxuigenzhui! –dijo el taxista, poniéndose unos lentes redondos.

– Yes! That! Please!

El taxista contestó algo en chino. Algo que ni Dios pudo haber entendido de seguro.

Jose y Andrea se miraron mutuamente.

– Do you speak english? –le preguntó Jose.

El taxista les contestó en chino.

Jose y Andrea se miraron de nuevo, con una mirada de "Verdes, no habla inglés" pero combinada con "No manches, esto va a estar muy interesante jajaja".

El taxista no esperó respuesta. Sacó la mano, le gritó algo a los otros taxistas y el coche avanzó a toda velocidad.

Jose y Andrea se pusieron el cinturón rápidamente y rieron.

– Este loco sí que maneja agresivo. –dijo Jose.

– Me da mala espina. –dijo Andrea.

– Tranquila, a lo mejor así manejan todos en China.

– No me preocupa que maneje así. Me preocupa que maneje así durante las ocho horas de camino a la ciudad.

– Tranquila, tú duerme y vas a ver que va a pasar volando el tiempo.

Andrea sacó un suéter de su mochila de mano, adoptó su posición favorita donde se recuesta en el hombro de Jose y se dispuso a dormir.

Jose no pudo dormir.

La forma de manejar del taxista lo tenía alerta. Además, quería conocer la ciudad de Shanghái. A pesar de ser una enorme ciudad llena de gente, tenía cierto aire atractivo.

Al cabo de unos minutos, Andrea se incorporó.

– Imposible dormir con este taxista. –dijo.

– A lo mejor cuando salgamos a carretera ya será más fácil. Disfrutemos la ciudad.

Se acomodaron y observaron por la ventana.

Miles. Miles. Miles de personas. Todas las calles estaban llenas de personas. Como si de verdad no hubiera una cuadra donde no haya gente.

Observaban los enormes edificios, elegantes y llenos de arquitectura extravagante.

Letreros de publicidad a cada metro, miles de letras chinas en todos lados.

El taxista prendió la radio.

Un locutor hablaba chino con un tono agresivo. Luego hablaba una mujer. Entablaban un diálogo similar a una entrevista o una mesa de opiniones.

El taxista cambió de estación y puso una canción leve. Una canción que claramente era de origen chino, con cuerdas, sonidos tipo zen y flautas.

– Esto sí que es música china. –dijo Jose, feliz.

En eso, el taxista vuelve a cambiar de estación y pone una clase de música tipo china, con gritos femeninos (o masculinos con voz muy aguda) y un ritmo bastante… peculiar.

El taxista empezó a agitar el brazo, emocionado por la canción.

Jose volteó a ver a Andrea, mostrándole su cara de tristeza de que hayan cambiado de estación.

– Jajaja ¡Ay Gogo! –dijo Andrea con una risa, y se recostó sobre su hombro.

Ambos, siguieron viendo por la ventana.

Las canciones siguieron fluyendo, y la ciudad parecía nunca acabar.

Una que otra canción hacía que el taxista baile.

Jose y Andrea veían la ciudad con ojos de interés, de curiosidad.

Estaban impresionados de la cultura completamente distinta a la que hay en México. De la cantidad de gente que podía haber en una ciudad.

2

Dos meses antes

Un número extraño llamaba a Jose.

Dudó contestar.

En su oficina a veces es difícil platicar con alguien cuando marcan a su celular personal.

– "Nah, hay que arriesgarse…" –pensó Jose, contestando. – ¿Bueno?

– ¿Jose?

– Sí, buenos días. ¿Quién habla?

– Hola, Jose. Soy tu tío Armando.

– ¡Hola, tío! ¿Cómo estás? ¡Qué alegría saber de ti!

– Hola Jose, estoy muy bien, muchas gracias. ¿Te interrumpo? – preguntó Armando.

– No tío, dime, te escucho. ¿En qué puedo servirte?

Jose se levantó de su lugar y salió de su oficina, para tener más privacidad.

– Jose, fíjate que tengo algo muy importante que decirte. –dijo Armando. – Te cuento que tu tía Gaby y yo teníamos un viaje programado para China en Octubre. Tu tía Gaby me contó que te casabas en Octubre, pero como ya habíamos reservado el viaje desde hace un año, con la pena del mundo íbamos a tener que faltar a tu boda. Pero Dios nos ha cambiado los planes. Tu tía se ha sentido un poco mal con unos ligeros dolores de la cabeza. Hemos ido al doctor y nos informó que se debe a un tipo de migraña que acaba de emerger. Ya está tomando el tratamiento, pero le ha negado viajar en avión por seis meses. Le conté de nuestro gran viaje a China y nos dijo que es muy riesgoso que vaya.

La verdad, pensábamos cancelar todo. Incluso marqué a todos los hoteles, boletos de avión y todo lo que ya habíamos reservado, pero al cancelarlo, perderíamos el 90% de lo que nos costó. Y por eso, de perderlo todo al ir, a perderlo todo pero que alguien más lo use, nos gusta más donárselo a alguien…

Del otro lado del teléfono, Jose estaba muy nervioso. Su corazón empezó a latir más rápido.

– Hablando con nuestros hijos, ninguno de ellos puede realizar ese viaje. Entonces estuvimos pensando en qué otras opciones hay.

Tu tía Gaby me recordó que te casabas en Octubre y pensamos que sería un buen regalo de bodas que ustedes dos tuvieran la oportunidad de hacer este viaje que nosotros nos moríamos de ganas de hacer…

Jose estaba sin palabras.

– Tío… qué grandes noticias… –dijo Jose, totalmente sin aliento, con aire sorprendido.

Armando sintió su "shock".

– Sí, tranquilo. Sé que es una noticia bastante abrumadora e inesperada, sobre todo si faltan dos meses para tu boda. Sospecho que ya tenías tu Luna de Miel lista. Mira, ¿qué te parece si nos vemos para platicar esto con calma? Te explico lo que queremos regalarte y nos cuentas si estás interesado o no.

Jose seguía sin aliento. Su corazón brincaba emocionado.

– ¡Claro, tío! ¿Cuándo deseas vernos?

– ¿Hoy en la noche, puedes? En mi casa, como a las 9:00pm. – preguntó.

– ¡Claro tío! ¿Puede ir Andrea igual?

– ¡Claro! ¡Tiene que ir Andrea! No creo que le guste que tomes la decisión solo. Después de todo, las mujeres son las que mandan jajaja ya lo vas a ver en tu matrimonio jajaja. –dijo Armando, con un tono muy alegre.

– Jajaja es verdad. ¡Muchas gracias, tío! ¡Nos vemos en tu casa a las 9:00pm! ¡En serio, muchas gracias!

– No digas gracias aún. Primero vamos a platicar. Capaz de que no les interesa jajaja.

Jose río de nuevo. Imposible que no le interese. ¡China! ¡La cultura que tanto le gustaba!

– ¡Muchas gracias, tío!

– Dale, dale. Nos vemos en la noche. ¡Un abrazo! –comentó Armando y colgó.

Jose se quedó ahí. Quieto. Con el teléfono en la mano. Sudor empezó a salir de su frente. Sudor no por calor, sino por emoción. Podía escuchar su propio corazón. Sentir sus latidos en cada centímetro de su cuerpo.

– ¡Waaaaaaaaaaa! –gritó, no tan fuerte pero si sacando toda la emoción y adrenalina que se había acumulado en toda la llamada.

Agarró su celular y le marcó a Andrea.

…y no contestó.

Volvió a marcarle.

…y no contestó.

Le marcó a Rosita.

– ¿Hola?

– ¡Rosita! ¿¡Estás con Andrea!?

– Sí, está aquí conmigo viendo unas cosas.

– ¿Me la puedes pasar, por favor? ¡Me urge! –exclamó Jose, con aire de emoción.

– ¿Hola? ¿Gogo? –preguntó Andrea. – ¿Te puedo marcar en unos minutitos? Estamos viendo unas cosas…

– ¡Andrea! ¡Andrea! ¡Me urge hablar contigo! ¡Deja lo que estás haciendo! ¡Me urge hablar contigo!

– Caray, cálmate, tranquilo. Está bien. Espera, voy a salir.

Jose espero unos segundos a que Andrea salga de su oficina.

– Ya, ya estoy afuera. ¿Qué pasa, estás bien?

– ¡Andrea! ¡No vas a creer lo que me acaba de pasar! –exclamó Jose. Le contó toda la llamada telefónica con su tío Armando, de principio a fin, con todos los detalles que recordaba en su tan mala memoria.

– Verdes... –dijo Andrea, al entrar de nuevo a su oficina.

– ¿Qué pasó? ¿Andrea, estás bien? –le preguntó Rosita.

– No van a creer lo que acaba de pasar… –dijo Andrea, y les contó todas las que estaban en su oficina lo que le dijo Jose.

– ¡No manches! ¡Son excelentes noticias! –exclamó Rosita.

– ¿Pero y tu Luna de Miel? –preguntó Jimena. – ¿No ya habías pagado algo, o todo?

– Sí. Ya habíamos pagado casi todo.

– ¡Pero es China! –dijo Rosita.

– Sí, hoy que platiquemos con su tío, veremos qué sucede. –dijo Andrea.

– ¡Hola, bienvenidos! –dijo Armando, abriendo su puerta principal.

– ¡Hola, tío! ¡Buenas noches! –dijo Jose.

– Pasen, pasen.

Caminaron hacia una elegante sala, donde se encontraba su esposa.

– ¡Hola, tía! ¡Qué gusto verte!

– ¡Hola, Jose y Andrea! ¡El gusto es mío! Tomen asiento, están en su casa. –contestó.

– Bueno, iniciemos con lo bueno… –dijo Armando, sacando una enorme carpeta con muchos papeles.

– Tía, lamento mucho lo de tu migraña. –dijo Jose.

– No te preocupes, Jose. Muchas gracias. Hay veces que uno planea, pero Dios es el que decide nuestro camino. Esperemos que se me quite y no sea algo peor. –dijo la tía con una sonrisa.

–Miren. Este viaje lo estuvimos planeando hace un año tu tía y yo. Iba a ser nuestro último viaje "aventurero" al estilo luna de miel que íbamos a tener, aunque creo que vamos a tener que planear otro jajaja. –dijo Armando.

Los cuatro rieron.

– El "aventurero" lo dice por la duración del viaje… –comenta la tía.

– Y también lo digo por lo lugares que pensábamos visitar, eh… –dice Armando – Les cuento cuál era el itinerario:

    1. Vuelo de Mérida al D.F. y luego del D.F. a Shanghái.

2. Tres noches en el Hotel Viceroy Xenxuigenzhui con un paquete todo incluido en alimentos y bebidas. Incluye también un tour a las Minas Yuhi.

3. Tres noches en el Hotel Mandarin Guizhou, con paquete todo incluido en alimentos y bebidas. Incluye tres tours a escoger.

4. Vuelo de Guizhou a Chongqing.

5. Cinco noches en el Hotel Mandarin Chongqing, con paquete todo incluido en alimentos y bebidas, $500.00 dólares en SPA y dos excursiones a escoger.

6. Vuelo de Chongqing a la Montaña Xiuli.

7. Diez noches en el Templo Xiuli.

8. Vuelo de la Montaña Xiuli a Shanghái.

9. Dos noches en el Hotel Ritz Carlton Shanghái, paquete todo incluido.

10. Vuelo Shanghái a Xu.

11. Una noche en el Hotel Rein Xu.

12. Excursión "Conoce la Muralla China", paquete todo incluido. Recorrido caminando por la Muralla China.

13. Tres noches en el Hotel Gunzu Boutique, paquete todo incluido y dos cortesías en el SPA.

14. Vuelo de Gunzu a Shanghái.

15. Tres noches en el Hotel Mandarin Shanghái, paquete todo incluido.

16. Vuelo de Shanghái al D.F. y luego del D.F. a Mérida.

– Wow… –dijo Jose.

– Sí, está bastante interesante, ¿verdad? –dijo Armando con una sonrisa.

– Verdaderamente iba a ser una aventura. –dijo Gaby, tomando la mano y sonriéndole a Armando.

– Bueno, pues profundicemos. –dijo Armando. – Es casi un mes. Treinta y cuatro días para ser exacto, si contamos los días de vuelos. Pero primero lo primero… ¿Qué día se casan?

– 3 de Octubre del 2015 –dijo Jose.

Armando y Gaby se miraron y luego rieron.

Andrea y Jose se miraron mutuamente, con cara de duda.

– ¡Creo que es el destino! ¡En serio creo que es el destino! –exclamó Armando, entre risas. – Miren, la situación es la siguiente: Podremos cambiar de nombres en casi toda nuestra Luna de Miel. Hemos perdido ciertos vuelos o transportaciones porque no aceptan cambios de nombre ni devoluciones. De hecho, ni los hoteles ni los aviones nos dejaban reembolsar nada. Pero sí nos dejan cambiar de nombres. No nos dejaban ni cambiar de fecha.

– ¡Bueno, Armando! ¡Ya diles! ¡Se están muriendo de curiosidad! – exclamó Gaby con una enorme sonrisa.

Amando rió de nuevo y continuó.

– Bueno, bueno. Les cuento que el vuelo estaba programado… ¡Para el lunes 5 de Octubre!

Jose y Andrea se miraron mutuamente de golpe, con una enorme sonrisa. Era evidente el salto enorme que acababa de darles su corazón, llenando sus cuerpos de felicidad.

– ¡Wow! –exclamaron ambos.

– ¡Sí, lo sé! ¡Qué enorme casualidad! –exclamó Armando. – Pensé que su boda era a mediados de Octubre, por lo que íbamos a tener que faltar. Ahora ya podremos ir y ustedes podrán ir a nuestro viaje.

– Espera, Armando. No los presiones. –dijo Gaby. – Todavía no hemos analizado bien todo.

– Es verdad, es verdad. Perdonen. –dijo Armando. – Bueno, veamos detalles. Todos los aviones que mencioné, sólo es cambiarle los nombres. Los hoteles también hay que cambiarles los nombres. Lo único que tienen que comprar es la transportación de Shanghái a Xenxuigenzhui. Ahí habíamos pagado una avioneta, pero no nos dejaban cambiar los nombres. Se pueden ir en taxi o en avioneta. En taxi está como a ocho horas y en avioneta está a cuatro horas. Pero eso es lo de menos. Todo lo demás (comidas, excursiones, etc.) ya está pagado.

Las caras de felicidad en los rostros de Jose y Andrea eran más que evidentes.

– Miren, éstas son algunas fotos de los hoteles, lugares y excursiones que harían en este viaje –dijo Armando, mostrándoles unas fotos impresas.

– ¡No manches! ¡Qué belleza! –exclamó Jose, al ver una foto de un hotel fascinante, con adornos extravagantes en el techo, similares a plantas cristalinas.

– ¡Qué padre! –comentó Andrea, al ver la foto de la vista del balcón del cuarto, hacia unas enormes montañas bajo la neblina suave y delicada.

– Sí, la verdad es que todos los hoteles son de cinco estrellas diamante. La mejor calidad. Tu tía y yo pues… –dijo Armando, mirando a Gaby. – …tenemos buenos gustos a la hora de elegir hoteles jajaja.

Los cuatro rieron.

Armando siguió mostrando las fotos a Jose y Andrea, mientras ellos se maravillaban de tantas bellezas que existían en ese país tan exótico. Después de unos treinta minutos platicando, riendo y viendo las fotos, finalmente se acabaron las fotos impresas.

– Bueno chavos, pues eso es todo. Miren, sabemos que esta decisión es muy importante para ustedes y no la pueden tomar a la ligera. Que lo piensen y luego nos informan de su decisión. –dijo Armando, y luego abrazó a Gaby. – La verdad, será un honor que ustedes utilicen este viaje para su Luna de Miel, pero si por alguna razón no pueden, no hay problema, no nos vamos a molestar jajaja.

Los cuatro rieron.

– Tío y tía, de verdad muchísimas gracias. De verdad. –dijo Jose, – Estamos infinitamente agradecidos por tan maravilloso regalo y viaje que nos han venido a ofrecer. De verdad que no tenemos palabras. Hablaremos, analizaremos y platicaremos lo más pronto posible sobre esto para tenerles una respuesta máximo hasta mañana, para que ya podamos seguir con los cambios de nombre, en caso de aceptarla. En caso de negarla, para que ustedes puedan encontrar a otra persona para regalársela.

– ¡Excelente! ¡Ahora a cenar! –exclamó Armando.

– ¿Cenar? –preguntó Jose.

Armando y Gaby rieron.

– ¡Claro! ¿Qué acaso pensaban que iban a venir a nuestra casa y no les íbamos a ofrecer algo de tomar y comer? –dijo Armando con una enorme sonrisa.

Pasaron al comedor y un enorme banquete les esperaba en la mesa. Langosta al ajillo, camarones empanizados con coco, chuletas de cerdo a la barbacoa y muchos otros platillos exóticos.

Cenaron riendo, compartiendo más experiencias y tomando vino (los tíos) y agua (Jose y Andrea).

La noche acabó, se despidieron de ellos y la pareja de futuros casados se separó y cada uno fue a su casa para contarle a su familia la gran noticia que les dejó esa junta tan memorable.

– Bueno, ¿entonces qué plan? –dijo Jose, mientras se sentó en la sala naranja de la casa de Andrea, al salir de su trabajo.

– Mis papás me sugieren tomar el viaje a China. Es una oportunidad de oro y me dicen que vale la pena sacrificar Costa Rica.

– Mis papás también opinaron eso. –dijo Jose. – Y en cuanto a perder todo, estuve averiguando y el Hotel Andaz Costa Rica nos regresaría toda la reservación. Por ser dos meses antes, no hay penalidad. Los boletos de avión a Costa Rica nos regresarán los puntos de Aeroméxico, pero no los impuestos que pagamos.

– ¿Y si le donamos nuestra Luna de Miel original a alguien? Así como tu tío nos regaló este viaje. –comentó Andrea.

– Pues también las noches en el Hotel Grand Velas Riviera Maya nos las iban a cancelar y podríamos usarlas para luego…

– Chispas, –dijo Andrea. – entonces no nos fue tan mal. Sí pudimos cancelar la mayoría.

– Sí. Nos ayudó que pagamos tarifas normales. Las tarifas en promoción son las que no te reembolsan ni se aceptan cambios, como le pasó a mi tío Armando.

– ¿Entonces qué? –preguntó Andrea – ¿Cancelamos Costa Rica y nos vamos a China?

Jose sonrió.

– ¡Ni hao! –gritó.

– ¿Ni de loco?

– "Ni hao" significa "Hola" en chino mandarín. –dijo Jose. – Mi punto es que… ¡Nos vayamos a China! ¡Yuju!

Jose se levantó del sofá y empezó a hacer un baile sumamente vergonzoso, descoordinado y horripilantemente bobo.

Andrea rió.

– ¡Sí, China! ¡Ni yao! –exclamó y se levantó a bailar lo más raro que pudo.

La hermana de Andrea pasaba por ahí, cuando los vio bailando de esa forma.

– Caray, y luego dicen que no son raros. –dijo a sí misma.

– ¿Ya le avisaste a tu tío? –preguntó Andrea.

– Sí. El jueves vamos de nuevo a su casa. Mañana van a hacer los cambios de nombre a todas las cosas. El jueves ya nos van a dar toda la documentación.

– ¿Y qué pasó con tu trabajo?

– Pues le expliqué a mi jefe la situación. Al principio obviamente me lo negó. Pero al darse cuenta que no había otra opción, tuve que intercambiarlo por trabajos en puentes del siguiente año, unos cuantos días de Navidad y de preferencia conectarme a Internet cuando tenga oportunidad en nuestra Luna de Miel, por si hay pendientes que tenga que resolver. –dijo Jose.

– Caray, pensé que no te lo iban a dar.

– Es que no había otra opción. Creo que en otras palabras di a entender que o me lo daban, o iba a tener que renunciar.

– Pamplinas, ¿tan así? –comentó Andrea, sorprendida.

– No, obvio no iba a renunciar. Pero sí quería dar a entender que este viaje sí lo teníamos que hacer. Al final sí me lo dieron de buena gana. De hecho, me deseó mucha suerte y me dio un día extra cuando regresemos, para que descanse del Jetlag.
– ¡Estupendo! ¡Vaya, qué buenas noticias hemos tenido esta semana!
– Sí, ha sido la semana más intensa que hemos tenido jajaja y aún no hemos terminado –dijo Jose, y con su cuchara, se acabó el resto del frappé que le quedaba.

3

Andrea se incorporó.

Su movimiento despertó a Jose.

– ¿Ya llegamos? –preguntó.

Jose, abriendo los ojos lentamente debido a que la luz le parecía cegadora, observó la ventana.

– No tengo ni la menor idea jajaja.

Jose se acercó un poco al taxista. Ya había apagado la radio, creo que al darse cuenta que ambos se pusieron a dormir.

– Disculpe, ¿ya estamos…? –Jose se detuvo y empezó a reírse.

– ¡Bobo! –exclamó Andrea. – ¡No habla español!

Ambos empezaron a reírse.

– ¿Y cómo rayos le voy a preguntar? Ni inglés, ni español. Y nuestros celulares no sirven con el traductor.

– Intenta con el diccionario. –comentó Andrea.

Jose sacó el librito.

– Ni yao xuhu ghen zhi yu… –empezó a decir.

El taxista ni volteó. Seguía viendo su camino.

– ¡Ni hao! –exclamó Jose.

El taxista levanto los ojos por el espejo retrovisor, pero luego volvió los ojos hacia el camino.

– Creo que ni habla chino jajaja. –dijo Andrea.

– Niii… haaa…ooo… –dijo Jose nuevamente.

El taxista, de nuevo, lo ignoró.

– Wow. Me está ignorando o de plano lo estoy pronunciando mal. – dijo Jose.

– A ver, déjame intentar. –dijo Andrea. – ¡Ni hao!

Pero nada. El taxista concentrado en la carretera.

– Zta turu Chani Ouh Zhi Hun Do –dijo Jose a Andrea.

Andrea lo miró con cara de "¿Qué rayos haces?".

– Pues si no nos entiende ni en español, inglés o chino, mi "chino" inventado le parecerá también un idioma extranjero. –dijo Jose. – ¿Zhu Wan Ma?

Andrea rió.

– Chung Ching Ghan Chu Ching… – contestó Andrea.

– ¡Zhaaam chen ziu tsa chuuung chui tzuhu! –exclamó Jose.

– Chiiiing chaaaang chu chi chi zung… –contestó Andrea.

Ambos empezaron a entablar una clase de conversación, cambiando los tonos y haciendo muecas.

– ¡Tā mā de bì zuǐ! –gritó el taxista furioso, rompiendo bruscamente el "diálogo" que llevaban Jose y Andrea. – ¡Bù, wǒ huì jìxù fúyòng tāmen! ¡Wǒ bù huì ràng wǒ de lèqù!

El taxista empezó a bajar drásticamente la velocidad.

– ¡Jose! ¿¡Jose, qué pasa!? –exclamó Andrea.

– ¡No sé! ¡No sé! –contestó Jose, agarrando su librito rápidamente.

El taxi se detiene por completo, a un costado de la carretera.

Andrea observa por la ventana. Bellísimo paisaje. Una enorme pradera, verde como la esmeralda, rodeada de frondosas montañas. La carretera vacía. Ningún poste de electricidad, ni letrero, ni coches.

– ¿¡Hui… fa… sheng… shen… me!? –preguntó Jose, titubeando ("¿¡Qué sucede!?").

El taxista se bajó bruscamente de su asiento, hablando unas palabras chinas en voz baja, claramente furioso, obviamente insultos.

El taxista caminó hacia la cajuela, la abrió y sacó las maletas de Jose y Andrea con una agresividad bastante exagerada.

– ¡Hey! ¿¡Qué te sucede!? –exclamó Jose. Esta vez, ya pudo sentir la adrenalina y la ira empezar a brotar.

– Jose, tranquilo… –dijo Andrea.

El taxista abrió la puerta de Andrea y les empezó a gritar cosas en chino.

– ¡Hey! ¡Hey! ¡Cuidadito la tocas, maldito! –exclamó Jose, un poco alterado.

Andrea se arrimó hacia Jose, mientras él la protegía con sus manos.
El taxista seguía agarrando la puerta, haciendo ademanes de que se
salieran del taxi. No dejaba de gritarles claramente la misma palabra
china.

– ¡Xiàlái! ¡Xià chē! ¡Xiàlái! –exclamaba.

– Jose… ¿Nos va a hacer algo? –comentó Andrea, con un ligero toque
de temor.

– Vente, salgamos por la otra puerta.

Jose abrió la puerta del otro lado y salieron.

– Ponte detrás de mí. –le dijo Jose.

El taxista, acercándose por la cajuela, les gritó otras palabras en
chino, les hizo un ademán que claramente era un insulto y empezó a
dirigirse a su asiento de conductor.

Usando a Jose de escudo, ambos se fueron acercando a la cajuela,
viendo que efectivamente sus maletas estaban en el suelo, tiradas.
El taxista encendió el coche.

– ¡Hey! ¡Hey! ¿¡Qué demonios pasa!? ¿¡Qué te pasa!? –exclamó Jose.
Pero el taxista, acelerando y sin aviso, echó a andar el taxi.

– ¡Hey! ¡Espera! ¡Espera! ¡No nos puedes dejar aquí! ¡Hey! ¡Hijo
de…!

Y en breves segundos, el taxi ya estaba a kilómetros de distancia. El
polvo que sacó su brusco acelerón hizo que Andrea y Jose tosieran un
poco.

– ¿¡Qué rayos acaba de pasar!? –exclamó Jose.

Andrea se acercó y le dio un fuerte abrazo a Jose por detrás.

Jose sacó el aire que tenía dentro. La frustración. La ira. La
adrenalina. Todo se fue desvaneciendo con ese abrazo. Se volteó y
abrazó a Andrea.

– ¿Qué vamos a hacer? –preguntó Andrea, después de un largo abrazo
en silencio.

Jose se empezó a reír.

– ¿Gogo? –preguntó Andrea, mientras dejó de abrazar a Jose para
verlo. Jose seguía riéndose. – ¿De qué te ríes?

– Jajaja es que me da mucho risa que hace tres minutos todo iba bien, y como que el taxista hizo ¡SNAP! y nos bajó jajaja.

– No entiendo. ¿Por qué da risa eso? Estamos en medio de la nada. ¡De la nada!

– Sí, es verdad. –dijo Jose, ya poniéndose serio de nuevo. – Aunque por otro lado, estamos en una carretera. De seguro algún otro coche pasará por aquí y le pediremos "aventón".

– ¿Aventón? No. No sé. ¿No es peligroso? ¿Y si nos topamos con alguna persona que en vez de ayudarnos nos secuestra o nos roba todas nuestras maletas?

– Creo que vale la pena ese riesgo que a caminar de aquí hasta la ciudad arrastrando las maletas, ¿no? –comentó Jose.

– No sé…

– Bueno la verdad es que yo tampoco. Tu punto también es bueno… Ambos se quedaron breves momentos en silencio, pensando.

– ¡Ya sé! –exclamó Jose. – Vamos a ponernos en un lugar estratégico donde podamos ver al coche que se acerque. Si vemos que es un coche con alguien bueno, nos acercamos a pedirle aventón. Si vemos que es un coche potencialmente peligroso, nos quedamos sin pedir aventón.

Andrea lo pensó por unos cuantos de segundos y luego accedió. Analizaron el terreno. El lugar donde estaban. Caray, todo era una enorme planicie. Bellísima, verde y con olor a viento fresco, pero sin árboles o lugares estratégicos.

– Creo que vamos a tener que caminar un poco. –dijo Jose.

– ¿Recuerdas cuánto tiempo pasó después de que pasáramos el poblado anterior? –preguntó Andrea.

– No, perdón. Estaba profundamente dormido. Podría estar cerca o lejos.

– ¿Y el siguiente poblado? ¿Estará cerca? –dijo Andrea.
Ambos pusieron cara de pensativos y miraron a ambas partes de la carretera.

– Entonces… ¿Hacia qué lado de la carretera nos conviene caminar? – preguntó Jose.

De nuevo, hicieron silencio. Meditando, viendo las montañas, las nubes, el viento. Como si fueran expertos en esa clase de cosas de supervivencia y hubieran visto Discovery Channel siete veces al día, pero la verdad es que ambos seguían con la misma duda.

– Opino que vayamos hacia donde fue el taxi. –comenta Jose.

– ¿Por qué?

– Bueno, si nos ponemos a pensar, claramente íbamos hacia esa dirección antes de que nos bajara. Al bajarnos él siguió yendo en esa dirección. Significa que el poblado más próximo está ahí, porque no hubiera gastado más gasolina ya que no seguimos siendo sus pasajeros.

– Buen punto. –dijo Andrea. – Acepto tu opinión.

Andrea agarró sus maletas y dándole un beso en la mejilla a Jose, empezó a caminar en la carretera, en dirección hacia donde se fue el taxi.

Jose sonrió, agarró sus maletas y empezó a caminar detrás de Andrea.

– Ponte a la orilla de la carretera, sapa. –dijo Jose. – Si viene un coche muy rápido, no te va a dar tiempo de arrimarte.

Andrea se arrimó al acotamiento y empezaron a caminar en fila india; Andrea adelante y Jose atrás. El sol arriba y pequeñas gotas de sudor cayendo al caliente asfalto gastado.

El viento no les ayudaba completamente ya que por breves segundos había una ligera ráfaga y por enormes minutos era sólo bochorno.

Al principio, fue una caminata emocionante.

El bello sol iluminaba la planicie, las montañas, y sólo se escuchaba el intenso ruido de las maletas en el asfalto. Nadie más. Nada más.

Esa enorme pradera era de ellos dos y sus maletas.

Y luego vino el excesivo sudor… y el cansancio.

– Descanso, descanso. –dijo Andrea.

Jose volteó hacia atrás.

– Gogo, no hemos avanzado mucho. Calculo que como dos kilómetros. –dijo Jose.

– Bueno, dos kilómetros es algo. –dijo Andrea, soltando sus maletas y secando su sudor con el suéter con el que se abrigaba.

– Pensé que no sudabas.

– Yo también pensé eso durante toda mi vida jajaja. –dijo Andrea –
Por lo visto China me ha cambiado para siempre jajaja.

Ambos rieron.

– Parece que poco a poco te vas a convertir en la geisha que tanto
había añorado… –dijo Jose y puso una cara de malicia – Jejeje…

– ¡No sea payaso! –dijo Andrea.

Jose volteó y analizó el terreno.

– Mmmm no. Todavía no hay un lugar estratégico donde podamos
descansar para ver los coches que pasen.

– ¿Coches que pasen? Ya me estoy asustando. Hemos caminado por
treinta minutos y ninguno ha pasado. –dijo Andrea.

– Oye, cuando veníamos en el taxi, ¿te fijaste si rebasamos algún
coche o venía en el sentido contrario? –comentó Jose.

– Jose, ¡yo estaba durmiendo de primero! –exclamó Andrea.

– Verdes… entonces esta ruta no es tan transitada como pensé. –dijo
Jose.

Siguieron caminando por unos minutos.

Ambos en silencio, disfrutando el dolor de sus brazos al jalar sus
maletas.

Disfrutando el dolor de sus piernas, sosteniendo su cuerpo.

Disfrutando el sudor que chorreaba de sus frentes y que no podían
secárselo tan fácilmente con ambas manos ocupadas.

– ¡Mira! –gritó Jose con emoción, apuntando hacia un pequeño árbol
en una pequeña, pero muy pequeña colina.

– ¡Ése será nuestro descanso! ¡Nuestro lugar estratégico! –exclamó
Andrea.

– Ahora que lo pienso, creo que no es…

– ¡Dije que ése será nuestro lugar estratégico! –exclamó Andrea con
un tono amenazante.

Ambos se miraron seriamente por milésimas de segundos… y luego
estallaron de risa.

Corriendo con emoción, sacando energías de quién sabe dónde, se
dirigieron al pequeño pero hogareño arbolito.

Y en verdad era pequeño.

Al llegar, se dieron cuenta que la sombra no daba suficiente espacio para ambos. Aunque la pequeña superficie que daba sombra, la daba de buena calidad.

El pasto era suave y corto, sin indicios de hormigueros o insectos.

Ambos observaron su pequeño pedazo de cielo por unos segundos y luego se tumbaron al suelo.

Acomodaron sus cabezas en la sombra y secando su sudor, exhalaron de felicidad.

– ¡Dios, muchísimas gracias! –dijo Jose.

– ¡Qué delicia! ¡Mis pies me mataban! –exclamó Andrea, mientras se quitó sus zapatos.

Y cerraron los ojos.

Cerraron los ojos y se dejaron relajar. El viento les acariciaba lentamente sus rostros. No era suficiente como para refrescar, pero sumándole la sombra, era la gloria.

– Hay que poner las maletas en la sombra igual. –dijo Andrea, sentándose. – Las cremas y algunas cosas que traigo no pueden estar todo el tiempo en el sol.

– Tranquila, niña. Primero refresca tu cerebro. Si las cosas sobrevivieron la caminata, van a poder sobrevivir unos minutos más.

Andrea volvió a acostarse. Se arrimó un poco a Jose y lo abrazó.

– Te quiero muchísimo, Gogs –dijo Andrea.

– Yo también, sapa. –dijo Jose, mientras la abrazaba. – Bueno, quiero más a este arbolito jajaja.

Permanecieron un rato acostados.

– Oye, y si pasa un coche ¿cómo lo vamos a ver si estamos aquí acostados?

– ¡Verdes! ¡Es verdad! –dijo Jose y se puso de pie inmediatamente.

La carretera estaba vacía.

Gracias a que el pequeño arbolito estaba ligeramente lejos de la carretera, había una amplia vista, de tal forma que si un coche llegaba de cualquier lado, iban a verlo y tendrían tiempo de que Jose se echara una rápida carrera para que lo vean.

– Tomemos turnos. Uno descansa y el otro vigila. –dijo Jose – Si vemos un coche, gritamos y en milésimas de segundo decidimos si me echo la carrera para pedirle aventón.
– Perfecto. Tú vigila primero. –dijo Andrea, mientras seguía acostada y cerró los ojos.
– ¡Sí, señor! –dijo Jose. – ¿Cosquillas?
Jose empezó a hacerle cosquillas a Andrea en sus costillas.
– ¡Jajaja no, no! ¡Basta! ¡Ya!
Jose levantó la vista. Ojos en la carretera. Listo. A vigilar si pasan coches.
Andrea bajó la vista. Ojos cerrados. Lista. A dormir.

Se escuchó un ruido.
Andrea abrió los ojos y vio que Jose no estaba a su lado.
Se incorporó y vio a Jose abriendo una de las maletas.
– ¿Qué haces?
– Perdón si te desperté. Me aburrí y quería sacar mi libro para leer. – dijo Jose.
– No. Si lees el libro no vas a poder ver la carretera. –dijo Andrea.
– De todos modos se escucha si se acerca un coche. Y voy a estar levantando la vista continuamente.
Andrea titubeó.
– Bueno, de acuerdo. –dijo, mientras se acostó de nuevo.
– ¿Pudiste dormir? –preguntó Jose, acercándose a ella, con su libro en mano.
– No, no pude. Nada.
– ¿¡Qué!? ¿¡Nada de nada!? ¡No manches! ¡Hubiera yo dormido entonces!
– ¡Pues ni ha pasado nada de tiempo! –exclamó Andrea.
– ¡Ya pasó una hora!
– ¿¡Una hora!? ¡Verdes! ¿¡Una hora y ningún coche!? –dijo Andrea.
– Sí, ninguno.
– ¿Estás cansado? ¿Quieres descansar y yo vigilo?

– No, Gogo, no te preocupes. Descansa tú. Aunque no duermas,
descansa. –dijo Jose.

– Si te pegas a mí chance si podré dormir. –dijo Andrea.

Jose se acercó a ella y la abrazó.

El sol se había movido ligeramente y la pequeña superficie de sombra
seguía siendo del mismo diámetro, nada más que cinco centímetros
más a la derecha. Andrea acomodó su cabeza en la sombra y Jose se
sentó con su cabeza en la sombra.

Andrea cerró los ojos.

Jose abrió su libro.

– ¡Andrea! ¡Bicicleta!

Andrea abrió sus ojos de golpe y se sentó a la velocidad de la luz.
Un hombre en una bicicleta estaba en la carretera. Tenía aspecto
descuidado y cargaba algo que se parecía a un…

– ¿Es un rifle?

– Sí, creo que es un rifle. De caza. –dijo Jose. – ¿Qué hago? ¿Voy
corriendo y le pregunto dónde está la aldea más cercana?

– ¿Es en serio? ¡Obvio no! ¡No manches! ¿Y si te mata? ¿Y luego
viene por mí?

El cazador iba recorriendo la carretera.

– Andrea ya está a punto de rebasar los límites para que me vea. Es
ahora o nunca…

– ¡No! ¡No irás! De seguro ni habla inglés y obviamente no vas a
poder comunicarte. Y cuando vea que sólo somos nosotros dos y
todas nuestras maletas, puede aprovecharse… ¡Y además tiene un
rifle!

Cuando Andrea levantó la voz, el cazador volteó hacia el arbolito.
A pesar de que el arbolito estaba lejos, si alguien se fijara con
atención de seguro los podría ver.

– ¡Shh! ¡Silencio! ¡Escóndete! –dijo Jose, susurrando y acostándose al
suelo con Andrea.

Se quedaron pegados al pasto. Sus respiraciones se escuchaban como latidos. Latidos de corazón corriendo a la velocidad de la luz. La adrenalina subiendo.

– ¿Nos escuchó? ¿Está viniendo? –susurró Andrea.

– No te levantes, voy a ver… –dijo Jose.

Jose levantó ligeramente la mirada, y pudo ver al cazador, yéndose por el último tramo de la carretera, antes de perderse de vista.

– ¡Se fue! ¡Caray, qué susto! ¡Ya se fue! –dijo Jose.

Andrea se sentó.

– Verdes, puedo sentir mi corazón tratando de salirse de mi pecho.

– El mío ya se había adelantado a correr hacia la montaña jajaja. –dijo Jose.

– Verdes… ¡Qué Luna de Miel! –dijo Andrea.

Ambos emitieron una sonora risa.

– Tengo miedo pero estoy feliz. Es un sentimiento raro. –dijo Andrea.

– Me siento en una película. –dijo Jose.

– Ash, tú y tus películas… –dijo Andrea y se acostó de nuevo.

Jose se quedó mirando la carretera. Muchas cosas pasaban por su mente, pero no podía decírselas a Andrea. No quería preocuparla. Andrea se quedó mirando el arbolito. Muchas cosas pasaban por su mente también.

– Jose… –dijo Andrea.

– Sí, Coco. –dijo Jose, mientras acariciaba su pelo.

– ¿Qué pasará si ningún coche pasa y nos cae la noche?

Boom. Una estaca al corazón. Esa era una de las cosas que Jose no quería decir en voz alta.

– No te preocupes, mi amor. No va a pasar eso. –le dijo a Andrea.

– Bueno, pero si llega a pasar… ¿Qué procede?

Jose se quedó viendo la carretera. Luego analizó el terreno. No había nada cerca. Todo era la extensa planicie verde, y su pequeño árbol.

– La verdad, es muy riesgoso que caminemos en busca de un mejor refugio. Si nos cae la noche en lo que caminamos y no hemos encontramos refugio, dormir en la planicie lo considero… peligroso.

– ¿Y dormir debajo de este arbolito es seguro? –dijo Andrea, sentándose.

– Bueno, sí. Me siento más seguro.

– Pero un arbolito no te va a defender.

– No por defender lo digo. –dijo Jose, mientras inspeccionaba el arbolito. – Tal vez podría adecuar al arbolito con alguna de nuestras ropas para darnos un poco más de privacidad. Por el viento… o la lluvia.

Andrea observó al cielo.

Difícilmente había nubes, pero supo que Jose lo dijo en el peor de los casos.

Andrea abrazó a Jose.

– Gogo, te amo mucho. –dijo Andrea.

– Yo igual, niña. –dijo Jose, devolviéndole el abrazo. – Pero esperemos no llegar a eso. Hay que ponernos las pilas para detener a algún coche… si es que aparece alguno.

– Dale. Si quieres descansa tú. Yo ya ni tengo ganas de intentar dormir.

Andrea pudo sentir la felicidad interna que tuvo Jose al decir eso.

Jose asentó su libro junto al árbol y se acostó. Acomodó su cabeza sobre el muslo de Andrea y cerró los ojos.

– ¡Caray, qué delicia! –susurró Jose y lentamente se relajó.

Andrea empezó a acariciar su pelo y luego observó la carretera.

4

– Perdón, perdón, perdón –dijo Andrea, mientras se levantaba y arrimaba la cabeza de Jose.

– ¿Qué pasa? –preguntó Jose, en tono somnoliento.

– Es que me aburrí jajaja. –dijo Andrea – Voy a agarrar mi libro.

Andrea se levantó y abriendo su maleta sacó su libro. Se sentó de nuevo y acomodó la cabeza de Jose en su muslo.

– ¿Cuánto tiempo ya pasó?

– Diez minutos, creo. –dijo.

Jose se acomodó y cerró los ojos.

Andrea agarró su libro y observó la portada. Sonrió y pasó a la primera página.

Sonrió y pasó a la segunda página.

Sonrió y pasó a la tercera página.

Empezó a leer.

CAPITULO 1

– Creo que decidimos bien.

– Sí, la verdad sí. –dijo Jusepe.

– ¿Crees que nos hubiera gustado Costa Rica? –preguntó Andreux.

– Obvio nos hubiera gustado. La verdad el Hotel Andaz iba a ser muy lindo y una muy divertida experiencia. Pero en otro momento de nuestras vidas iremos a Costa Rica, ya verás.

Andreux abrazó a Jusepe.

– ¡Siguiente! –dijo la encargada del crucero, en inglés.

Jusepe entregó los pasaportes a la empleada para su documentación.

Después de un breve papeleo, les entregaron sus tarjetas de pasajeros y entraron al crucero.

Asombrosamente majestuoso.

El lobby de la entrada era impresionante, con toques dorados simulando oro, una enorme cúpula en medio con lámparas elegantes colgando y un diseño moderno pero coloquial abundaba toda la arquitectura.

En el centro, un pianista de alta categoría amenizaba el ambiente con un toque fresco y diferente. Las risas de los niños surgían en los pasillos que conectaban por los diez pisos al lobby.

– Definitivamente el mejor crucero que he ido. –dijo Jusepe, aun observando el lobby.

– Sólo has ido a uno, pero concuerdo contigo. –dijo Andreux, tomando de su mano. – ¡Nuestro primer crucero juntos! –y lo abrazó.

Disfrutaron como veinte minutos más el lobby. Cada detalle, cuadro, escalera y ambiente. Luego, fueron a su cabina.

– Suite 3902. Aquí es. –dijo Andreux.

Jusepe se acercó con su llave y abrió la puerta.

No era una suite como los cuartos a los que estaban acostumbrados en el Hotel Grand Velas, pero para ser una cabina en un crucero, era bastante grande.

Al entrar, había un amplio pasillo hasta el área donde está la cama. Un gigante cabezal acompañaba la enorme y alta cama king size con sábanas beige.

Tenía una pequeña sala, con muebles de madera finos y un amplio ventanal que al abrirse llevaba a un balcón. En el balcón, dos camastros unidos por un mismo colchón y una tina-jacuzzi que miraba hacia el amplio y vasto… puerto de salida. Bueno, a la larga iba a tener de vista el óceano, claramente.

– ¡Me encantó! ¡Me encantó! –exclamó Andreux maravillada.

– ¡Es mucho mejor que lo que vimos en las fotos!

– Sí, la verdad es que está muy bonito el cuarto.

– ¿Y si dejamos las cosas, vamos a comer y luego volvemos?
Tengo mucha hambre… –dijo Andreux.

– ¡Hambre! –exclamó Andrea.

Jose se despertó de golpe.

– ¿Qué? ¿Qué pasó?

Andrea se dio cuenta que todo lo que ha sucedido había engañado a su
estómago para no sugerirle alimentos por un buen tiempo, pero al
recordarlo, su estómago empezó a agarrar sus armas y a rugir como
fiera salvaje.

– Verdes Jose, muero de hambre. –dijo Andrea.

Jose se sentó.

– ¿No ha pasado ningún coche?

– No. –dijo Andrea. – No ha pasado mucho tiempo. Como cinco
minutos…

– ¡Cinco minutos! ¡Caray, pensé que dormí horas! ¡Oye, me estás
despertando cada ratito! Así nunca voy a poder dormir, mocosa. –
reclamó Jose.

– Perdón, perdón… –dijo Andrea. – Pero de verdad que me acabo de
acordar que muero de hambre.

– No tenemos comida.

– ¡Ah! ¡Yo sí! ¡Guardé los cacahuates del avión!

– Quisiste decir "Guardé los cacahuates de Jose del avión". Los tuyos
te los comiste, sapa. –dijo Jose.

Andrea se levantó y fue a su maleta. Sacó una muy pequeña bolsa de
cacahuates.

– Espera, no tenemos agua. –dijo Jose.

– No importa, no necesito agua. Tengo hambre, no sed.

– Pero es peligroso comer cacahuates sin agua. No vaya a ser que te
atragantes…

– Yo no soy tú. –dijo Andrea.

Andrea abrió la bolsa y saboreó el primer cacahuate que metió a su
boca.
– Dios, qué delicia…
– Caramba, de verdad que mueres por los cacahuates.
Jose se empezó a acomodar de nuevo en su muslo.
– Si no es mucho pedir, trata de no despertarme en cinco minutos… –
dijo Jose y cerró los ojos.
– Sí, baby, lo prometo. Ya no vuelvo a moverme.
Lentamente, Andrea fue disfrutando cada pequeño cacahuate.
Al finalizar la bolsa, la guardó en su bolsa del pantalón y abrió su
libro de nuevo.

– ¿Hambre? –preguntó Jusepe y miró su reloj. – Pero si hace
cuatro horas desayunamos.
– ¿Y?
Jusepe rió.
– Recuerda que nuestra Luna de Miel es para dormir, comer
y…
– Sí, sí, ya sé. –dijo Jusepe. – Leer. Está bien. Vayamos al
restaurante.
– Se me antoja algo diferente. –dijo Andreux.
– ¿Tipo… pizza?
– Jajaja ¿rompo tu cara? No. Algo como… pasta. –dijo
Andreux.
– Bueno, sospecho que el restaurante es buffet. Vamos y
comes lo que quieras.
Dejaron sus maletas y caminaron hacia el restaurante, el cual,
sí era buffet.
Y vaya que era buffet. Ambos volvieron a quedarse con la
boca abierta. En el centro había una enorme mesa con postres,
desde helados artesanales hasta pasteles completos de los más
exóticos sabores.
Alrededor había siete mesas y cada una con un tipo de
especialidad en su máximo esplendor; Japonesa, Italiana,

Mexicana, Asiática, Brasileña, Hindú e Internacional. Todas tenían decoraciones majestuosas como sombreros, banderas e incluso estatuas.

Andreux y Jusepe se miraron. Sus ojos irradiaban felicidad.

– Rompemos filas y nos vemos en esa mesa. –dijo Jusepe, apuntando una mesa – En cuanto cada quién ya tenga su plato.

– Listo. –dijo Andreux y se fueron en búsqueda de su platillo predilecto.

Ese almuerzo fue un banquete. Disfrutaron cada migaja de sobraba y maravillosamente aún tenían espacio para el postre. Al finalizar, regresaron al cuarto.

– Qué rico, una siestecita delish. –dijo Andreux.

– No, no, no. Toca lo que toca. –dijo Jusepe.

Jusepe se quitó la camisa.

– ¿En serio? ¿Y si no quiero? –comentó Andreux.

– Pues no me importa. Yo sí quiero. –dijo Jusepe.

Jusepe se quitó su short.

Andreux se acostó en la cama, aún vestida y acurrucándose con la almohada, expiró de felicidad.

– ¡Wow! ¡Hasta la cama es una delicia! –exclamó.

Jusepe se acercó a su maleta y la abrió. Sacó su short y su camisa de pijama y se las puso. Luego, del cierre delantero de su maleta, sacó su libro y se aventó a la cama.

– ¡Verdes! ¡Es verdad! ¡Es una delicia! –exclamó Jusepe, disfrutando la almohada como un niño de tres años disfruta un dulce por primera vez.

– ¿En serio tienes que leer?

– Sí, te lo dije. Siempre después de comer me gusta leer un rato.

– Es que no puedo dormirme abrazándote si lees… –dijo Andreux.

– Y si no tienes tu pijama, ¡menos me puedes abrazar! –dijo Jusepe.

Andreux hizo una mueca.

– Mira, en lo que te cambias, yo leo. Cuando termines, dejo de leer y dormimos una siestecita. –dijo Jusepe.

– ¡Yupi! –dijo Andreux y le dio un beso en la mejilla a Jusepe. Andreux se levantó de un brinco y se acercó a su maleta para sacar su pijama.

Jusepe abrió su libro. Era la primera vez que lo abría. Puso el marcador en la tercera página y empezó a leer.

CAPÍTULO PRIMERO

Ésta es la historia de la Luna de Miel de Josefino y Andreato. Una pareja que decide tener su Luna de Miel en…

–Ya. –dijo Andreux.

Jusepe levantó la vista y efectivamente Andrea ya tenía su pijama.

– Verdes. Es tiempo récord. Nunca te habías cambiado tan rápido. –dijo Jusepe.

– Jusepe, llevamos juntos menos de tres días. No hay forma de que puedas saber mis tiempos en cambiarme.

– Bueno, es verdad, pero…

– ¡Pero nada! –exclamó Andrea mientras se tiraba a la cama y abrazaba a Jusepe.

– ¡Espera, mi libro!

– Una promesa es una promesa.

Jusepe asentó su libro en el buró junto a cama y abrazó a Andreux.

– Esto es lo mejor del mundo… –dijo Andrea y cerró sus ojos.

– Concuerdo con usted, señora. –dijo Jose y cerró los ojos.

Durmieron. Tranquilos y con el estómago lleno, durmieron.

Al menos por unas cuantas horas.

Hasta que sonó una alarma en la cabina. Bueno, más bien en todo el crucero.

– ¿Andy?

Andrea se sobresaltó.

– ¿Andy? –volvió a preguntar Jose.

– ¿Qué pasó, Gogo? –preguntó Andrea, poniendo el marcador y cerrando su libro.

– ¿Nada todavía?

– No, ningún coche.

– Oye, me puse a pensar… –dijo Jose. – Que si en verdad nos cae la noche aquí, esa pequeña bolsa de cacahuates iba a ser el único alimento que íbamos a tener…

Andrea se quedó callada por unos segundos.

– Ups… –dijo Andrea, avergonzada.

Jose rió.

– Bueno, no te preocupes. Nada más necesito que aguantes el hambre hasta que ya solucionemos todo esto.

– Sí hombre, no te preocupes. –dijo Andrea.

Pero la realidad es que Andrea sí estaba preocupada. Su estómago rugía y esa pequeña bolsa de cacahuates no dominó ni el 4% del hambre que su estómago tenía.

– "¿Cómo rayos logra Jose aguantar el hambre? Nunca me dice nada. Normalmente soy yo la que le recuerda que tenemos que comer…" – pensó Andrea.

Jose se acurrucó de nuevo en su muslo.

Andrea sostuvo su libro de nuevo y lo abrió donde puso su marcador. Pero antes de que pudiera leer donde se quedó, un ligero ruido surgió de la carretera.

5

– ¡Jose! ¡Jose! ¡Coche!

Jose se levantó de un brinco y asomó hacia la carretera.

Un pequeño coche, cuya marca ninguno de los dos reconocía, avanzaba en el pequeño tramo de la carretera que veían.

– Ahora o nunca… ¿Voy o no voy? –le preguntó Jose.

– La verdad no distingo a sus ocupantes, pero no podemos perder esta oportunidad… –dijo Andrea. – ¡Ve! ¡Ve! ¡Corre!

Jose sintió la punzada de adrenalina. Como si fuera un depredador, uno de esos leopardos corriendo por su gacela, arrancó a correr.

Oh, pero si tan sólo supiera que después de "tratar" de dormir, las piernas no están 100% despiertas…

Jose cayó bruscamente al pasto.

– ¡Jose! –exclamó Andrea. – ¿¡Estás bien!?

Pero así de rápido como se cayó, así de rápido se levantó. Jose no pensó en el dolor, ni en sus piernas. Lo único que pensaba era en alcanzar ese vehículo.

Debido a que iba en dirección contraria a la que se fue el taxi y que el arbolito estaba ligeramente más del lado del taxi, en esta persecución, el coche empezó a quedar delante de Jose.

Un reto que iba a ser interesante vencer.

– ¡Hey! ¡Esperen! ¡Es…pe…ren! –gritaba Jose, mientras corría.

Maldijo su condición física. Sus gritos eran gritos ahogados de aire, gritos sin potencia.

Toda su adrenalina y fuerzas se estaban yendo a sus piernas, a su velocidad.

Podía sentir todo su cuerpo impulsarlo hacia delante, pero el pequeño coche, a pesar de no ir tan rápido, no le daba oportunidad.

Poco a poco iban a tomar la curva y se iban a perder de vista, Jose lo sabía.

Gritar no le estaba sirviendo de nada. Claramente era gritar o correr, así que decidió hacer lo que su cuerpo ya había decidido; correr.

– "¡Vamos, Jose! ¡Un último esfuerzo! ¡Vamos! ¡Tú puedes!" –pensó, animando sus músculos.

Sí, ligeramente pudo sentir el pequeño incremento en su velocidad. Pero el coche seguía ganándole por mucho. Finalmente, se perdió de vista en la curva.

En ese preciso momento, el cuerpo de Jose colapsó. Como un motor de una lancha que al estar la lancha hundida, deja de funcionar. Jose ni siquiera sintió el tremendo golpe que hizo al caer al pasto. Su cansancio era tan grande que incluso morir lo hubiera sentido placentero.

No sentía nada.

Apenas vio el coche dar la vuelta, todo se le empezó a tornar negro hasta que finalmente todo fue oscuridad total. Sin sonidos, sin viento rozando el rostro, sin dolor, nada. Sólo oscuridad.

– ¿Jose? ¿Jose?

– Jose…

– Jose por favor, despierta…

– Jose, por favor… –sollozaba Andrea.

Jose empezó a abrir los ojos.

– ¿Andy?

– ¡Jose! ¡Verdes! ¡Jose! –exclamó Andrea y abrazando a Jose estalló en llanto.

– Andrea… ¿Qué pasó? –preguntó Jose. – ¿Y el coche?

– Estabas corriendo hacia él y cuando se perdió de vista te caíste muy feo. Tu caída fue peor que cuando te caíste apenas te levantaste para correr. ¡Me asusté mucho! –exclamó Andrea, que aún seguía llorando.

– ¡Empecé a correr hacia ti y no te movías! ¡Pensé que te habías muerto! Cuando llegué a ti no reaccionabas. Pude ver que seguías respirando pero no despertabas. ¡Ay Jose! ¡En serio me asusté mucho! –y estalló en llanto de nuevo.

– Perdón mi amor, perdón. –dijo Jose. – Sospecho que mi cuerpo se apagó de golpe después de esa mega bomba de adrenalina.

Jose se empezó a sentar.

– Todavía me siento un poco mareado…

– Descansa, descansa. –dijo Andrea, secándose sus lágrimas con su blusa.

– Sí, pero no en el sol.

Andrea ayudó a pararse a Jose y caminaron juntos y muy lentamente hacia su arbolito. Al llegar, se acostaron.

– Andrea, ¿te molesta si descanso un poco más?

– ¡No, para nada! ¡Descansa! ¡Descansa, por favor! –exclamó Andrea.

Jose se acomodó en su muslo y cerró los ojos.

– Nada más prométeme que vas a despertar. –dijo Andrea. – No te me vayas a morir durmiendo, por favor.

– No, no te preocupes. Aquí estoy. –y cerró los ojos.

Andrea lo miró. Lo miró como nunca lo había mirado.

En verdad pensó que lo perdió. Que lo perdió para siempre. Sus lágrimas empezaron a salir de nuevo. Acarició su pelo.

Luego levantó la mirada hacia la carretera. Hacia el lugar exacto donde Jose se desmayó.

Caramba, se dio cuenta que no está nada cerca. Ella había corrido igual con adrenalina hacia Jose cuando estaba desmayado pero, por alguna razón, no sentía que le faltaba el aire. No se sentía cansada. Su corazón estaba cansado por el tremendo susto que tenía pero su cuerpo no le estaba cobrando la cuenta por la explosión muscular que tuvo.

Miró a Jose de nuevo.

– "Mi Jose" –pensó, acariciando su pelo. Y levantó la mirada a la carretera.

Jose abrió los ojos.

– ¿Cuánto tiempo ha pasado? –preguntó.

– Como dos horas. –dijo Andrea.

– Wow, al fin pude descansar un poco.

– Sí, la verdad sí te luciste. –contestó Andrea.

Jose se sentó.

– Ya me siento mucho mejor. ¿Dos horas y ningún coche?

Andrea se quedó en silencio.

– ¿Andrea, estás bien? –preguntó Jose.

– Sí pasó otro coche, Jose. –contestó Andrea. – Se estaba yendo hacia donde se fue el pequeño coche que perseguiste, pero no quería despertarse para que corrieras ni tampoco quería gritar en vano. Quería que descansaras.

Jose se puso pensativo… y luego abrazó a Andrea.

– Te quiero mucho, niña. –dijo Jose.

– Yo igual, Gogs. –dijo Andrea, abrazándolo.

– Vamos a tener que pensar otra estrategia. Claramente este arbolito está muy lejos como para alcanzar algún coche o para que nos oigan. –dijo Jose.

– Sospecho que en unas cuantas horas ya va a oscurecer.

– ¿Tienes hambre? –preguntó Jose.

– No. –mintió Andrea. No quería preocupar a Jose.

– Bien. –mintió Jose. Quería alimentar a Andrea pero realmente no había nada que pudiera hacer. Si tan sólo pudiera buscar comida o algo. Volteó hacia los lados pero ningún árbol cercano parecía tener frutos.

– ¿Qué hacemos? –preguntó Andrea.

– Tengo un plan. –dijo Jose. – Busquemos la peor ropa o cosas que trajimos. Las ponemos en la carretera de forma que los coches tengan que parar, y en lo que se van deteniendo, nos dará un poco más de tiempo para "correr" hacia ellos.

– Sí, buen plan. –dijo Andrea.

Se pusieron de pie y fueron a sus maletas. Sacaron un suéter, dos camisas, un pantalón y un traje de baño. Caminaron tomados de la mano con sus prendas hacia la carretera. Las pusieron en forma lineal, de tal forma que se note que alguien las había puesto en la carretera a propósito. Luego se regresaron caminando al arbolito, de nuevo tomados de la mano.

– No sé qué haría si no estuvieras tú. –dijo Andrea, mientras caminaban.

– ¡Yo no sé qué haría si no estuvieras tú! ¡Me hubiera quedado en el sol desmayado por horas! –exclamó Jose y rieron.

Llegaron al arbolito y se sentaron.

– Si quieres acuéstate tú. –dijo Jose. – Te toca descansar.

Andrea no se negó. Se acostó, acomodó su cabeza en el muslo de Jose y cerró los ojos.

– Gogo… –dijo Andrea, con los ojos cerrados.

– ¿Sí mi amor?

Andrea abrió los ojos.

– ¿Por qué el taxista nos habrá bajado?

– Sí, lo he estado analizando. –dijo Jose. – Mi teoría es que algo de lo que dijimos en nuestro "falso" idioma chino sí lo dijimos bien y lo ofendimos.

– Verdes. Nunca más haremos ese juego y platicamos en tu "falso" idioma chino.

Jose rió.

– No te preocupes, no creo que haya sido algo que tú dijiste. Tú sólo decías "Ching Chang Chung" jajaja. –dijo Jose.

– Sí, es verdad. No sabía qué más decir. Pero aun así, mientras estemos en China, no volveremos a jugar ese juego.

– Concuerdo. –dijo Jose y Andrea cerró los ojos de nuevo.

Jose observó la carretera.

Un fuerte sonido se escuchaba en toda la pradera.

– Andrea, Andrea… –dijo Jose, mientras sacudía ligeramente a Andrea.

Andrea abrió los ojos y se sentó. Claramente no había dormido durante esos cuarenta y cinco minutos.

Ambos miraron la carretera pero no había nada.

El sonido se fue haciendo más intenso. Un sonido muy fuerte, como si fuera un camión o una…

– ¡Moto! –exclamaron ambos al ver una moto, yendo a toda velocidad, hacia el otro lado de donde se fue el taxi.

Jose se levantó y empezó a correr (más levemente que la otra vez) hacia la carretera.

La moto iba mucho más rápido que el pequeño coche.

De hecho, iba sumamente rápido.

Jose empezó a gritar, pero tanto era el estruendo de la moto que ni él mismo escuchaba sus gritos.

El motociclista ya iba a pasar por la línea de ropa.

– "Vamos, detente. Detente, por favor." –pensaba Jose, viendo al motociclista.

El ronroneo agresivo y sonoro de la moto claramente dejó de ser potente, indicando que el motociclista dejó de acelerar, al acercarse a la ropa.

Pero no se detuvo.

Bajó ligeramente la velocidad y pasó por encima de la bien acomodada ropa que estaba en la carretera.

No volteó a los lados, no miró la ropa. Sólo bajó ligeramente su velocidad y pasó de largo.

– ¡No! ¡Por favor, no! –exclamó Jose.

La moto se perdió de vista en la curva.

Jose se detuvo. Se quedó ahí parado. Asombrado. Traumatizado.

Andrea miró todo desde el árbol. Cuando Jose se detuvo, ella se paralizó.

– "No. Otra vez no…" –pensó ella. – "Por favor, no te desmayes…"

Pero Jose volvió a caminar hacia la ropa en la carretera.

Un enorme alivio abrazó el corazón de Andrea.

Jose acomodó bien la ropa, ahora un poco maltratada debido a las rudas llantas de la moto y dándose vuelta se dirigió de nuevo al arbolito.

– ¿Estás bien? –preguntó Andrea, cuando Jose llegó con ella.

– Sí. Tendremos que cambiar de plan. –dijo Jose y se acercó a las maletas. – Vamos a poner una maleta grande vacía en la carretera. En medio de la carretera. Para que de plano detenga su paso y despierte su curiosidad. Y la otra maleta grande la pondremos entre la carretera y el arbolito. Las dos maletas medianas las pondremos también direccionando hacia el arbolito…

– Como si fuera una pista de migajas. –dijo Andrea. – ¡Perfecto!

Los dos abrieron las maletas y empezaron a desempacar la maleta grande de Jose.

Después de unos minutos quedó vacía y procedieron con el plan. Jose acomodó las maletas grandes y Andrea las medianas. Luego regresaron al árbol.

Se sentaron, acomodando sus cabezas en la pequeña superficie de sombra, ahora ya mucho más a la izquierda que antes.

– Ok, lo admito. –dijo Andrea, de la nada.

Jose la miró, con cara de confusión.

– Admito que en serio esto parece de película jajaja. –dijo Andrea.

Ambos rieron.

– En muchos años recordaremos esto y nos reiremos aún más. –dijo Jose.

– Apenas regresemos a Mérida créeme que me voy a empezar a reír.

Se abrazaron.

– Te amo mucho, Gogs. –dijo Andrea.

– Yo no, sapa. –dijo Jose.

– Verdaderamente ha sido la Luna de Miel más intensa que he tenido en mi vida. –dijo Andrea, retirándose del abrazo.

– Sólo has tenido una Luna de Miel. –dijo Jose. –Y claramente no hemos podido hacer lo que habíamos planeado; dormir, comer y…

– Leer yo ya hice. –dijo Andrea.

– No, no leer. –dijo Jose. – Descansar.

– Bueno, el arbolito nos ha ayudado un poco en esta problemática – dijo Andrea.

– Este arbolito va a ser muy, muy especial en nuestras vidas. –dijo Jose.

– Nos ha salvado la vida.

Ambos miraron al arbolito. Una mirada de amor hacia ese pequeño ser vivo que le daba igual si ellos estaban ahí o no.

Miraron de nuevo la carretera.

– Bueno, uno puede dormir y el otro leer, ya que nadie puede comer. –dijo Jose.

Andrea se sobó el estómago y Jose entendió su señal.

– Tenemos que hacer un plan. –dijo Jose.

– Pues ya hicimos el plan. –dijo Andrea, señalando con la mirada las maletas.

– No. Me refiero a un plan por si no pasa ningún coche.

– Oh. –dijo Andrea, con tono desprevenido. Definitivamente esa opción se le había olvidado.

– Si vemos que ya va a oscurecer, voy a buscar la maleta grande con nuestras cosas y las dos medianas y trato de hacer una clase de "guarida" aquí en el arbolito.

Por la noche podemos hacer guardia. Si quieres, yo duermo ahora, ya que tú de todos modos no vas a poder dormir, y en la noche yo agarro el primer turno y tú duermes todo lo que puedas.

– De acuerdo. –dijo Andrea.

– Perdón que no haya comida, Andy. –dijo Jose.

– No te preocupes, no es tu culpa Gogo. –dijo Andrea y lo abrazó.

Jose se acomodó, puso su cabeza en el muslo de Andrea y cerró los ojos.

– Espera, espera. Deja agarro mi libro.

Jose se sentó y ya que Andrea agarró su libro se volvió a acostar.

Andrea abrió su libro donde había dejado su marcador.

    – ¿Es la alarma del crucero? –dijo Jusepe.

    – Sí, sí es… –dijo Andreux.

    – "Estimados pasajeros, esta es una alarma de simulacro. Por favor vayan a sus zonas asignadas para el simulacro de evacuación." –dijo una grabación por la bocina de la cabina.

Jusepe y Andreux se levantaron de la cama, se quitaron su pijama y se pusieron la ropa con la que llegaron.

– ¿Y si mejor nos ponemos de una vez nuestros trajes de baño? –comentó Jusepe.

– Ay no. Está en el fondo de mi maleta, voy a tardar siglos buscándola. –dijo Andreux. – Vamos con la ropa que vinimos y luego regresamos a cambiarnos.

Ya que se vistieron, salieron de la cabina y siguieron a los pasajeros.

Fueron hacia su lugar asignado, junto con los otros pasajeros con los cuales compartirían su bote de evacuación.

Al estar parados, se tomaron de la mano.

– ¿Son novios? –dijo un hombre que estaba detrás de ellos.

Ambos se voltearon, sorprendidos que el hombre les haya hablado en español de la nada.

– No. Esposos. –dijo Andreux.

– ¡Oh! ¡Qué chido! –dijo el hombre. – Ella es mi esposa, Fernandine.

El hombre hizo un ademán hacia la mujer junto a ella.

La mujer, morena tenue, pelo castaño y ojos ligeramente verdes les sonrió.

– Mucho gusto. Somos Andreux y Jusepe. –dijo Jusepe.

– Encantados. Yo soy Miguello. –dijo el hombre. – Por su acento puedo sospechar que son mexicanos, ¿cierto?

– Efectivamente. –dijo Jusepe. – Y ustedes son…

– Españoles. –dijo Miguello, antes que de Jusepe pudiera terminar su frase.

– Oh, qué bueno. –dijo Jusepe.

– ¿De Madrid? –comentó Andreux.

– Barcelona. –dijo Fernandine.

– Sí, actualmente vivimos en Barcelona. Pero yo era de Madrid. Fernandine es la que siempre ha vivido en Barcelona y cuando nos casamos, hace 10 años, me mudé a Barcelona.

– ¡Bellísimo Barcelona! –comentó Andreux.

– ¿Ya han ido? –preguntó Miguello.

– Ella. –dijo Jusepe. – Ella es la internacional. Yo soy el mortal.

Los cuatro rieron.

Una instrucción en la bocina del Crucero indicó que el simulacro se daba por concluido y todos los turistas ya podían regresar a disfrutar del viaje.

– ¿Qué les parece si cenamos juntos? –comentó Miguello.

– Genial. Aunque no sé si se pueda. Nosotros escogimos el turno de las 9:00pm para la cena. No sé si puedo escoger lugares. –dijo Jusepe.

– Nosotros escogimos el turno de las 6:00pm. Pero no te preocupes, voy a cambiarlo y a preguntar si nos pueden poner con ustedes. –dijo Miguello, claramente emocionado.

Jusepe y Andreux sonrieron.

– ¿Cuál es tu cabina? Para comentarlo al hacer el cambio.

– 3902.

– ¡Caray! ¿¡Es una suite!? –exclamó Miguello. – ¿¡Están celebrando algo especial!? ¿Aniversario? ¿O simplemente tienen mucho dinero? jajaja.

– Es nuestra Luna de Miel. –dijo Andreux.

Los ojos de Fernandine se abrieron, con asombro.

– ¡Qué maravilloso! ¡Recién casados! –exclamó ella.

– ¡Uy! ¡Carne fresca! –dijo Miguello con una sonrisa.

Los cuatro rieron.

– Bueno, pues ya quedamos. Nos vemos en la cena. –dijo Miguello. – Ahora vayan y hagan lo que todas las parejas recién casadas hacen…

Jusepe y Andreux se miraron.

Miguello y Fernandine rieron y se empezaron a alejar.

– ¡Nos vemos, amigos! –exclamó Miguello y entraron a una de las puertas del crucero.

– Jusepe, ¿estás pensando lo mismo que yo? –dijo Andreux.

– ¿Que son muy raros?

– Pero muy raros. Raros tipo me están dando un poco de miedo. –dijo Andreux.

– Pues a lo mejor son muy sociables.

– Nos hablaron de la nada en español. Nosotros ni habíamos hablado en ningún momento frente a ellos y nos hablaron de la nada. Eso es ser extremadamente social.

– Jajaja sí, eso es tener ganas de platicar. –dijo Jusepe.

– No quiero cenar con ellos. –dijo Andreux. – Quiero cenar a solas contigo.

– Sí, ya sé. Por algo elegimos cena para dos personas. No quería decírselo porque nos iba a decir que nosotros cambiemos nuestra cena.

– No la cambies. –dijo Andreux.

– No te preocupes, no lo haré. Cenaremos juntos.

– ¿Y sí él logra que nos la cambien?

– La verdad no creo que nos la cambien. –dijo Jusepe. – Pero por si las dudas, mentalízate.

Caminaron tomados de la mano por el pasillo de evacuación. Los botes de emergencia sobre sus cabezas y el vasto océano a su lado.

Ambos miraron hacia el horizonte y se apoyaron del barandal. Andreux abrazó el brazo de Jusepe.

La brisa acariciaba sus rostros y los refrescaba.

– Esto es vida.

– Sí. Esto es vida. –dijo Jusepe.

– ¿Y si vamos al cuarto? –dijo Andreux.

– ¿Qué? Pero si acabas de decir que esto es vida ¿y ya quieres ir al cuarto?

– Bueno, hay otra cosa que también es vida…. –dijo Andreux y puso una cara maliciosa.

Jusepe rió y tomándola de la mano corrieron al cuarto.

– ¿Nos ponemos muy, muy elegantes?

– No. –dijo Jusepe. – Recuerda que sólo hay dos noches de gala. Ahí usa tus vestidos largos. Hoy usa un vestido corto casual.

Andreux, que estaba recién bañada y en ropa interior, sacó un vestido rojo con ligeras líneas blancas.

Jusepe ya tenía su pantalón y estaba abotonándose la camisa.

– ¿Qué hora es?

– 8:40pm –dijo Jusepe.

– Aún tenemos tiempo. –dijo Andreux.

– Aún te falta pintarte. –dijo Jusepe, que al voltear se dio cuenta que Andreux ya se puso su vestido.

– En dos segundos me pinto.

Pasaron quince minutos y salieron de la cabina.

Caminaron a paso "semi-veloz", a petición de Jusepe.

Andreux todo el tiempo le decía que se tranquilizara, pues de todos modos no le van a dar su reservación a nadie.

Llegaron al restaurante a las 9:01pm.

– Buenas noches, mesa para dos personas, cabina 3209. –dijo Jusepe a la recibidora.

– 3902. –dijo Andreux.

– Perdón, cabina 3902. –dijo Jusepe.

– ¿Amigos? ¡Amigos! ¡Hola! –exclamó Miguello.

Se escuchó un ruido.

Andrea levantó la mirada hacia la carretera.

6

Pero no había nada.

Miró las maletas pero seguían ahí, intactas.

Andrea levantó la mirada. El sol ya no estaba en el cielo, pero aún había luz.

Observó a Jose, seguía durmiendo.

Volvió a abrir su libro.

– ¿Gogo? –preguntó Jose, abriendo sus ojos.

Andrea cerró su libro de nuevo.

– ¿Sí, baby? –contestó Andrea.

Jose se sentó.

– ¿Cuánto tiempo ya pasó?

– La verdad, no sé. No tengo reloj ni celular. Pero ya no hay sol.

Jose miró el cielo.

– Ya va a empezar a oscurecer. ¿Ningún coche? –preguntó Jose.

– No. Ninguno.

– Creo que es hora del "Plan Acampar" –dijo Jose.

El corazón de Andrea empezó a latir un poco más rápido.

Acampar.

Dormir debajo de ese arbolito, en medio de la nada, en China.

Todo su cuerpo se puso con piel de gallina. Se erizó. Se puso nerviosa. Esa lejana realidad ya se iba a cumplir.

Jose se levantó.

– ¿Estás bien? –preguntó Jose.

– Sí, estoy bien. –dijo Andrea, superando sus pensamientos y nerviosismo.

– Agarra las maletas medianas, yo voy por las grandes. –dijo Jose, caminando hacia la carretera.

Ya que recolectaron las maletas, las abrieron y empezaron a sacar la ropa.

Jose empezó a amarrar las mangas de las camisas para crear una clase de manta gigante. Al menos eso intentaba, a pesar de que la manta era la más deforme del mundo.

Andrea sintió los labios secos.

Sed.

Hace mucho tiempo no habían tomado algo y ahora su sed empezó a despertarse.

– "No, no ahora…" –pensó.

Trató de hacerle caso omiso a los gritos que emitía su sed.

Pero entonces, un nuevo órgano le empezó a gritar. La vejiga.

– "Genial" –pensó Andrea. – Gogo, necesito orinar.

Jose dejó de amarrar las dos camisas que estaba uniendo.

– Pues te diría que vayas a un arbolito, pero éste es el único. –le contestó Jose.

– No manches, no voy a orinar aquí, donde vamos a dormir. Voy a alejarme un poco. ¿Tienes papel?

Jose buscó en su maleta y sacó unos kleenex.

Andrea se alejó unos cincuenta pasos y se dispuso a satisfacer su vejiga.

Al cabo de unos minutos, regresó y Jose ya tenía casi toda la ropa armada.

– Verdes. Se está súper estropeando la ropa. Mis vestidos, mis blusas… –dijo Andrea.

– Ya sé, perdón, pero es necesario para nuestra supervivencia. –dijo Jose.

Jose levantó la manta y ahora ya estaba más concreta.

– Tenemos estas pocas prendas para usar de almohada. Esta manta la podremos usar como tapete y también como sábana. –dijo Jose.

Andrea se acercó y observó el arbolito.

– ¿Y una casita de campaña? ¿No se podrá?

– No. Con este arbolito, no hay forma de armarla. No tengo sogas ni cuchillo para armarla. Creo que es mejor que durmamos bien abrigados. No sé cómo se pondrá la noche aquí. –dijo Jose.

– Nuestra primera noche en China y la pasamos debajo de un arbolito, en medio de la nada, como nómadas. –dijo Andrea.

Hubo un breve silencio… y luego estallaron de risa.

Ya la luz se iba desvaneciendo y no podían ver tan claramente pero aún se veía la carretera.

– ¿Qué haremos si vemos las luces de un coche?

– Nada. –dijo Jose. – Creo que es bastante peligroso que vayamos corriendo, sin lámparas ni nada. Me temo que lo mejor que podemos hacer es dormir y no pensar en el hambre, sed o cualquier otra cosa preocupante.

Andrea observó su alrededor.

– ¿Crees que haya animales?

Jose observó el alrededor.

– La pradera es bastante amplia. Si un animal se acerca a nosotros, será por curiosidad. La verdad, desconozco qué tipo de animales hay aquí. Pero no te preocupes, recuerda que voy a hacer guardia.

– Sí Jose pero de nada sirve la guardia si no vemos nada. Todo va a estar oscuro.

– Bueno, si escuchamos un ruido, usaremos las maletas como escudo y mis cinturones como látigo. –dijo Jose.

Andrea se sentó y Jose preparó la manta.

Se acostaron y pusieron la manta sobre ellos.

– ¿Qué plan mañana? –preguntó Andrea.

– Mañana a primera hora tenemos que caminar. Tenemos que movernos. Tenemos que buscar algo de comer o de tomar. Lo que sea. No podemos seguir en este arbolito.

– Creo que lo voy a extrañar. –dijo Andrea.

– Yo igual, pero aquí no sobreviviremos. Caminaremos hacia donde se fue el taxi y si al mediodía no hemos encontrado nada, nos vamos dirigiendo hacia las montañas, ahí donde se ven los enormes árboles. Ahí de seguro habrá frutos o agua fresca de algún río. En un documental de Discovery Channel dijeron que donde hay vegetación abundante hay agua. –dijo Jose.

– Vaya, al fin usamos los conocimientos de tanto ver películas. –dijo Andrea.

– Jajaja en realidad sí aprendes cosas nuevas.

Andrea abrazó a Jose y puso su cabeza sobre su pecho, señal oficial de dormir.

Jose la abrazó y miró el cielo.

– Gogo, recuerda que me toca turno. No puedo quedarme así por mucho tiempo, me voy a dormir. –dijo Jose.

– Quédate así un rato, por favor. –dijo Andrea. – Luego te sientas o te paras para hacer guardia pero quédate así un rato, en lo que me duermo.

Y así fue. Jose se quedó viendo el oscuro cielo. Sin luna. Sin estrellas. Sin nubes. Sólo oscuridad.

Jose abrió los ojos.

– "¿Me habré dormido?" –pensó.

Todo estaba negro. Claramente seguía siendo la noche. Volteó hacia su derecha y Andrea estaba profundamente dormida. Ya no lo abrazaba.

Jose se sentó despacio.

– Wow… –dijo suavemente.

El cielo estaba iluminado. Miles de estrellas iluminaban la planicie, como si fuera de día, pero dando un aspecto grisáceo a todo el panorama.

No había nubes y una gigante luna blanca resplandecía justo arriba de una de las montañas.

Jose estaba tan sorprendido que se levantó.

Miró hacia la carretera y la veía perfectamente. Cada detalle.

– "Cómo me gustaría que Andrea vea esto…" –pensó.

Jose empezó a caminar por la pradera.

No había sonidos, al menos no cerca de él.

– "Qué raro. Normalmente en esta clase de lugares suenan todos los insectos posibles. Pero ahora no escucho ni a los grillos". –pensó. Siguió caminando.

La brisa le acariciaba su cuerpo. Lo refrescaba. Jose incluso abrió la boca para ver si el frío viento podía satisfacer la sed que su cuerpo le exigía.

– ¿Jose?

Jose volteó hacia el arbolito y vio que Andrea se sentó, preguntando por él.

– ¿Jose? –preguntó Andrea de nuevo, un poco más asustada. – ¿¡Jose!?

– ¡Andrea! ¡Aquí estoy! –exclamó Jose, mientras apresuraba el paso hacia el arbolito.

– ¡Jose! ¿¡Qué haces!? –dijo Andrea.

– Estaba disfrutando la noche. –dijo Jose, tomando las manos de Andrea, ya a su lado.

Andrea observó el cielo. Afinó sus ojos.

– Verdes. –dijo, bajando la mirada y viendo que ya todo le parecía iluminado.

– Impresionante, ¿verdad? –dijo Jose.

– Sí. Nunca había visto tanta… tranquilidad. –dijo Andrea.

– ¡Mira! –dijo Jose, señalando hacia el horizonte. – ¡Esa luz significa una ciudad! ¡Y… esa otra luz debe ser la otra ciudad del otro lado de la carretera! –dijo, señalando al otro lado.

– Tenías razón. –dijo Andrea. – Por la intensidad de la luz sí está más cerca la ciudad a la que se fue el taxi.

– Sí, pero no sé a qué distancia puede estar. Pueden ser pocos o muchos kilómetros. Caray, me arrepiento de no haber visto más episodios de ese señor que sobrevive a todo. De seguro hubiera dado muchos consejos para esta ocasión. –dijo Jose.

– Bueno, no nos ha ido tan mal. –dijo Andrea, mientras abrazó a Jose.

– Tenemos esta noche romántica sólo para nosotros dos.

Jose le devolvió el abrazo.

– Bueno, hay que dormir. Mañana tenemos que caminar mucho. Y no podemos descansar hasta que encontremos comida, agua o algún poblado. –dijo Jose.

Andrea se acostó.

– ¿Vas a hacer guardia?

– Sí. –dijo Jose. – Pero acostado, para que te puedas volver a dormir. –y se acostó junto a ella.

Andrea sonrió y poniendo su cabeza en su pecho cerró los ojos con una sonrisa.

El sol no perdona. No da chances. No es piadoso. No te despierta con suavidad.

La luz potente del sol les daba exactamente en el rostro.

Jose abrió sus ojos y pudo sentir el calor en su frente, ahora cubierta con sudor.

El arbolito ya no les daba sombra, pues ésta estaba del otro lado.

Jose se sentó. Era un día maravilloso. Pero no estaba descansado.

Recordó todos los momentos de la noche, donde a forma de sueño, se despertaba por el frío, por pequeños hormigueos en el cuerpo o por algún mosquito que rondaba por su oreja.

Andrea abrió los ojos.

– Hola Gogs. –dijo ella con una sonrisa, y luego se sentó.

– ¿Dormiste bien? –preguntó Jose.

– No. No tan bien como deseaba. Me morí de frío por ratos en la noche y había un insecto que por ratos caminaba en mi pierna. Pequeño como hormiga pero no era una hormiga. En una escala del 1 al 100, diría que dormí bien como un 58 jajaja.

– Bueno, pues espero que ese 58 te de energías para hoy.

– Hoy es el día que regresamos a nuestro itinerario oficial. –dijo Andrea.

– La verdad, lo primero que voy a hacer apenas lleguemos a un hotel va a ser bañarme y tomar el agua de la regadera. –dijo Jose.

– Yo voy a empezar a masticar las sábanas. –dijo Andrea y ambos rieron.

Se levantaron y se estiraron con un fuerte gruñido de placer. Jose dividió la manta en dos y puso cada mitad en las maletas grandes.

– Yo llevaré las maletas grandes. Tú lleva las medianas. –dijo Jose. Andrea no refutó.

– Adiós, arbolito. –dijo Andrea, viendo el arbolito.

– ¿Le ponemos nombre?

– Dale. –dijo Andrea. – "Helbert".

– Verdes, qué drogas. No manches, no tan humano, te pasas. –dijo Jose. – Algo más significativo… algo como "Sombrito". ¿Entiendes? Porque nos otorgó una pequeña sombra.

– Mmmm Helbert. –dijo Andrea.

– Jajaja bueno, Helbert. –accedió Jose.

Caminando se alejaron del arbolito y se dirigieron a la carretera.

De nuevo, el sonar de las rueditas de las maletas retumbaba por toda la planicie. A lo lejos, voltearon para ver de nuevo a Helbert y despedirse por última vez, antes de perderlo de vista.

Y caminando, lo perdieron de vista.

Al pasar la curva, seguía siendo pura pradera. Ningún primo de Helbert ni algún pariente cercano. Pasto corto, como si fuera cortado por podadoras perfectas.

Caminaron y caminaron.

El sol les sonreía pero ellos no le correspondían el saludo. Su sudor y calor les recordaba que, en ese momento, el sol no era un buen amigo.

¿Minutos? ¿Horas?

No sabían cuánto tiempo había pasado pero sintieron que ya habían caminado bastante.

– Descanso, descanso. –dijo Andrea, deteniéndose.

Jose se acercó a su lado.

– Gogo, sé que estamos cansados pero no podemos parar. Nos urge buscar agua, comida o algo. Aquí en la carretera nos vamos a morir.

– Pero… ya… me cansé… –dijo Andrea.

Jose observó a su alrededor.

Nada todavía.

– ¡Qué bobos! –exclamó. – ¡Qué bobos hemos sido! –y empezó a
abrir su mochila.

– ¿Jose qué hac…?

Y en eso, Jose sacó una mitad de la manta.

– ¡Hay que ponernos la manta en la cabeza! ¡Nos va a dar sombra y
frescura! –exclamó.

– ¡Verdes! ¿¡Cómo no lo pensamos antes!? –dijo Andrea.

Poniéndose un pedazo de manta en sus cuerpos, empezaron a caminar
de nuevo.

– ¿Ya habrá pasado mediodía? –dijo Andrea, después de un rato.

– No, no creo. El sol no está completamente en el centro.

Y siguieron caminando.

– ¿Ya será mediodía?

Jose miró arriba.

– Pues ya está un poco más en el centro. –dijo Jose y bajó la mirada
para analizar el terreno. – Verdes. Las montañas y los árboles se han
alejado de la carretera. Si antes estaban lejos, ahora están lejísimos.

– ¿Qué hacemos?

Jose analizó la carretera, en dirección hacia donde caminaban.

– Opino que caminemos hacia esa curva y si cuando la pasamos no
vemos nada, nos dirigimos a… esa montaña.

Y empezaron a caminar de nuevo.

Al pasar la curva, los árboles y las montañas se acercaron ligeramente
hacia la carretera, pero seguían estando lejos.

– Verdes. –dijo Andrea.

– Bueno, pues a la montaña. –dijo Jose y levantando sus dos maletas
empezó a caminar por la pradera, hacia la montaña.

Andrea suspiró y cargando sus maletas caminó detrás de Jose.

El pasto seguía impecable. Sin señas de insectos, hormigueros ni
pedazos de tierra lodosos. Una obra maestra de la naturaleza.

– ¡Jose! ¡Jose! –gritó Andrea, tirando sus maletas.

Jose volteó de golpe y lo miró; una camioneta.

A lo lejos, una camioneta se visualizaba en el horizonte. Blanca, grande, posiblemente de esas que transportan varias pasajeros, como una combi.

Ambos empezaron a correr por la pradera, en dirección a la camioneta, agitando las manos como locos.

– ¡Hey! ¡Hey! ¡Aquí! ¡Hey! –gritaban, mientras corrían con energías que sólo Dios les pudo haber dado en ese momento.

7

La camioneta estaba lejos.

Pero eso no les importaba. Estaba sobre la carretera y estaba yendo directo a ellos. Iba a ser imposible que no les vea.

Siguieron corriendo, gritando y agitando los brazos.

Jose empezó a tomar la delantera considerablemente, dejando a Andrea atrás. Jose volteó hacia Andrea, con una señal de: "No te voy a dejar atrás, vente".

– ¡No te preocupes por mí! ¡Tú corre! ¡Detén a esa camioneta! –le gritó Andrea.

Con esa autorización, Jose trató de apresurar sus pasos.

La camioneta no les hizo luces, no sonó el claxon, nada. Como si no los viera.

De pronto, la camioneta giró hacia la izquierda.

Jose empezó a desacelerar.

– "¿¡Qué caraj…!?" –pensó.

– "¿Se está metiendo a la pradera?" –pensó Andrea, desacelerando también.

Pero la camioneta seguía su camino, por la pradera, sin señales de haberlos visto.

Jose y Andrea volvieron a acelerar el paso.

– ¡Hey! ¡Esperen! ¡Paren! ¡Paren! –gritaba Jose.

Poco a poco la camioneta se iba alejando, en dirección hacia los árboles.

Andrea supo que su carrera no iba a lograr nada y empezó a desacelerar, caminando agotada.

Cuando Jose vio que la camioneta se perdió de vista al entrar a una pequeña abertura entre los lejanos árboles dejó de correr y cayó al pasto.

– ¡No! ¡No! ¡No otra vez! –exclamó Andrea, empezando a correr de nuevo hacia Jose.

– ¡Estoy bien, tranquila! –gritó Jose acostado, con un tono agobiado.

– ¡Sólo estoy cansado! ¡Estoy bien!

Andrea dejó de correr y exhaló toda la adrenalina que le acababa de inyectar su corazón.

Al llegar caminando con Jose, se tumbó en el pasto junto a él, jadeando de cansancio.

– Verdes. –dijo Jose, después de un rato en que ambos trataban de recobrar el aliento.

– Verdes. –dijo Andrea.

Ambos rieron.

Después de unos minutos de seguir respirando exageradamente, se sentaron.

– Hay que regresar por las maletas. –dijo Andrea.

– Verdes. –dijo Jose y rieron de nuevo.

Se levantaron y empezaron a caminar hacia sus maletas.

– ¿Qué haremos? –preguntó Andrea.

– Opino que nos dirijamos hacia donde se fue la camioneta. Si no hay un poblado cerca, al menos ya estaremos en los árboles para pasar la noche.

– ¿Pasar la noche? ¿Otra vez en medio de la nada? –dijo Andrea, con un tono de preocupación.

Jose se acercó y abrazó a Andrea.

– Todo va a salir bien, mi amor. Todo va a estar bien.

Andrea estalló en llanto.

– Tranquila baby, tranquila. –dijo Jose, mientras acariciaba su espalda, mientras las lágrimas de Andrea recorrían su hombro.

Andrea no estaba llorando porque iban a dormir en los árboles. Era la acumulación de todo. Todo lo que les había pasado era algo que su corazón necesitaba desahogarse. El cansancio, el hambre, la sed, el sol, las veces que habían intentado ser salvados y habían fracasado.

– Perdón. –dijo Andrea.

– No te preocupes, mi amor. Es bueno desahogarse. Me hubieras avisado y me dabas tus lágrimas para calmar mi sed jajaja.

– No puedes tomarlas, las lágrimas son saladas. –dijo Andrea. – Te van a dar más sed.

– Era broma, mocosa. No voy a chupetear tus lágrimas, qué asco.

Ambos rieron y cargando sus maletas empezaron a caminar hacia el pequeño hueco por el que se fue la camioneta.

– ¡Al fin! ¡Sombra! –exclamó Andrea, que dejó caer sus maletas y corriendo hacia los árboles se tumbó bajo su sombra.

– ¡Óyeme! ¡No dejes tus maletas aquí! –le gritó Jose.

Jose llegó hasta donde estaba ella acostada y asentó sus dos maletas grandes. Luego regresó y cargó las dos maletas medianas hacia su lugar de descanso.

Jose cayó en el suelo y con una enorme sonrisa de felicidad, inhaló todo el aire que pudo.

– Descanso, por favor.

– ¡Obvio descanso! –exclamó Jose.

Andrea se acercó y abrazó a Jose.

– ¡Espera, espera! ¡Estamos todos sudados! ¡No te pegues a mí!

Andrea lo soltó y se acostó de nuevo boca arriba.

Ambos estaban tumbados tan cómodamente que se quedaron en silencio por unos minutos. Varios minutos. Demasiados minutos.

– ¿Jose?

– Verdes. –dijo Jose, abriendo los ojos. – Creo que me dormí por un rato.

– Sí, eso pensé. –dijo Andrea. – ¿Y ahora qué hacemos?

Jose se sentó y analizó el territorio.

Estaban rodeados de enormes árboles, tan altos que iba a ser imposible llegar a sus copas. Árboles que no daban fruto. Árboles que no daban agua.

El suelo ya no era pasto. Eran hojas. Miles de hojas cafés secas.

– Está rara la vegetación aquí. –dijo Jose.

– Sí. Un cambio drástico. –dijo Andrea. – Me recuerda a Yellowstone, de las fotos que vimos.

No escuchaban pájaros. No escuchaban animales. El viento ya no pasaba por sus orejas. Los árboles eran egoístas y no permitían ni el sol ni el viento acercarse a ellos.

– ¡Mira! ¡Un letrero! –exclamó Andrea, señalando un pedazo de madera que se asomaba a lo lejos.

Ambos se pararon y caminaron hacia el letrero.

– Está en chino. –dijo Andrea.

Jose regresó corriendo hacia las maletas y sacó su pequeño librito traductor.

Regresó al letrero y empezó a hojearlo.

– Parece que indica "algo" y luego otro "algo". –dijo Jose, notando claramente que el letrero tenía dos líneas. La de arriba era más grande y la de abajo era más pequeña.

– Puede ser el nombre del poblado y su distancia. –dijo Andrea.

– Sí, suena lógico. –dijo Jose. – O un letrero de advertencia.

Jose siguió hojeando su librito.

– Bueno, no. De advertencia no es. El símbolo de peligro, advertencia, cuidado y similares no se parecen a ninguno de éstos. – dijo Jose y de nuevo volvió a hojear el libro.

– ¡Es un número! –exclamó Jose. – Abajo dice un número. "50". Pero hay otro símbolo que no sé qué es.

– ¿Será metros? ¿O kilómetros?

– O millas.

– O cualquier otro tipo de medición que usen los chinos.

– Si es que estamos hablando de distancia. –dijo Jose. – Imagínate que diga: "Campo minado, 50 minas".

Ambos se quedaron en silencio, viendo el camino por el que se fue la camioneta.

– No. –dijo Jose. – No hubiera ido la camioneta si hubiera sido eso.

– ¿Qué hacemos? –preguntó Andrea.

– Pues la verdad… –dijo Jose. – Aquí no hay comida ni agua. Hay buen refugio, pero necesitamos tomar algo. Creo que por experiencia, quedarnos en un lugar no es buena idea. En la serie The Walking Dead siempre decían que "Movimiento es Vida". Tenemos que movernos, si queremos sobrevivir.

– Sobrevivir. –repitió Andrea. – Qué drástico suena eso.

– No hemos comido ni bebido nada y claramente hemos hecho bastante ejercicio.

La deshidratación nos puede golpear en cualquier momento. Desmayarse no es su más fuerte consecuencia…

– Bueno, ¿entonces? –preguntó Andrea.

– Vamos a seguir el camino que siguió la camioneta. Si son 50 metros, encontraremos un poblado cerca. Si son 50 kilómetros, al pasar 50 metros analizaremos si nos conviene seguir o regresar. Lo malo de regresar es que no hay comida ni agua ni sombra en la carretera.

– Sí, pero es más factible que alguien nos vea al pasar en su coche.

– Es verdad, aunque la suerte que hemos tenido con los coches realmente no está ayudándonos para nada.

Andrea movió su cabeza en señal de "Cierto".

– Lo que urge es hidratarnos. Comer o beber algo. El poblado es el Plan B.

– Bueno, entonces empecemos.

Andrea empezó a caminar hacia las maletas. Jose siguió sus pasos. Tomaron las maletas y empezaron a caminar por el sendero.

Bueno, semi-sendero.

El camino no era claramente transitado. Las hojas secas se veían frescas y había un sendero un poco estrecho, como para un coche. Lo bueno es que seguía siendo visible.

Caminaron, caminaron y caminaron.

Jose cargando las dos maletas grandes. Andrea con las dos maletas medianas.

– Próximo viaje, llevamos maletas de back-pack. –dijo Jose.

– Próximo viaje no llevamos maletas. –dijo Andrea.

Ambos rieron… y siguieron caminando.

– Jose, creo que ya pasamos los 50 metros.

– Sí, es verdad. Definitivamente no eran 50 metros.

Asentaron las maletas y agudizaron sus sentidos. Miraron alrededor. Ahora estaban cubiertos de altos troncos maduros. Las copas de los árboles cubrían toda la superficie aérea; no se veía el cielo.

– Creo que estamos en la zona más tranquila del mundo. –dijo Andrea. – No hemos escuchado insectos, animales ni nada en toda nuestra estancia.

– Sí, es verdad. –dijo Jose.

Hicieron silencio y efectivamente no se oía nada.

– Si hubiera un poblado cerca ya hubiéramos oído algo, ¿no? –dijo Andrea.

Hicieron silencio de nuevo.

Sí, había silencio. Pero también había algo más. Ambos lo podían sentir.

Un pequeño siseo. Un muy ligero y muy delgado siseo.

– ¿Escuchas eso? –preguntó Jose.

– Sí. ¿Qué es?

– No sé. –dijo Jose.

– Jose, te voy a ser sincera. Creo que las maletas nos están perjudicando. Cargarlas no sólo nos cansa más sino que también nos quitan tiempo.

– Sí, tienes razón.

– ¿Y si las dejamos? –dijo Andrea.

– ¿Todas?

– No, no todas. Pasemos lo que necesitamos en una o dos medianas y el resto las escondemos por aquí.

– Wow, me extraña que sugieras eso. –dijo Jose.

– Este viaje ha cambiado. Ya no es de lujo y relajación. Es de supervivencia. No pienso sacrificar mi vida por unos vestidos y ropa.

Jose rió.

– Sí, hagamos eso. Cualquier cosa, venimos por ellas luego.

– Bien. ¿Pero dónde las dejamos? –preguntó Andrea.

Miraron a su alrededor.

Sólo troncos.

– No, no hay lugar estratégico para esconder algo por aquí. Caminemos un poco más. Hacia donde se escucha el seseo.

– ¿Y hacia dónde es eso? –preguntó Andrea.

– Bueno, pues sigamos caminando en el sendero. –dijo Jose.

Ambos cargaron sus maletas y siguieron caminando.

– ¡Mira! –exclamó Andrea, apuntando una árbol caído. Su enorme copa yacía en el suelo, con las hojas aún verdes.

Se acercaron al majestuoso árbol, Andrea hacia la copa y Jose hacia su raíz.

– Creo que le cayó un rayo. –dijo Jose, al ver la base del tronco ferozmente despedazada y con madera quemada.

– ¡Este es el lugar perfecto para guardar las maletas! –dijo Andrea.

Se acercaron y abrieron todas las maletas.

Como si fuera una "Venta de Garage", empezaron a seleccionar las cosas que eran candidatas a quedarse con ellas y las cosas que no.

Jose sugirió que agarraran prendas que sean de fácil unión, para crear la manta de nuevo, por si las dudas.

Finalmente, pudieron meter todo lo importante en una maleta mediana y dejaron las otras tres maletas para el resto.

Jose agarró cada una de las maletas e introduciéndose en la copa del árbol, las escondió en el centro. Después de esconder las tres, salió con muchas raspadas de las ramas y una tremenda picazón por las hojas del árbol.

– Busqué nidos de pájaro pero no había nada.

– Bueno, al menos ya estamos viajando más ligero. –dijo Andrea, mientras le quitaba una hoja del árbol que se había quedado atorada en la camisa de Jose.

Jose cargó la maleta mediana y volvieron al sendero.

– El siseo se ha hecho más fuerte. –dijo Andrea.

– Sí, lo he notado también.

Siguieron caminando.

De pronto, el aire se hizo más fresco. Ambos lo sintieron y levantaron la vista.

– ¡Ahí! ¡Mira! ¡Verde! –señaló Jose.

Andrea empezó a correr hacia una vegetación claramente fructífera y abundante que se encontraba un poco lejos del sendero.

Jose cargó la maleta y fue corriendo detrás de ella.

Al llegar, vieron que el ecosistema había cambiado de nuevo. Un bosque lleno de plantas verdes, pasto húmedo y muchos animales estaba frente a ellos.

– ¡Caramba! ¿Cómo rayos? –preguntó Jose, al ver la diversidad de plantas y vegetación que había.

– ¡Mira, Jose! ¡Un arroyo! –exclamó Andrea y fue corriendo hacia el arroyo.

Andrea se agachó bruscamente y poniendo sus manos en forma de plato hondo cogió agua del arroyo y la empezó a llevar a su boca.

– ¡No, Andrea! ¡Espera! –gritó Jose con una voz sumamente potente.

Andrea deshizo la unión de sus manos y el agua cayó de nuevo al río.

– ¡Espera! ¡Espera! –exclamó Jose, mientras corría hacia ella. – ¡No sabemos si el agua es buena! ¿Y si tiene algo? ¿Y si al tomarla nos va peor?

Andrea se quedó pensando.

Ambos analizaron el arroyo.

El arroyo era tranquilo, de un bajo caudal. Un agua cristalina pasaba un claro sendero formado por ella misma. La vegetación en su paso se había muerto debido al flujo de agua, pero alrededor se formaron musgos y pasto más húmedo. El agua fluía lentamente y venía desde muy lejos. Se veían ciertas partes donde el agua se quedaba estancada y no seguía fluyendo.

Jose hizo una copa con sus manos, recogió un poco de agua y la analizó.

– Pues a simple vista… no se ve sucia.

Andrea hizo lo mismo.

– Sí, no veo gusarapos, bacterias o gusanos.

Ambos hicieron su análisis como dos o tres veces.

– Jose, creo que poco veneno no mata. Necesitamos hidratarnos, tú mismo lo dijiste.

– Bueno, de acuerdo. Pero yo primero. Si vemos que no me pasa nada, tú sigues.

Andrea accedió.

– Y tomemos poco. También por si las dudas. –agregó Jose.

Andrea accedió de nuevo.

Jose recogió agua y lo tomó.

– ¿Y? –preguntó Andrea.

– Sabe un poco a tierra. Está tibia. Y… no estoy vomitando. Aprobada.

Andrea recogió agua y se lo llevó a su boca.

Ah, qué manjar. Su seca lengua estaba bailando de felicidad. Sus labios se humectaron y su estómago se lo agradecía con júbilo.

Ambos empezaron a tomar más agua. Luego, como locos, empezaron a tomarla.

Y empezaron a reírse.

Después de un largo rato tomando mucha agua ambos se sentaron poniendo sus espaldas en la base de un gigante árbol.

– Dios, gracias. –dijo Jose.

– Diosito, muchas gracias. –dijo Andrea y se tomaron de la mano.

Se quedaron viendo el arroyo.

– Bueno, ¿qué procede? –dijo finalmente Andrea.

– Tenemos dos opciones. –dijo Jose. – Seguimos el sendero o seguimos el arroyo.

Andrea se quedó pensando.

– Sí, yo tampoco sé qué hacer. –dijo Jose.

– El sendero. –dijo Andrea.

Jose no contestó por unos segundos.

– El sendero entonces. –dijo finalmente, poniéndose de pie.

– ¡Pero espera! ¡Todavía! ¡Un rato más aquí relajándonos! –reclamó Andrea.

– No. Hay que aprovechar la luz. Hay que tratar de avanzar lo más que podamos.

– ¿Vamos a seguir hasta el fondo o vamos a regresar?

– A seguir. Recuerda que ya no hay vuelta atrás. Ahí no hay agua ni comida. Ahora que ya encontramos agua, hay que buscar comida.

Jose se puso de pie y ayudó a Andrea a levantarse. Jose agarró la maleta y empezaron a dirigirse al sendero de nuevo.

– Jose, ¿y si no encontramos agua de nuevo? –dijo Andrea.

Jose se detuvo.

– Buen punto.

Jose se agachó y abrió la maleta. Sacó una bolsa de plástico que guardó por si las dudas.

– Qué suerte que trajimos esto. –dijo.

Jose se acercó rápidamente al arroyo y metiendo la bolsa, la llenó de agua. Luego le hizo un nudo.

– He aquí nuestra reserva de agua. –dijo, levantando la bolsa.

Andrea sonrió.

Jose se acercó a ella, le dio un beso en la mejilla, agarró la maleta, la bolsa de agua y siguieron dirigiéndose hacia el sendero.

Al llegar al sendero, siguieron caminando.

La felicidad les abundó cuando vieron que la vegetación que habían visto cerca del arroyo ya se estaba presentando en el sendero.

Y siguieron caminando, caminando, caminando…

– Lo malo de este bosque es que no hay forma de ver el sol. –dijo
Jose.

– ¿Crees que ya va a oscurecer?

– La verdad, sí. El tono de luz ha decrecido en los últimos minutos.

– ¿Significa que ya se ocultó el sol? –preguntó Andrea.

– Mi teoría es que sí. –dijo Jose.

– ¡No! ¡Contras! ¡No lo logramos! –exclamó Andrea. – ¡No llegamos
al poblado!

Andrea puso una cara triste.

– Tampoco encontramos comida. –dijo Jose. – Esta vegetación no da
frutos ni verduras. A sólo que nos arriesguemos a comer hojas de
alguna planta, pero eso sí me da miedo.

– Sí, a mí también. –admitió Andrea.

– Creo que mejor empezamos a buscar el lugar donde vamos a
dormir. –dijo Jose.

Analizaron su alrededor.

– No, todavía no lo hemos encontrado. –dijo Andrea.

Siguieron caminando, observando constantemente a su alrededor, en
busca de un lugar especial.

– Extraño a Helbert. –dijo Andrea.

– Jajaja yo también, aunque sus primos grandes nos han dado una
gran ayuda en contra de nuestro mal amigo el sol. –dijo Jose.

– ¡Mira! ¡Ahí!

Andrea señaló un lugar donde se juntaban dos pequeños árboles,
sumamente torcidos y formaban una clase de arco.

Se acercaron y se quedaron pensando.

– El suelo tiene una que otra roca, –dijo Jose – pero se ve limpio.

Andrea empezó a rodear su guarida.

– No veo indicios de hormigueros o huecos de algún animal a su
alrededor.

– Sí, aquí entonces. –dijo Jose.

Se sentaron y Jose sacó la manta semi-hecha de la maleta. La acompletó, la asentó en la pequeña superficie de su guarida y se acostaron emitiendo un sonido de relajación muscular.

– ¡Ahh! ¡Qué rico! –dijo Andrea.

– Sí, esto sí es vida. –dijo Jose.

Hubo breves momentos de silencio y luego rieron.

¡Qué locura de Luna de Miel! Su segunda noche juntos y la volvieron a pasar en medio de la nada, en la naturaleza. Ambos rieron porque eso pensaron, no tenían que decirlo en voz alta.

– Todavía queda un poco de luz. –dijo Jose.

– No entiendo. –dijo Andrea.

– Es decir, me refiero a que podemos aprovechar que todavía queda un poco de luz.

Andrea se sentó y golpeó a Jose en el pecho.

– ¿Es en serio que estás sugiriendo eso ahora? ¡Estamos sucios! ¡Y aquí es sumamente antihigiénico! ¡Nos va a dar una infección o algo! ¡Fácil nos va…!

– Me refería a leer. –dijo Jose, interrumpiéndola.

– Ah. –dijo Andrea. – Eso. Eso sí.

Jose emitió una divertida carcajada.

– Tranquila, Gogs. Esta aventura no es momento para momento romántico. Ya habrá momento para eso jajaja. –dijo Jose.

Andrea rió. Luego se acercó a su maleta y sacó su libro.

– ¿En qué página vas? –le preguntó Jose.

– No he avanzado mucho. –dijo Andrea, mostrándole el marcador.

– ¡No manches! ¡Me hubiera quedado con mi libro entonces! –exclamó Jose.

– Pues ni modos, ahora vuelves a leer conmigo el libro. ¡Y cuidadito me soplas algo!

Jose rió. Andrea se acomodó en su pecho y abrió su libro.

En eso, el crujido de una rama rompiéndose sonó detrás de ellos.

8

Ambos se sentaron de golpe.

Jose se levantó de un brinco.

Volteó atrás, pero no había nada. Ningún animal en el suelo o cielo.

Se miraron mutuamente.

– No tengo ni la menor idea. –dijo Jose, pensando que Andrea le iba a preguntar qué piensa que habrá sido.

Se quedaron unos minutos más en silencio, viendo a su alrededor, en busca de signos de movimiento o ruidos diferentes.

Pero nada.

Ni el viento se escuchaba.

– Si quieres me quedo despierto un rato, en lo que duermes. –dijo Jose.

– Sí, pero primero voy a leer un poco. –dijo Andrea.

Se acostaron de nuevo. Andrea puso su cabeza sobre el pecho de Jose y abrió su libro donde había puesto su marcador.

   – ¡Hola Miguello, Fernandine! –exclamó Jusepe.
   Miguello y Fernandine se acercaban al recibidor del restaurante, saliendo de éste.
   – Acabamos de tener nuestra cena. No pudimos cambiarla, pero no te preocupes, mañana con calma la armamos juntos. – dijo Miguello.
   Jusepe y Andreux rieron cortésmente.
   – Vayan, cenen. ¿Nos vemos en la discoteca al rato?
   – ¡Claro! ¡Claro! –comentó Jusepe.
   Se despidieron los cuatro y la recibidora llevó a Jusepe y a Andreux a su mesa.

– Obviamente no vamos a ir a la discoteca, ¿verdad? –dijo Andreux apenas se sentó.

– No, obvio no. Creo. –dijo Jusepe.

– Bueno, podríamos ir un ratito pero cuando te diga que nos vayamos, nos vamos.

– Sí, podemos hacer eso. Ya sabes la señal; me pides mi pañuelo.

– De acuerdo.

Ambos abrieron sus menús y ordenaron.

La cena fue exquisita.

Jusepe pidió una pasta con camarones salteados al limón y tequila.

Andreux ordenó un pollo envuelto con espinaca cristalizada, bañado en salsa de hongos silvestres al ajillo.

De postre, ambos pidieron un pay exótico de manzana con helado de macadamia.

Al terminar de cenar, se levantaron y salieron del restaurante.

– La verdad no tengo ganas de ir a la discoteca. –admitió Andreux.

– Jajaja somos unos aguados. –dijo Jusepe.

– Cualquier cosa les decimos que nos sentíamos cansados.

– Pues realmente no estamos yendo por eso. –dijo Jusepe.

Ambos sonrieron, se tomaron de la mano y caminaron a su cabina.

Al llegar a su cabina se desvistieron, se pusieron su pijama y se acostaron.

– ¿Ya a dormir? –preguntó Andreux.

– No. La verdad me gustaría…

– Leer. –dijo Andreux.

Jusepe sonrió y sacó su libro.

Lo abrió donde había dejado su marcador.

CAPÍTULO PRIMERO

Ésta es la historia de la Luna de Miel de Josefino y Andreato. Una pareja que decide tener su Luna de Miel en…

En eso, Andreux le quita su libro de golpe.
– ¿¡Oye, qué hac…!?
Jusepe no había terminado de reclamarle cuando se dio cuenta que Andreux ya no tenía su pijama.
Ambos sonrieron…

Andrea puso su marcador y cerró su libro.
No podía ver los ojos de Jose pero, debido a que no reclamó nada, supo que ni lo estaba leyendo con ella.
La luz se estaba desvaneciendo.
– "Hora de dormir" –pensó Andrea.
Asentó su libro, se acomodó y cerró los ojos.
Pero vaya que los insectos decidieron hacer fiesta esa noche.
El ruido fue ensordecedor.
Andrea y Jose se despertaron constantemente durante la noche debido a algún ruido extraño de un animal o insecto extraterrestre.
Jose incluso intentó dormir con sus manos tapando sus orejas pero no pudo.
El frío también decidió salir a jugar.
La humedad y un viento templado hicieron que Andrea y Jose se abrazaran fuertemente durante la noche y, aun así, temblaban.
No había estrellas.
Bueno, de seguro sí había, pero la densa vegetación no les dejaba ver nada. Estaban completamente a oscuras, a oscuras y con dos millones de insectos a su alrededor y un aire directo desde Alaska.

Los pájaros dieron el banderazo.
El sol también los despertó son suavidad.

Jose y Andrea abrieron los ojos lentamente. Sus cuerpos estaban confundidos. No sabían si pudieron descansar o no.

– Caray, creo que ya regresaron los pájaros de sus vacaciones. –dijo Jose.

– Creo que literal todos los pájaros del mundo están en este bosque. –dijo Andrea.

Ambos se levantaron.

– Mejor ni te pregunto cómo dormiste… –dijo Jose.

Ambos rieron.

Jose desarmó la manta y la metió en la maleta.

– Tenemos que buscar comida.

– Sí. Muero de hambre. –dijo Andrea.

Jose cargó la maleta y caminaron juntos hacia el sendero.

– Mismo plan, ¿verdad?

– Correcto, señora. –contestó Jose y empezaron a caminar por el sendero.

– ¿Sabes? No dejo de pensar qué hubiera pasado si en vez de hablar el "falso" chino en el taxi, hubiéramos estado en silencio. Ahora ya estaríamos en el hotel. –comentó Jose.

Andrea no contestó.

Siguieron caminando en silencio.

– Tengo que admitir que desde que nos bajamos del taxi, he sentido todo el tiempo miedo y emoción. –dijo Andrea.

– Sí. –dijo Jose. – Y cansancio, hambre, sed, frío…

Ambos rieron.

– Cómo tú siempre dices; las cosas diferentes son las que más memorables se vuelven.

– Créeme que nunca, nunca, nunca se nos va a olvidar esto. –contestó Jose.

– Deberías escribir un libro sobre esto. –dijo Andrea.

– No, tampoco exageres. –dijo Jose.

Andrea se acercó a Jose y le tomó la mano.

– Espera, agarra la otra mano. Quiero cambiar de mano para cargar la maleta.

Siguieron caminando en el sendero.

Por ratos, Jose empezaba a chiflar o a tararear una canción. Segundos después, Andrea lo callaba.

– ¡Jose! ¡Mira! –exclamó Andrea.

Frente a ellos había un enorme árbol con unos frutos verdes, redondos y accesibles a la mano.

Ambos se acercaron corriendo.

Andrea arrancó un fruto y lo inspeccionó.

– Nunca había visto esta fruta. –comentó.

– O verdura. –dijo Jose.

– ¿Cómo lo abrimos? –dijo Andrea.

Jose tomó el fruto y trató de abrirlo con sus manos. No pudo. La corteza era dura, similar a la de una naranja pero más resistente.

Se agachó, agarró una rama y atravesó el fruto.

Luego, con sus dedos, empezó a romper la corteza desde el orificio.

Al abrirlo, el fruto mostró su centro color blanco con pequeñitas pepitas color rojas.

– Verdes. –dijo Jose. – Se ve venenoso.

Ambos observaron el fruto unos segundos.

– Huele bien. –dijo Andrea, acercando su nariz. – Huele ácido. Como una naranja o mandarina.

– ¿Qué hacemos?

– Pues podríamos hacer mismo plan. –dijo Andrea. – Lo pruebas tú y si no te mueres lo pruebo yo.

– Jajaja ¿y si me muero? –comentó Jose.

– Saco tus cosas de la maleta y sigo caminando.

Ambos rieron.

– Uno, dos, tres. –dijo Jose y comió un poco del fruto.

– ¿Y?

– Sabe similar a una naranja pero tiene un ligero sabor amargo. No sé si a zanahoria o apio. Pero sí está pasable. Las pepitas rojas se deshacen en tu boca.

Jose abrió su boca y una lengua sumamente roja saludó a Andrea.

– ¡Tú lengua está súper roja!

– No me duele. No está tan ácido.

Andrea comió un poco del fruto.

Luego, Jose se empezó a reír.

– ¿De qué te ríes? –preguntó Andrea, tragando su bocado.

– Parecemos Adán y Eva y te acabo de convencer de que comas del fruto prohibido.

Ambos rieron.

– Ahora desnúdate. –dijo Jose, en tono serio.

Andrea se puso seria también.

Y estallaron de risa otra vez.

Jose le dio el fruto abierto a Andrea y agarró otro del árbol.

Con la rama le hizo su orificio y abrió el fruto.

Se sentaron y empezaron a disfrutarlos como si fueran golosinas.

– Lo bueno es que además está jugoso. Nos va a quitar el hambre y la sed. –dijo Andrea.

– Sí. Hay que llevar muchos, para el camino.

– ¿Pero y qué vamos a sacar de la maleta para meter los frutos?

– Tu libro… –dijo Jose.

– ¡No! ¡Claro que no! ¡Es lo único que me distrae! Además cada vez que leo ahí algo de comida me imagino comiéndolo y engaño a mi estómago.

– Jajaja era broma. –admitió Jose. – Podríamos dejar alguna ropa y dejar sólo la ropa que usamos para la manta.

– ¿Podemos tomar un descanso?

– Estamos descansando. –dijo Jose.

– No. Me refiero a que si podemos dormir una siestecita.

– No. Recuerda que hay que aprovechar la luz del día.

– Ash. –dijo Andrea.

Se pusieron de pie, agarraron como diez frutos y sacando un poco de ropa los achocaron con mucha presión en la maleta.

– ¿Y si tiramos la bolsa con agua?

– No. Nos puede servir. –contestó Jose.

Empezaron a caminar de nuevo en el sendero.

La vegetación seguía abundante pero no había indicios de otro árbol con los frutos que agarraron. No había indicios de ningún árbol con frutos.

– Descanso, descanso. –dijo Andrea.
Jose bajó la maleta.
– Ahí, en ese tronco. –dijo Andrea, señalando la base de un árbol.
Caminaron hacia dicho lugar y se sentaron.
– ¿Quieres un fruto? –preguntó Jose.
– Sí. Aunque quiero un sorbo de agua primero.
Jose abrió la maleta, sacó la bolsa de agua y un fruto.
– ¡Chispas! ¡Se me olvidó agarrar la rama para abrir los frutos! – exclamó Jose. – Voy a buscar una. Mientras, toma el agua.
Jose se levantó y empezó a dar vueltas, buscando una rama que le funcionara.
Andrea tomó la bolsa de agua y la abrió.
– "Verdes, va a estar complicado tomar esto". –pensó.
Andrea levantó un poco la bolsa para que un chorrito cayera en su boca pero, como torrente de agua, cayó gran parte sobre todo su rostro y camisa.
Andrea levantó rápidamente la bolsa; ya quedaba menos de 1/4 de agua.
– "¡Verdes!" –pensó Andrea.
En eso, Jose se acerca y mira a Andrea toda mojada.
Jose estalla de risa. Seguido de esto, Andrea ríe también.
– ¡Perdón! –comenta Andrea.
– ¡No te preocupes, Gogo! –contesta Jose. – Si tengo sed, succiono tu blusa jajaja.
Jose se sentó a su lado y tomando el fruto le hizo un orificio con la rama que encontró.
Abrió el fruto y se lo pasó a Andrea.
– Ya no me merezco el fruto. –dijo Andrea.
– ¿Rompo tu cara? –dijo Jose. – No seas payasa, dale.

Andrea tomó la mitad del fruto y Jose la otra. Lo disfrutaron como si hubiera sido la primera vez que lo comían.

– Te quiero mucho, Gogs. –dijo Andrea.

– Sí, ya que te alimenté me lo dices jajaja. –dijo Jose.

Ambos rieron.

Cuando se terminaron el fruto, Jose guardó la pequeña bolsa de agua y la rama. Se pusieron de pie y empezaron a caminar de nuevo.

Escucharon un ruido.

Ambos levantaron la vista.

– ¡Ahí! ¡Algo se movió! –exclamó Andrea.

Efectivamente algo se movió… y se movió de nuevo. Un animal de tamaño mediano, similar a venado, pero desde lejos se veía más peludo…

– ¡Una cabra! ¡O un chivo! –exclamó Jose. – Bueno, la verdad no sé la diferencia.

Ambos empezaron a caminar hacia la cabra.

La cabra los detectó y empezó a irse.

– ¡Rápido, tenemos que alcanzarla! –exclamó Jose.

– ¿¡Qué!? ¿¡La vamos a comer!?

– ¡No! ¡Pero la podemos usar para cargar la maleta!

Andrea empezó a reírse.

– ¿Quieres domesticar una cabra? –preguntó entre risas.

Jose estaba cargando la maleta y se le empezó a complicar la persecución.

La cabra se perdió de vista al atravesar un arbusto.

Cuando Jose lo atravesó, se quedó perplejo.

Andrea atravesó al arbusto y también se quedó maravillada.

El ecosistema había cambiado de nuevo. Como si el arbusto fuera el último pedazo que dividía el denso bosque con la enorme pradera que veían de nuevo.

Una pradera similar a la que conocían, pero con el pasto ligeramente más largo. Unas enormes montañas blancas se ocultaban al final y frondosos árboles la rodeaban a lo lejos.

Lo que también les llamó la atención fueron las miles de cabras que pastaban en la pradera.

Jose y Andrea se miraron.

– Bueno, si no puedes domesticar a una, tienes otras cinco mil para intentarlo. –dijo Andrea.

Se empezaron a acercar a las cabras.

Las cabras, al verlos, se empezaron a alejar ruidosamente.

En eso un hombre surgió entre ellas.

El hombre llevaba un sombrero chino, de esos que están hechos de paja y son similares a un disco. Tenía una camisa blanca y llevaba un palo de madera.

El hombre gritó algo en chino y, por su tono y ademanes, no se notaba feliz.

Jose y Andrea dejaron de caminar y se quedaron quietos.

El chino empezó a correr hacia ellos.

– ¿Jose, qué hacemos? –comentó Andrea.

– Si corremos, perdemos la oportunidad de ir a la aldea donde él vive. Porque segurísimo que él debe de vivir en alguna aldea cerca de aquí. Pero si nos quedamos así, por lo molesto que se ve, no creo que esté viniendo a saludarnos…

El chino seguía corriendo hacia ellos, con su palo en alto y gritando furioso.

– ¡Ya sé! ¡Abajo! –exclamó Jose y se hincó, en posición de adoración, con sus manos al frente y su cabeza tocando el suelo.

Andrea rápidamente hizo lo mismo.

– ¡Así más fácil nos va a golpear! –dijo Andrea, desde su posición.

– No. No creo que nos golpee. Esto es símbolo universal de respeto y paz… creo.

Ya no podían ver al chino, pero por sus gritos, claramente se estaba acercando bastante rápido. Cuando el chino finalmente quedó frente a ellos, se detuvo, tanto en su carrera como en sus gritos.

Luego, comentó algo en chino que obviamente ni Jose ni Andrea entendieron.

– Ni hao –dijo Jose.

El chino comentó algo de nuevo. Diferente a lo anterior, con más calma, pero con tono de pregunta.

– Ni hăo –dijo Jose, intentando con otra pronunciación, porque por lo visto algo ha estado fallando en su acento que nadie reconoce su saludo de "Hola".

– ¡Nín hăo! –exclama el chino.

Jose levanta la vista lentamente, con las manos arriba.

– ¡Nin hao! ¡Nin hao! ¡Nin hao! –comentaba, bajando ligeramente la cabeza, en signo de reverencia.

El chino empezó a reírse y comentó algo en chino.

Andrea levantó su mirada lentamente también. Cuando vió que Jose tenía levantada las manos, hizo lo mismo.

Jose puso sus manos en su pecho y dijo: "Jose. Jose. Jose", enfatizando que ése es su nombre. Luego señaló a Andrea y dijo: "Andrea. Andrea. Andrea".

El chino sonrió, en señal de que había entendido. Puso su mano sobre su pecho y dijo: "Guzi. Guzi. Guzi".

Jose y Andrea sonrieron.

Luego, Jose levantó las manos y se empezó a acercar a su maleta.

Para que el chino no pensara que va a sacar un arma o algo malo, mantenía sus manos arribas, mientras lentamente iba sacando algo de la maleta… su librito.

Al sacarlo, el chino seguía viéndolos en silencio, pero sonriendo.

Jose abrió el librito rápidamente y buscó la palabra "Perdido". Al encontrarla, levantó el librito y se lo acercó al chino, en señal de que se acerque a leerlo.

El chino dijo algo en chino y con su mano hizo ademán de no estar interesado, de rechazo.

Jose se quedó perplejo. ¿Cómo iban a comunicarse con él? Y se le ocurrió otra idea.

Poniendo sus manos arriba, volvió a acercarse a la maleta y lentamente sacó uno de los frutos. Luego, hizo una reverencia y se la dio al chino.

El chino pareció reconocer el fruto y con una expresión de alegría, lo recibió.

Jose juntó las manos en estilo oración y le agradeció su aceptación.

– Xe xe, xe xe… –dijo Jose.

– Xièxiè –dijo el chino.

– Xié xié –corrigió Jose. Con razón nadie le entendía.

El chino se dio la vuelta y empezó a caminar hacia sus cabras.

Jose y Andrea se miraron mutuamente.

– Jose, se está yendo.

– Ya sé. Tenemos que decirle de alguna forma que nos lleve con él.

Jose abrió su librito y buscó la palabra "Poblado". No había. Buscó la palabra "Pueblo".

Jose se levantó y caminó hacia el chino.

– Zhen –dijo.

El chino se volteó.

Inmediatamente Jose se arrodilló de nuevo.

– Zhen. Zhen. Zhen. Zhen. –dijo, con reverencias.

El chino se quedó pensativo. Cuando observó a Andrea, que seguía en el lugar donde estaban anteriormente, Andrea bajó la cabeza también.

Jose seguía diciendo esas palabras.

– ¿Zhèn? –preguntó el chino.

Jose hizo una cara de aceptación y trató de imitar el acento de su palabra.

– ¡Zhén! ¡Zhén! ¡Zhén! –exclamó, mientras hacía reverencias.

El chino volvió a pensar por unos segundos. Luego pronunció algo e hizo un ademán con sus manos similar al "Síganme".

Jose volteó a ver a Andrea y le sonrió. Lo habían logrado.

Andrea se levantó. Jose se levantó y regresó con Andrea para cargar la maleta.

– ¿Qué es Chen?

– Significa "Pueblo". –dijo Jose. –…creo jajaja.

Caminando se acercaron lentamente al chino, que iba caminando sin voltear atrás, emitiendo unos gritos hacia las cabras, las cuales parecían entender e iban dirigiéndose hacia donde él estaba caminando.

El chino, sus miles de cabras, Andrea y Jose empezaron a caminar por la pradera.

Ocasionalmente el chino saludaba a Jose y Andrea con una sonrisa y seguía caminando.

Mientras caminaban, Andrea abrazó el brazo libre de Jose. Las cabras ya se habían acostumbrado a ellos y ahora caminaban entre ellos.

– ¿Y si subo la maleta en una de ellas? –comentó Jose.

– No. No manches. No vaya a ser que se moleste el chino y ya no nos lleve a su pueblo.

– Si es que estamos yendo a su pueblo. –dijo Jose.

– Tú mismo lo dijiste. En algún lugar tiene que dormir.

– Sí, eso espero. A sólo que sea de esos nómadas que viven con sus cabras.

– No tiene mochila. No tiene nada consigo. Ya viste con qué alegría aceptó nuestro fruto. Eso me dice que hace rato está con sus cabras. Mi teoría es que sí vive en un pueblo o al menos en una casa.

Jose abrazó a Andrea.

Ya habían caminado casi toda la pradera. El chino y sus cabras empezaron a dirigirse hacia los árboles, los enormes árboles.

Jose y Andrea lo seguían, entre las cabras, como si fueran dos más.

Al entrar entre los árboles caminaron un rato más, un buen y largo rato más.

El chino gritó algo en chino.

Cuando levantaron la vista Andrea y Jose (que andaban viendo hacia abajo, para no tropezarse, y a las cabras de enfrente, para no golpearse con ellas), vieron que el chino había saludado a otro chino.

El otro chino, al verlos a ellos dos, puso cara de sorprendido y se quitó el sombrero, en señal de "No lo puedo creer".

Jose levantó la mano.

– ¡Nin hao! –exclamó, sonriéndole al chino.

Pero el chino ni se inmutó. Seguía con cara de shockeado.

– Bueno, creo que lo sigo diciendo mal jajaja –dijo Jose a Andrea.
Ambos rieron.

En eso, escucharon más ruidos. Voltearon al frente y los árboles empezaban a disminuir.

Ya no veían al chino. Sólo las cabras que estaban frente a ellos. Caminaron un poco más y fueron visualizando lo que había delante ellos… chozas.

Al pasar los árboles, una explanada se abrió a ellos. Las cabras seguían caminando, como si supieran adónde ir.

Al frente, vieron al chino hablando con otros chinos. Hablaban un chino bastante fuerte, como si estuvieran discutiendo. Los otros chinos, al ver a Jose y Andrea, los señalaron y empezaron a gritar.

Jose y Andrea se detuvieron.

Los gritos de los chinos empezaron a ser más fuertes. Eran diferentes a lo que les había gritado el pastor de cabras.

Poco a poco empezaron a salir más chinos alrededor de ellos, con miradas curiosas. Cuando veían a Jose y Andrea empezaron a murmurar y a gritar.

La mayoría eran hombres al principio pero luego empezaron a salir mujeres, ancianas y niños. Todos rodeando a Jose y Andrea, gritando, señalando y con cara de malhumorados o asombrados.

Jose cubrió a Andrea con su cuerpo.

– ¿Nos hincamos? –preguntó Andrea.

– Sí, buena idea.

Ambos rápidamente se hincaron.

Pero los gritos no cesaban. De hecho aumentaban. No eran los mismos gritos. Definitivamente cada quién gritaba lo que sea. Era un griterío de palabras chinas incomprensibles para Andrea y Jose.

– Creo que no funciona. –dijo Andrea, aún con la cabeza abajo.

En eso, los chinos empezaron a gritar lo mismo.

– ¡Yīshēng! ¡Yīshēng! ¡Yīshēng!

Jose y Andrea se miraron en el suelo, con cara de preocupación.

El mismo grito ahora era sumamente fuerte y unísono.

Oh oh… –dijo Jose.

9

– ¡Yīshēng! ¡Yīshēng! ¡Yīshēng!

El pueblo seguía gritando.

En eso, una voz potente sonó y los chinos empezaron a callarse.

Todo ahora fue silencio.

Jose levantó su mirada lentamente. Andrea, al verlo, hizo lo mismo.

Frente a ellos había un hombre con una piel morena y una barba blanca con ligeros indicios de que alguna vez fue negra. Llevaba una camisa roja, bastante gastada, pantalón color caqui muy viejo y unas sandalias muy usadas. Ese hombre, no era chino.

El hombre, viéndolos a ambos, preguntó.

– ¿Zhōngguó jiǎng?

Jose pensó muy bien qué debía de decir. Un error y les podría costar la vida.

Se llevó las manos a su pecho.

– "Jose". "Jose". "Jose". –dijo, lentamente. – "Andrea". "Andrea". Andrea". –dijo, señalando a Andrea.

El hombre abrió los ojos, en señal de sorpresa.

– ¿Hablas español?

La adrenalina en los cuerpos de Jose y Andrea se disparó de golpe. La felicidad en sus rostros era tan notable que se pusieron rojas sus caras y sus ojos casi se salían de sus órbitas, al igual que sus sonrisas.

– ¿¡Hablas español!? –exclamó Jose.

– ¡Sí! –exclamó el hombre, que también se le dibujó una enorme sonrisa y la felicidad también irradiaba en su persona. – ¡Soy de México!

– ¡Nosotros igual! ¡Nosotros igual! –exclamó Jose y poniéndose de pie de un brinco, abrazó al hombre. – ¡Nosotros igual! ¡Nosotros igual! –volvió a gritar, ahora con lágrimas en sus ojos, llorando de felicidad.

El hombre pareció aceptar su abrazo y también lo abrazó. Pudo sentir la euforia que estaba teniendo Jose en ese momento.

Andrea también estalló en llanto, llanto de felicidad. Se levantó y abrazó a ambos hombres.

Los tres empezaron a abrazarse y a brincar de felicidad.

Todos los chinos alrededor tenían la cara de asombro más impactante que hayan tenido en sus vidas.

– ¡Gracias! ¡Gracias a Dios! ¡Bendito seas! ¡Gracias! –exclamó Jose al hombre, mientras ya lo dejaba de abrazar.

Los tres se separaron.

Uno de los chinos gritó algo.

El hombre se volteó hacia él y exclamando a modo de discurso para todos, gritó algo en chino.

Cuando terminó, todos los chinos murmuraron.

El hombre volvió a decir algo en chino.

Los chinos hicieron muecas de aceptar lo que decía y volteándose se fueron separando.

El mismo chino que había gritado inicialmente le reclamó algo al hombre.

El hombre le contestó de vuelta. Luego el chino se dio la vuelta y se dispersó.

En la explanada, ya sólo quedaron ellos tres.

– ¿Qué pasó? –preguntó Jose.

– Vengan, hay mucho que platicar. –dijo el hombre. – ¿Tienen hambre, sed?

Jose y Andrea se miraron mutuamente.

– ¡Sí, por favor! ¡Muchísima! –exclamó Andrea.

– Vengan, vamos a mi hogar. –dijo el hombre.

Jose cargó la maleta y caminaron por la aldea.

La aldea era rústica. Las chozas eran hechas de pedazos y troncos de madera de árboles, barro y un material blanco que Andrea y Jose no

reconocieron. No es cemento, pero sospechaban que es algo similar
pero frágil como el barro.

Entre las chozas, había unas muy pequeñas, unas medianas y de vez
en cuando había una enorme, con amplio techo de paja y ramas de
árboles.

No había coches.

No había motos.

No había bicicletas.

Todos caminaban. El piso era tierra compactada, pero aún seguía
siendo parte de la naturaleza. Por partes había pasto delgado, similar
al que conocían Jose y Andrea de la pradera de Helbert, el arbolito.

A pesar de que las chozas eran rústicas se notaba la belleza y el
esfuerzo de hacerlas hogareñas. La mayoría tenía plantas, flores y
arreglos que hacían cada choza única.

En lo que caminaron, se toparon tres veces con chinos bañándose
junto a sus casas, completamente desnudos (dos veces fueron
hombres y una vez fue una mujer), con un tubo a su lado y en plena
vista de todos.

– Vaya, aquí sí que hay confianza –dijo Jose.

El hombre volteó y observó los baños.

– Oh sí y todavía no has visto nada. –dijo el hombre.

Siguieron caminando hasta que tomaron un ligero sendero que subía
por una pequeña colina.

En el camino, un joven, de edad cercana a los veinte años saludó al
hombre con extrema alegría. Estaba haciendo alguna manualidad con
unos pedazos de madera.

El hombre le devolvió el saludo, muy alegre.

El joven se dio cuenta de Jose y Andrea y le preguntó al hombre sobre
ellos, señalándolos.

El hombre le contestó. El joven sonrió a Jose y Andrea y los saludó.

– Él es mi hijo, Shan.

El joven era chino pero su piel no era tan clara como los demás de la
aldca; definitivamente se notaba que era su hijo. Siguieron caminando
por la colina hasta que llegaron a una choza de tamaño mediana.

Tenía la misma estructura de las demás chozas, pero era diferente. A su costado tenía una pequeña choza, unida. Como si la hubieran remodelado y le hubieran agregado una estancia.

Además, la choza tenía ventanas, cosa que no tenían las chozas de la aldea. Las ventanas eran huecos con el intento de ser cuadradas, de las cuales había en algunas unas hojas grandes de algún árbol, simulando las cortinas.

En la entrada, había dos sillas de madera, hechas artesanalmente.

El hombre gritó algo.

De la entrada salió una mujer, con el pelo negro largo y con ligeros indicios de vejez.

El hombre habló con la mujer unas palabras y la mujer hizo un ademán de aceptación.

La mujer hizo una reverencia hacia Andrea y Jose y les sonrió.

– Huānyíng. –dijo la mujer.

– Bienvenidos. –tradujo el hombre. – Ella es mi esposa, Jia-Li.

– Xiéxié –dijo Jose y, junto con Andrea, bajaron la cabeza.

El hombre y su esposa rieron.

– Es "Xièxiè". –dijo el hombre.

El hombre les hizo una seña de "Pasen" a Jose y Andrea.

Entraron los cuatro a su casa.

Bueno, a su hogar, porque no parecía una casa.

Adentro era un cuarto cuadrado, sin nada. No había muebles, no había nada en las paredes (excepto los huecos de las ventanas) ni había nada en el techo. Como si le hubieran robado todo .

– No se asusten, no me asaltaron jajaja. –dijo el hombre.

Su esposa salió con cuatro pequeñas sillas y con ligeros colchones tejidos a mano de una clase de tela suave y diferente. Luego se volvió a ir por una entrada que había al fondo del cuarto. En dos segundos, regresó con una pequeña mesa de madera. La puso en medio de las cuatro sillas y volvió a irse.

– Tomen asiento, por favor. –dijo el hombre.

Los tres se sentaron.

– No sé por dónde empezar. –dijo el hombre, con un ligero tono de emoción.

Su esposa salió de nuevo con una bandeja y cuatro platos hondos. Al asentarla en la mesa, Andrea y Jose vieron que los platos contenían cacahuates.

No eran como los cacahuates del avión que había comido Andrea. Éstos tenían una corteza diferente y se veían tostados y deliciosos.

La esposa volvió con otra bandeja y cuatro vasos, que contenían un líquido verde claro, similar a un té.

– Por favor, coman. –indicó el hombre. – Son Cacahuates Hai. La bebida es un té de Hui-Fang, una planta medicinal de esta zona. Les ayudará a hidratarse.

Andrea y Jose tomaron unos cuantos cacahuates y se los metieron a la boca. Tomaron el té y bebieron lentamente (ya que estaba caliente).

La esposa regresó con otros cuatro vasos pero ahora estaban llenos de agua.

– He aquí agua fresca, por si quieren calmar su sed. Con el té caliente va a estar difícil jajaja. –dijo el hombre.

Andrea y Jose rápidamente tomaron el vaso y lo vaciaron de un sorbo. El hombre y su esposa rieron. La esposa se volvió a ir.

– Bienvenidos a la aldea Mao. –dijo el hombre. – Y creo que no me he presentado. Mi nombre es Carlos Granados. Pero aquí me llaman Yīshēng, que significa "Doctor".

Si lo desean, les cuento un poco sobre por qué estoy aquí y la aldea…

– ¡Sí, nos encantaría! –comentó Jose con algunos cacahuates en la boca.

Ya se habían acabado la primera ronda de los cacahuates (los cuatro platos) y también los cuatro vasos de agua. La esposa estaba regresando con la siguiente ronda.

– Verán, yo estudié Medicina en México cuando tenía veinte años. A los veintiocho años que me gradué no tenía novia ni nada. La verdad amaba mucho México, pero mi pasión por la medicina oriental era más grande, así que decidí venir a China a aprender los trucos y métodos orientales de medicina, para complementar mis conocimientos.

Empecé en las grandes ciudades, pero me di cuenta que los conocimientos eran bastante comerciales, no eran tradicionales ni ancestrales, como lo que buscaba. Así que me dediqué a buscar pueblitos por toda China en busca de más conocimientos.

Después de diez años de viajar por todo China, escuché el rumor sobre esta aldea; Mao. La gente de los pueblos cercanos comentaba que esta aldea era sumamente antigua, con conocimientos que han pasado por veinte generaciones, sin contacto con el mundo exterior. Pasé seis meses buscando la aldea por los alrededores de toda esta zona hasta que finalmente los encontré.

El chino que hablaban ellos era, por mucho, diferente al chino mandarín que yo ya había dominado, por lo que al principio se me hizo un poco difícil comunicarme.

Y como habrán visto, esta aldea es bastante especial con los extranjeros. A ustedes los recibieron con gritos; a mí, con palos y herramientas de trabajo.

Gracias a mis diferentes acentos por haber pasado por muchos pueblos, pudieron entender mi chino. Después de mucho platicar con los Representantes de la aldea, me dieron una oportunidad de quedarme por un tiempo, apoyando al doctor de la aldea.

El doctor tenía cerca de noventa años. Ya se imaginarán mi cara cuando lo conocí. Era el único doctor de la aldea.

La amistad que tuve con él fue extraordinaria y me enseñó todos los métodos y conocimientos que él había aprendido de su padre. Él nunca tuvo hijos. Me decía que porque así lo había decidido la Madre Naturaleza. Obviamente yo sabía que él era infértil pero nunca se lo dije. Aquí tienen la costumbre de que todas las enfermedades que les da, no es por sus cuerpos, sino porque la Madre Naturaleza ha decidido otorgárselas a ellos y deben tomar la decisión de aceptarla o rechazarla.

Después de que pasaron seis meses y los Representantes de la aldea se dieron cuenta que yo ya había aprendido todos los métodos medicinales de su doctor, quisieron que yo me fuera de la aldea. Obviamente ese era mi objetivo inicial; ir a una aldea, aprender todo lo que pueda de ellos e ir a la siguiente aldea, pero una mujer había cambiado mis planes.

Cuando conocí a Jia-Li yo llevaba dos meses en la aldea. Vino al consultorio debido a una erupción rara en su brazo. Me enamoré apenas la vi. Ella tenía veinticinco años y yo casi cuarenta. Aquí en la aldea las mujeres las casan a los quince años, para tener cuatro o cinco hijos y puedan apoyar a la aldea lo más pronto posible. Cuando las mujeres se casan, se dejan el pelo largo y sólo se lo vuelven a cortar cuando enviudan.

Entonces, al verla entrar al consultorio con el pelo corto, supe inmediatamente que ella era la destinada para mí. Sólo que me puse a pensar: "¿Si es tan bella, por qué no la han casado?".

Apenas se fue del consultorio el doctor me explicó que ella es Hija del Jefe de los Representantes de la aldea. La Hija del Jefe la casan a los treinta años con el hombre más sabio de la aldea en su momento. No importa la edad que tenga. Al casarse, ese sabio se convertirá en el nuevo Jefe de Representantes de la aldea. Cuando se casan, tendrán hijos hasta que salga la primera niña. Si la primera es niña, ya no tendrán otro hijo y esa niña será la futura "Hija del Jefe", y de nuevo, se casará con un sabio a los treinta años y así la historia se repite. Es una forma estructurada en que el esquema jerárquico son personas del mismo pueblo y no una sola familia. Si el Jefe de Representantes no tiene una hija, en los primeros diez años de su matrimonio, el Representante que tenga una hija más cercana a la edad de treinta años, se convierte en el Jefe de Representantes. Cuando su hija cumpla treinta años, la casa con un sabio y la historia continúa.

Obviamente eso fue como un rayo de esperanza para mí. Yo podría ser ese sabio. No tenía que ser parte de la aldea… ¿O sí?

"¿Cómo eligen al hombre más sabio de la aldea?", le pregunté al doctor.

"Se hacen juntas para votaciones y se decide sólo cuando todos los Representantes y el Jefe de Representantes estén de acuerdo. Si uno está en desacuerdo, continúan sus juntas, debates y análisis, hasta que se defina uno, votado por todos.", me dijo.

Vaya, de nuevo mi esperanza se perdió jajaja.

Los tres rieron.

La esposa, que estaba sentada con ellos, obviamente no entendía nada de lo que Carlos estaba diciendo.

– Regresando a donde estaba, habían pasado seis meses y ya me querían sacar de la aldea. Pero mi amor por Jia-Li era grande, demasiado grande. Ella había incluso fingido estar enferma para que nos veamos en el consultorio.

El doctor obviamente supo de nuestro amor secreto y lo aprobó. Era nuestro cómplice, y a veces le decía a su padre que ella tiene que descansar algunas tardes en el consultorio, para que ella y yo podamos convivir un poco más.

Cuando me quisieron sacar, yo ya no quería irme. Así que el doctor abogó por mí para me quedara.

Los Representantes no querían al principio pero cuando el doctor les dijo que algún día él se iba a morir y el único que sabía todo que él sabe era yo, los Representantes lo pensaron. Finalmente, accedieron a que me pudiera quedar, pero con la condición de que mi choza la construya un poco más apartado que los demás, debido a que no era descendiente directo de sus ancestros, no podía vivir en la misma tierra que ellos.

Y así fue. Construí mi casa aquí, un poco lejos de la aldea.

Después de tres años el doctor se puso muy mal. Estuvo en cama por cuatro días seguidos y el quinto día, falleció. Al principio, los Representantes se molestaron conmigo porque no lo pude salvar, pero el Jefe habló con ellos y algo les dijo que se calmaron.

Y así fue obtuve el rol de doctor oficial de la aldea. Ellos dependían de mí como yo dependía de ellos, para seguir viendo a Jia-Li.

Los días pasaron y Jia-Li ya iba a cumplir treinta años. Los Representantes tuvieron juntas y juntas para definir el destino de Jia-Li.

Llegó el momento de la decisión. Una ceremonia bastante bonita y majestuosa, para nuestra aldea. Ya comprenderán cómo estaban mis nervios. Si no me elegían para casarme con Jia-Li, no sé qué iba a hacer. No podía perderla.

Así que antes de que anunciaran al sabio de la aldea, me levanté y di un discurso. Un discurso frente a toda la aldea, interrumpiendo el Jefe de los Representantes.

Carlos se volteó un segundo y le dijo algo en chino a su esposa.

Su esposa rió.

– Le comenté que les estoy contando cuando di mi discurso jajaja.

La esposa les comentó algo en chino.

– Dice que ella tenía miedo, pena y valentía al mismo tiempo durante mi discurso. –tradujo Carlos.

– ¿Y qué pasó? –preguntó Jose, con un rostro lleno de curiosidad, al igual que Andrea.

– Mi discurso fue sobre las tradiciones de la aldea y de cómo la Hija del Jefe debe de decidir con quién sacarse. De hecho que todos debían de escoger con quién casarse. Que no importa lo que dijeran, que yo amaba a Jia-Li y que mi destino y la Madre Naturaleza querían era que ella fuera mi mujer.

Obviamente todo el pueblo quedó sorprendido. Los Representantes se levantaron, indignados de mi interrupción. El Jefe de los Representantes seguía ahí, parado, mirándome callado con una expresión de ira.

Carlos tomó un cacahuate y se lo metió a su boca.

– ¿Y qué pasó? –preguntó Andrea.

– El padre de Jia-Li habló.

– ¿Y qué dijo? –preguntó Jose.

Carlos rió.

– Un discurso que memoricé por el resto de mi vida.

Carlos se metió otro cacahuate en la boca.

– Dijo: "¿¡Cómo osas interrumpirme!? ¡En el día más importante de la vida de mi hija y del futuro de nuestra aldea! ¡Tú! ¡Un extranjero! ¡Llegas y nos criticas por las tradiciones que ha tenido nuestra aldea por veinte generaciones! ¡Llegas gritando a los siete vientos que eres digno de mi hija! ¿¡Tú!? ¿¡Digno de mi hija!? ¿¡Digno de ser el Jefe de Representantes de nuestra aldea!? ¿¡Tú!? ¿¡Un sabio!? ¿¡En verdad crees que es sabio interrumpir una ceremonia como ésta con tus caprichos egoístas!? ¿¡Por lo que cree tu corazón!?..."

Y el Jefe de los Representantes se empezó a acercar hacia mí.

"¡Miren todos, que he aquí nuestro doctor! ¡El que ha interrumpido la ceremonia más importante de nuestras vidas! ¡El nombramiento del futuro Jefe de Representantes! ¡Y aquí está! ¡Exigiendo la mano de mi hija! ¡Porque él la desea!".

En eso, Jia-Li le gritó: "¡Y yo lo deseo a él!".

Pude ver cómo los ojos de su padre, cercanos a los nuestros, pasaron de ira a compasión, amor y felicidad. Tengo que admitir, que su expresión había cambiado y no era el mismo hombre que me estaba regañando hace tres segundos.

"¡Y mi hija lo ama a él!", gritó, viendo hacia los Representantes.

"¡Tú nos comentas que cada mujer y hombre deben escoger con quién se casa! ¿Qué crees? ¿Qué vamos a obligar a nuestros hijos a casarse con alguien que no desean? ¿Qué vamos a obligar a las personas que más amamos, a nuestros preciados hijos, a vivir una vida con una persona que no conocen? ¿¡Eso es lo que crees!?".

Y toda la aldea estalló en risa.

"¡Somos conservadores, pero no somos tiranos! ¡Somos estrictos pero tenemos corazón!".

Todas las parejas de la aldea que nos rodeaban se tomaron de la mano y sonrieron.

Los Representantes se acercaron a sus esposas y les agarraron la mano.

El padre de Jia-Li se acercó a nosotros y gritó: "¡Antes de morir, nuestro amado doctor, aquél que enseñó a este extranjero todo lo que sabe, me dijo algo: 'El extranjero es la persona sabia que buscas!' ¡Al principio no le creí! ¡Pero luego me dijo: 'Y si no me crees, ve en su corazón qué es lo que más desea'!"

Y me miró a los ojos por unos segundos.

"¿¡Qué es lo que este extranjero desea!? ¡Mi hija! ¡Mi hija es lo que más desea! ¡Y eso, eso es lo que un sabio siempre va a desear! ¡El amor!"

El Jefe de Representantes levantó mi mano y la de su hija, que aún seguían juntas.

"¡Ésto es en lo que se basa nuestra aldea! ¡En el amor! ¡Y eso siempre vamos a necesitar! ¡Alguien que nos guíe con amor y sabiduría! ¡No fue sabio interrumpir esta ceremonia pero sí fue sabio luchar por lo que se ama! ¡No fue sabio no tener paciencia y haber esperado a que hayas sido nombrado como nuestro nuevo Jefe de Representantes!"

Y todos estallaron en gritos de felicidad, aplausos y vitoreando.

El Jefe de Representantes tomó mi mano y me acercó a los Representantes, que me sonreían y abrazaban. Luego levantó mi brazo.

"¡Hermanos!", exclamó, dirigiéndose a toda la aldea. "¡He aquí nuestro nuevo Jefe de Representantes! ¡Desde ahora ya no serás llamado Extranjero, sino Yīshēng! ¡Futuro y prosperidad para nuestra aldea! ¡Yīshēng! ¡Yīshēng! ¡Yīshēng!"

Y toda la aldea gritó con júbilo mi nuevo nombre.

Las lágrimas empezaron salir de los ojos arrugados de Carlos.

También de los de Jose y Andrea.

– Sorprendente historia. –dijo Jose.

– Sí, la verdad está de película jajaja. –dijo Carlos.

Jia-Li regresó con un plato grande que contenía unas cosas blancas, verdes y pan.

– Ah, el plato principal; queso de cabra, queso Yein, queso Zhuang, espinacas y un poco de pan.

Los ojos de Andrea se abrieron.

– ¡Qué variedad de quesos! –comentó Jose.

– Oh, amigos. Todavía no les he contado nada. –contestó Carlos.

Jose y Andrea agarraron un buen pedazo de pan y empezaron a comer de los quesos, poniéndole un poco de espinacas.

Jia-Li trajo una enorme jarra de agua, al ver que con los vasos estaba dando como cuatro vueltas cada diez minutos.

– ¿Y qué más sucedió? –preguntó Jose.

– Pues, me convertí en el nuevo Jefe de Representantes. Hice mejoras a mi casa y a la aldea. Sugerí unos ligeros cambios los cuales han sido aceptados. He vivido aquí casi veinte años.

– ¿Y de hijos sólo tienes a Shan?

– ¡Oh no! ¡Tuve a mi princesa! ¡Shui! Fue la segunda.

Carlos le preguntó algo a Jia-Li en chino, y su esposa le contestó.

– ¡Lástima! No la van a poder conocer hoy. Se fue a su entrenamiento intensivo de cosecha. Va a regresar hasta mañana.

Jose y Andrea pusieron una cara de "Ni modos".

– Bueno, continúo. –dijo Carlos. – Perdonen mi intensidad, pero estoy disfrutando hablar en español. Han pasado casi treinta años que no lo hablaba y veo que todavía lo tengo bien decente jajaja.

Los tres rieron.

– Entonces, les cuento que esta aldea es similar a la cultura menonita. Somos autosuficientes. No necesitamos del mundo exterior. Vivimos a base de lo que producimos y trabajamos.

Como sabrán, China es un país sumamente grande y con miles de diferentes climas, ecosistemas y culturas. ¡Vaya, incluso hay miles de tipos de idioma chino! Jajaja.

El punto es que esta aldea, se especializa en la producción de quesos, cacahuates, miel, leche y té. Hemos desarrollado estrategias ancestrales que nos permiten producir los elementos necesarios para sobrevivir, sin tener que matar a un ser vivo, parte de la familia de la Madre Naturaleza.

El secreto de nuestra aldea es que cada quién tiene una función. Pero eso ya lo platicaremos luego. Cuando sea el momento.

Andrea y Jose se miraron.

– Tranquilos, ya verán cuándo será el momento. –dijo Carlos de nuevo. – Pero antes de seguir, que me cuenten ustedes. ¿¡Qué hacen aquí!? ¿¡Cómo nos encontraron!?

Jose y Andrea se miraron, sonrieron y se voltearon de nuevo a Carlos.

– No lo vas a creer… –empezó diciendo Jose.

10

Andrea y Jose le contaron todo a Carlos, la cual, cada determinado fragmento de la historia, le traducía a Jia-Li.

– ¡Caray, qué odisea! –exclamó Carlos, cuando terminaron de contarle.

– Por eso entenderás la enorme felicidad de que hablaras español. – dijo Jose.

– ¡Y mi enorme felicidad también! ¡Extrañaba hablar español! ¡Además de que sean mexicanos! ¡Qué suerte! –exclamó Carlos.

La tabla de quesos ya estaba casi vacía.

Carlos tomó un pedazo de pan y comió un pequeño pedazo de un queso.

– Pero mis amigos, les tengo una mala noticia.

Jose y Andrea asentaron su bocado.

– Como les comentaba, esta aldea es ajena al mundo exterior. Nunca vamos a pueblos cercanos ni nada. No tenemos coches, motocicletas, bicicletas o cualquier otro tipo de transporte moderno. No usamos caballos, vacas o cualquier otro animal como transporte tampoco. Lo único que hacemos y han hecho siempre, es caminar.

– ¿Y cómo podremos regresar a una ciudad? –preguntó Jose.

– Bueno, he ahí una noticia buena y una mala. –dijo Carlos. – La buena es que unos años después de que fui Jefe de Representantes, pude contactar a un comerciante, para que a cambio de nuestros quesos, cacahuates, miel y leche, me pudiera otorgar medicinas que no podía crear aquí.

– ¡La camioneta que vimos! –exclamó Jose, viendo a Andrea.

– Sí, una camioneta blanca. Vino ayer.

– ¿Y dónde está? No la hemos visto regresar ni en la aldea… – comentó Andrea.

– He ahí la mala noticia. –dijo Carlos, con cara triste. – Mi amigo comerciante sólo viene a la aldea cuando puede. No tiene fecha específica. No sé cuándo va a venir, simplemente se aparece y hacemos el intercambio. A veces viene dos veces a la semana, a veces una vez por semana, a veces una vez al mes.

– ¿No hay forma de contactarlo?

– No. Aquí no tenemos medios de comunicación con el mundo exterior. La única forma sería regresar por el sendero que le hicimos y llegar hasta la carretera, pero es una carretera que casi no es transitada. Uno podría tardar días esperando a que pase alguien y es bastante seca. No hay árboles, comida, agua o refugio donde esperar. Bueno, ustedes ya saben eso.

Andrea y Jose se miraron.

– ¿Qué nos sugieres? –comenta Jose.

– Hay tres opciones. –dice Carlos. – Opción 1: Esperar a que venga la camioneta. Opción 2: Esperar unos cuántos días a ver si viene la camioneta. Si no viene, irse caminando a la siguiente aldea. Opción 3: Irse a la siguiente aldea de una vez.

– ¿A cuánto tiempo está la siguiente aldea? –preguntó Jose.

– Tres días caminando. –dijo Carlos. – Lo bueno es que hay agua, refugio y comida en el camino. Lo malo es que el camino está más lleno de vegetación y animales. Eso representa un peligro enorme.

– ¿Y si regresamos hacia la carretera y seguimos hacia el poblado más cercano? –preguntó Andrea.

– No sé a qué distancia están los dos pueblos entre esa carretera, pero mi suposición es que caminando también están a tres días, cualquiera de los dos. Y esos tres días son peores porque ya vieron cómo es el ecosistema en la carretera.

Jose y Andrea se quedaron pensando.

– ¿Puedo sugerirles? –dijo Carlos.

– ¡Por favor! ¡No sabemos qué hacer! –exclamó Jose.

– Mi sugerencia es que nos vayamos por la Opción 2. La Opción 1 es riesgosa en el sentido de que si tarda un mes en venir van a perder todo el resto de su Luna de Miel y posiblemente su regreso a México. La Opción 3 es muy riesgosa porque irse solos en ese camino tan peligroso es casi un suicido.

– Pero en la Opción 2 hay la probabilidad de irse caminando al poblado. –dijo Jose.

– Sí, pero no irán solos. Tendré unos días para prepararles una de nuestras cabras para llevar sus cosas y entrenar a mi hijo para acompañarles y regresar con la cabra.

– No, no queremos arriesgar la vida de tu hijo.

– La arriesgarían si se lo llevan inmediatamente, como en la Opción 3. En la Opción 2 tendré suficiente tiempo para decirle todo lo que sé sobre viajar en estos territorios. Él nunca ha viajado, por lo que le serviría un entrenamiento intenso y un viaje para distraerse y disfrutar el mundo exterior.

– Pero regresarse con la cabra a solas es muy peligroso.

– Él ha vivido dieciocho años en estas tierras. Regresarse a solas le ayudará a encontrarse a sí mismo.

Jose y Andrea se miraron mutuamente.

– ¿Por qué mejor no nos entrenas a nosotros y así no mandas a tu hijo?

– Porque también tendría que entrenar a la cabra para regresar sola jajaja. –rió Carlos. – Aquí las cabras son muy importantes. Desgraciadamente los Representantes no nos permitirán que se la lleven y no la regresen.

Jose y Andrea se quedaron pensando de nuevo. No les gustaba la idea de que Carlos arriesgara la vida de su hijo por ellos.

– ¿Y tenemos que llevar una cabra? –preguntó Jose.

– Sí, claro. La leche de la cabra da nutrientes que necesitarás para el camino. Además, te ayudará a cargar con tus pertenencias. A solo que deseen viajar sin nada. En ese caso sí podrán viajar sin la cabra.

De nuevo, hubo silencio. La cabeza de Andrea y Jose se saturaba de pensamientos y posibles soluciones que no impliquen la compañía de su único hijo.

– Están preocupados por Shan, ¿verdad?

– Sí, la verdad sí. –dijo Jose.

– Miren, qué les parece lo siguiente; le preguntaré a Shan si desea ir. Si me dice que no, pues no lo obligaremos a ir y así ustedes ya no sufren de llevar a mi hijo y poner su vida en riesgo por su culpa. Pero si me hijo me dice que sí le gustaría acompañarlos, ya queda en sus manos si así lo desean o no. Créanme; a Shan también le conviene este viaje.

– ¿Un viaje peligroso? ¿Por qué?

– El peligro es lo que nos hace madurar. El miedo es lo que hace salir la valentía. El temor es lo que hace salir al coraje. Este viaje le ayudará en muchos sentidos y será una persona más sabia para cuando regrese.

Jose y Andrea seguían pensativos. A pesar de tener un buen punto, seguían con cara de rechazo a tal riesgo.

– Piénselo. Haremos mi plan y le preguntaremos primero a mi hijo.

– De acuerdo.

– Además aún falta definir si se pueden quedar mañana.

– ¿Cómo?

– Recuerden que esta aldea es bastante… cerrada. No le gustan los extranjeros. Hoy que estábamos todos en la explanada les dije que ustedes eran mis amigos y que si por favor hoy se podían quedar bajo mi cuidado. Mañana tendremos una junta para definir si pueden quedar o deben irse inmediatamente.

– ¿Irnos? ¿Adónde?

– Pues me temo que si ellos ganan, tendrán que ir al poblado o a la carretera. Lo que ustedes decidan. –dijo Carlos.

– ¿Y cuál nos sugieres? –preguntó Jose.

– Esperemos no llegar a eso. Haré todo lo posible para que ustedes se puedan quedar y procedamos a la Opción 2.

– Carlos, te agradecemos muchísimo todo el enorme apoyo que nos estás dando. –dijo Jose.

– ¡Oh, mis amigos! ¡Yo les agradezco a ustedes por haberme encontrado! ¡Es tan hermoso tener paisanos de visita! ¡Nunca los había tenido! Jajaja.

Los tres rieron.

– Se me había olvidado contarles que aquí, la tradición es tener un solo cuarto para todo. Aquí, son las cosas las que se van moviendo, no las personas. Un cuarto es un comedor, una sala y una recámara.

– ¿Todos los baños son al aire libre? ¿Cómo los que vimos viniendo? – preguntó Andrea.

– No. No todos. La mayoría. Pero hay otros que tienen pudor y sí lo cubren. Como el nuestro.

Andrea y Jose sonrieron.

– Pero ustedes no pueden usar el nuestro. –dijo Carlos.

Andrea y Jose cambiaron su cara repentinamente.

– De hecho, ustedes no podrán dormir aquí. –dijo Carlos. – Los Representantes me dijeron que la única condición de que ustedes puedan pasar la noche hoy, es que duerman en la "Casa del Extranjero".

Carlos rió.

Andrea y Jose no entendieron a qué se debía su risa.

– Perdonen, me da risa porque yo construí la "Casa del Extranjero". Era la casa que los Representantes me hicieron construir cuando recién llegué a esta aldea. No me dejaron dormir cerca de la aldea, así que me hicieron construir mi propia choza lejos de la aldea. Mucho más mejor que esta casa. Esta casa fue la que construí cuando me dejaron quedarme permanentemente.

– ¡Perfecto! ¡Muchísimas gracias! –comentó Jose.

– Cualquier cosa es mejor que dormir afuera, en la intemperie. –dijo Andrea.

– Bueno, no cualquier cosa. Le pedí a Shan que vaya rápidamente a limpiarla, pues como entenderán, han pasado veinticinco años que nadie la habita…

Jose y Andrea se miraron y Carlos estalló de risa.

– Pero tranquilos, en un rato iremos para verla. Tengo que admitir que para ser doctor, tengo sangre también de arquitecto e ingeniero. Soy el único que tiene una choza con ventanas, hamaqueros y otros cuartos. Le agradezco a mi cultura mexicana el haberme dado esos conocimientos jajaja.

Cuando Carlos dijo hamaqueros, Jose y Andrea voltearon a las paredes, pero no había hamaqueros.

– No están en este cuarto. –dijo Carlos y se levantó. – Vengan, conozcan mi casa.

Se levantaron los cuatro y caminaron hacia el lugar donde iba y venía la esposa.

Al entrar, era un vestíbulo que tenía tres puertas, hechas de palos de madera. Carlos se acercó a una puerta y la abrió.

– Ésta es la bodega, donde están los muebles, las mesas, sillas y todo lo que usamos en el cuarto de entrada, donde estábamos.

Luego, Carlos abrió la segunda puerta.

– Ésta es la cocina. Aquí es donde guardamos los quesos, los cacahuates, la leche, la miel, el pan, etc. Más que cocina es una alacena.

Caminaron a la tercera puerta y al abrirla había otro vestíbulo. En ella había dos puertas.

Carlos abrió la primera puerta.

– Éste es mi cuarto.

El cuarto era un cuadrado hogareño, con el techo de paja, una amplia ventana y un colchón a base de hojas de árbol combinadas con algodón y ramas esponjosas. Lo cubría una tela similar a la seda.

– Somos los únicos que tenemos esa cama. –dijo Carlos. – En toda la aldea jajaja.

Al abrir la segunda puerta, se quedaron maravillados.

– Éste es el baño.

Era un baño sencillo pero limpio y acogedor. No tenía inodoro, pero había un asiento hecho de madera bastante limpio. En la parte de la regadera había un tubo decorado y el suelo eran plantas trituradas con barro seco y de color claro. Definitivamente un baño muchísimo mejor que los que vieron al caminar en la aldea.

– Impresionante. ¿Y tú construiste todo esto? –preguntó Andrea.

– Sí. Por ser el famoso Extranjero, lo tenía que construir yo. A los aldeanos, les construyen su casa. ¿Recuerdan que les había dicho que cada quién tiene una función? Hay constructores, hay los lecheros, los queseros, los mieleros, los cacahuateros, los pastores, los ganaderos, los recolectores de plantas, los Representantes, etc. Cada uno tiene su propósito y tiene que hacer uso de su propósito sin pedir nada a cambio. Es como funciona esta comunidad. Cada quién hace lo que le toca a hacer. No hay dinero, no hay trueques, no hay nada. Todo es equitativo porque todos trabajan.

La verdad, a mí me tocó el mejor trabajo. Cuando nadie está enfermo, no tengo nada que hacer. Por eso aprovecho y le he dado remodelaciones a mi casa. Mi esposa es la encargada de los ejercicios para embarazadas. Esa siempre es la función de la Esposa del Jefe. Es simbólico. Representa que ella ayuda a las futuras generaciones a nacer sanos y fuertes.

Todos tienen su función y todos la desarrollan en la mañana o en la tarde. Sólo puedes escoger un turno. En el otro turno, eres libre para disfrutar de tu familia.

– ¡Qué interesante! –exclamó Andrea.

– Sí, la verdad sí está diferente. Aquí nadie roba, nadie miente, nadie mata. Todos somos una enorme familia.

– Y nosotros estamos aquí, estorbando. –dijo Jose.

– Jajaja no están estorbando. Están de paso. Y es eso lo que les voy a decir a los Representantes mañana. Son personas muy cerradas. Si supieran lo mucho que tuve que luchar para que permitieran hacer el trueque con las medicinas…

¡Sólo cuando finalmente uno de ellos estaba seriamente enfermo, accedieron! ¡Y cuando pude conseguir la medicina y se curó, aceptaron mi propuesta! Desde entonces, han disminuido muchísimo las muertes por enfermedades que sí tienen cura.

En eso, Shan se asomó por el vestíbulo y comentó algo en chino. Estaba sudando mucho y se notaba que había corrido, pues le faltaba el aliento.

– ¡Qué bien! ¡Ya está lista su cabaña! ¡Vamos a verla! –exclamó Carlos.

Salieron los cuatro de la casa (Carlos, Andrea, Jose y Shan). La esposa hizo una reverencia y se quedó en la casa.

Jose agarró su maleta, pero Shan se la arrebató y le hizo una señal de que él la cargará. Jose le hizo una reverencia de agradecimiento.

Caminaron por un sendero que no existía. Se notaba que lo acababa de hacer Shan corriendo cuando regresaba, porque las plantas seguían en el camino semi-dobladas.

Después de unos quince minutos caminando, llegaron a una pequeña choza.

La choza, era sin duda, extremadamente pequeña.

Por fuera, estaba hecha de pedazos de árboles, cortezas de madera y ramas gruesas y delgadas. Estaban unidas con barro y tierra seca, pero debido a la antigüedad, el musgo y la vegetación se había subido ligeramente por toda la fachada.

El techo era de gruesas y enormes plantas. Se veía sólido y resistente. La puerta estaba hecha de una gran corteza de árbol y tenía visibles huecos. La puerta sólo estaba asentada en la entrada, sin uniones ni nada.

Shan levantó la puerta y la arrimó. Entraron los cuatro a la choza. A la mini-choza.

Literal, era un cuadrado que tenía unas plantas en el suelo. Las plantas más pegadas al suelo eran gruesas y las de hasta arriba eran más delgadas. Encima había una tela gruesa.

– Tuvo que improvisar la cama. –dijo Carlos, dándole unas palmadas en el hombro a Shan.

Andrea se volteó y abrazó a Shan.

– ¡Muchas gracias! –dijo.

Inmediatamente, Carlos le tradujo a Shan, para que entendiera por qué ella lo abrazó.

– ¡Está perfecto, Carlos, muchísimas gracias! –dijo Jose.

– Disculpen si a Shan se le escapó alguna telaraña. Le dije que dejara este lugar lo más impecable posible.

– ¡No te preocupes! ¡Está perfecto!

– Excelente. Disfrútenla. Le diré a Shan que les traiga una ración más de queso, cacahuates, miel y agua. Con eso podrán comer un poco antes de dormir. Mañana en la mañana que vengan a mi casa y desayunamos juntos, antes de que vaya a la junta con los Representantes.

– ¡Muchas gracias, Carlos! –exclamó Andrea y también lo abrazó. Carlos rió.

– Bueno, bueno, dale. Disfruten su Luna de Miel. No será un hotel de cinco estrellas pero estoy seguro de que pueden divertirse aquí adentro jajaja.

Los tres rieron. Shan obviamente no entendía nada, pero cuando los tres rieron, emitió una risa tratando de seguir la corriente.

Carlos y Shan salieron de la choza.

– ¡Ah, se me olvidaba! ¿Tienen encendedor?

– No, no tenemos.

– Caray. Lástima. Aquí tampoco tenemos encendedor ni cerillos. Normalmente las velas de la noche las prendemos de la Fogata Principal. Una fogata que nunca se apaga para que el fuego siempre fluya en la aldea. Como sabrán, se les complica mucho a ellos hacer el fuego, por eso decidieron hacer una fogata que nunca se apague y de ahí sacan el fuego que necesitan todos.

Le diré a Shan que intente traerles una antorcha para que ustedes puedan prender unas velas para la noche. Pero si en caso dado Shan llega sin fuego, me temo que se le habrá apagado en el camino y tendrán que dormir a oscuras.

– ¡Perfecto! ¡No te preocupes! ¡Ya estamos acostumbrados! –exclamó Andrea.

Los tres rieron.

Carlos y Shan empezaron a caminar, alejándose de la cabaña.

Jose se tiró a la cama.

– ¡Caramba! ¡Qué delicia! ¡Como si fuera una cama de verdad!

Andrea se tiró a la cama junto a él.

– ¡Qué rico!

Ambos se abrazaron y observaron el techo.

– Dejamos la puerta abierta. –dijo Andrea.

– Sí, todavía no nos vamos a dormir. Faltan horas para que anochezca.

– ¿Horas? ¿Y tú qué sabes?

– Jajaja ya soy todo un experto.

Andrea se acurrucó a Jose.

En eso, escucharon un ruido afuera de la choza.

– ¿Shan? –preguntó Jose.

El ruido de unos pasos empezó a hacerse más fuerte. El crujir de las plantas era evidente... cerca de la choza.

– ¿Shan? –volvió a preguntar Jose.

– No creo que sea Shan y haya regresado tan rápido… –dijo Andrea.

Los pasos delataban que estaban rodeando la pequeña cabaña.

– Y además creo que está caminando alrededor de la choza… –dijo Andrea.

– Sí… creo que no es Shan... –susurró Jose.

11

Jose se levantó lentamente de la cama.

– Ten cuidado Gogo. –susurró Andrea.

Jose se empezó a acercar a la puerta y asomó lentamente.

No había nadie al frente de la choza.

Los pasos sonaron de nuevo, justo detrás de la choza, cerca de Andrea.

– Jose… está aquí detrás… –susurró Andrea.

– ¿¡Shan!? –gritó de nuevo Jose y el silencio fue su respuesta.

Los pasos volvieron a sonar.

Jose salió lentamente de la choza y asomó hacia atrás.

– ¡Andrea, ven! –susurró.

Andrea se levantó de la cama.

– ¿Qué es? –dijo.

– ¡Shh! ¡Ven! ¡Mira! –dijo Jose.

Andrea se acercó a la puerta y asomó junto a Jose.

Un venadito estaba comiendo las pequeñas plantitas que se encontraban al pie de la choza. El venadito era tan lindo y pequeño que daba mucha ternura y ganas de abrazarlo. Sus cuernos apenas se asomaban en su cabeza.

El venadito levantó su mirada y los observó con curiosidad.

Por unos segundos, se quedaron observándose los tres.

Luego, el venadito se dio la vuelta lentamente y con la mayor tranquilidad del mundo empezó a alejarse de la cabaña.

– Wow. –dijo Andrea.

– Sí. Verdes. –dijo Jose. – Es como si nos hubiera conocido.

– Esto no se vive en cualquier safari. –dijo Andrea.

– Bueno, pues ya no haremos safari en nuestra lista de excursiones
que todavía nos falta por hacer.

Ambos entraron de nuevo a la choza.

– ¿Excursiones? ¡Hasta crees que voy a querer hacer excursiones! ¡Ya
sólo me quiero quedar en el hotel a descansar! ¡Todo el resto de la
Luna de Miel!

Ambos rieron y se acostaron de nuevo.

– Qué rico estuvieron los quesos. –dijo Jose.

– ¡Y los cacahuates! –dijo Andrea. – ¡Son mis nuevos favoritos!

– Qué casualidad que esta aldea se especialice en cacahuates y

quesos; las dos cosas que más amas en el mundo jajaja.

Andrea abrazó a Jose.

– Sí, qué casualidad. –dijo Andrea.

– Y aún no puedo creer la historia de Carlos. ¡Qué historia tan
aventurera!

– Sí, eso sí que es una vida extrema jajaja. –dijo Andrea.

Se quedaron en silencio unos minutos. Cada uno con un mar de
pensamientos.

– ¿Puedo leer? –preguntó Andrea.

– Claro. Yo voy a dormir en lo que llega Shan. No quiero leer lo que
ya he leído. Cuando llegues a la parte de la avioneta, me avisas.

– ¡Qué poca! ¡Me acabas de soplar el libro!

– Jajaja es broma, obvio. –dijo Jose, levantando los brazos y cerrando
los ojos.

Andrea se levantó de la cama y sacó su libro de su maleta.

Lo abrió donde puso su marcador y empezó a leerlo, mientras se
acomodaba en el pecho de Jose.

CAPÍTULO 2

Se les olvidó cerrar la cortina.

El sol intenso de la mañana entró en su cabina despertándolos
con suavidad pero con mano fuerte.

118

– Cierra la cortina, baby. –dijo Andreux.

– No, ciérrala tú. –dijo Jusepe.

– Dale, por favor. Estoy súper cómoda. –dijo Andreux, que estaba boca abajo con ambas manos en su almohada y cubierta con las sábanas.

Jusepe estaba de lado, con una de sus manos debajo de su almohada, en posición fetal.

– Yo también estoy cómodo. Yo puedo seguir durmiendo con el sol.

Ambos permanecieron un rato así, con el sol y tratando de dormir.

– Jusepe… por favor… –dijo Andreux.

Jusepe se levantó, se acercó a la cortina y la cerró. Luego regresó a la cama y se volvió a poner en su lado.

Andreux se quitó de su posición y abrazó a Jusepe.

– Muchas gracias, mi amorcito. –dijo.

– Jajaja ya, déjame dormir, convenenciera. –dijo Jusepe.

– Toda acción tiene su recompensa. –dijo Andreux. – Ya no tengo sueño…

Jusepe se volteó. Andreux ya no tenía pijama.

Ambos sonrieron…

– ¿Está fría? –preguntó Andreux.

Jusepe metió su pie en la piscina del Crucero.

– Pues no está tan fría pero tampoco está caliente tipo jacuzzi. –contestó.

– ¿Y si nos esperamos a que lleguemos a la isla?

– Faltan dos horas. Podemos meternos un rato, secarnos y luego volver a meternos en la isla.

Andreux se acercó a la piscina y tocó el agua con sus pies.

– No. Mejor nos metemos en la isla.

– Sí, su Alteza. –dijo Jusepe, alejándose de la piscina.

Ambos se acercaron a sus camastros.

– ¿Y qué quieres hacer?

– ¿Y si nos acostamos a asolearnos? –preguntó Andreux.

– ¿Eso quieres hacer?

– Pues sí, ¿no? ¿Qué más podríamos hacer? En un rato ya estaremos en la isla.

– ¡Hay miles de cosas que podemos hacer! ¡Vamos a la pared de escalar! –exclamó Jusepe.

– ¿Así en bikini? Me va a doler. Creo que prefiero con pantalón y blusa.

– Bueno, vamos a… ¡Lo del surfboard!

– ¿Eso que surfeas en esa ola gigante artificial? ¿Y si se me cae el bikini? Prefiero hacerlo cuando use un bikini completo o mi short y una blusa que pueda mojar.

Jusepe empezó a reírse.

– Tú mandas, sapa.

Andreux se quedó pensando un rato.

– Creo que sí quiero asolearme un rato.

Jusepe se acostó en un camastro.

Andreux puso su toalla y se acostó en el otro camastro.

– "Estimados pasajeros, les informamos que hemos llegado a nuestro destino". –informaron en las bocinas del Crucero.

Jusepe y Andreux se levantaron del camastro.

– ¿Vamos al cuarto antes de bajar? ¿O vamos directo a la isla? –preguntó Jusepe.

– Vamos al cuarto. Quiero agarrar una blusa.

– ¿Jusepe? ¿Andreux? ¡Hola, amigos!

Al voltear, estaba Miguello y Fernandine del otro lado de la piscina.

– ¡Hola, amigos! –volvió a saludarlos Miguello, con mucha emoción.

– Rápido Jusepe, salta del Crucero… salta del Crucero. –susurró Andreux.

Jusepe rió. Ambos levantaron su brazo en señal de saludo a Miguello y su mujer. Miguello y Fernandine empezaron a ir en dirección a ellos, hasta que quedaron a su lado.

– ¡Amigos, qué bueno verles! ¡Ayer en la noche no los vimos en la discoteca!

– Es que estábamos cansados… –empezó a decir Jusepe.

– …y fuimos a hacer cosas de recién casados jajaja. –dijo Andreux.

Los ojos de Miguello y Fernandine se abrieron de asombro y luego estallaron de risa.

– ¡Qué bueno, amigos! ¡Ese es el mejor pretexto para faltar a la pista de baile! –exclamó Miguello.

– ¿Van a bajar a la isla? –comentó Fernandine.

– Sí, de hecho sí. –dijo Jusepe.

– ¡Perfecto! ¡Vamos juntos! –exclamó Miguello.

– No, pero primero tenemos que ir a nuestro camarote a buscar una blusa que…

– ¡Ah! ¡No hay problema! ¡Les acompañamos! De todos modos su camarote está aquí cerca, ¿no? Son la suite 3902.

– Jajaja sí. –contestó Jusepe.

Andreux y Jusepe se miraron en una milésima de segundo. La mirada ya sabían que significaba: "Dios mío, se memorizaron nuestra suite…"

– Pero no se preocupen, no tenemos que ir por mi blusa, vamos a la isla. –dijo Andreux.

– ¡No, no, no! ¡Vamos por tu blusa! ¡El glamour va primero! – comentó Fernandine.

Empezaron a caminar los cuatro, hasta que llegaron a su habitación.

– ¡Nunca había entrado a una suite en un crucero! –comentó Miguello, que aún se encontraba afuera de la suite.

– Entro rápido, agarro mi blusa y nos vamos, no tardo. – comentó Andreux.

– No te preocupes, tómate tu tiempo. Que Jusepe nos enseñe mientras la suite. –dijo Fernandine.

Otra vez, en la milésima de segundo de su mirada, Andreux y Jusepe se comunicaron: "Verdes, sí que son intensos…"

Entraron los cuatro a la suite. Andreux fue rápidamente hacia su ropa y agarró su blusa. Jusepe les mostró la suite.

Después de unos veinte minutos platicando dentro de la suite sobre cosas irrelevantes, salieron y se dirigieron a la isla.

– ¿Saben? Lo que me gusta de los cruceros es que sientes que viajas por todo el mundo. –dijo Miguello, tomando un sorbo de su Piña Colada, en su camastro de la playa blanca de la isla.

Habían optado (por sugerencia de Miguello) sentarse los cuatro en unos camastros frente al mar, en una zona donde estaban absolutamente todos los turistas.

– Sí, es lo bueno de los cruceros… –dijo Jusepe.

Permanecieron ahí un buen rato, pidiendo cocteles y asoleándose.

– Oigan, ¿no saben si por aquí hay pastillas para el mareo? Creo que me está dando insolación. –comentó Jusepe.

– ¿Quieres que vayamos a la sombra? Podemos ir a unos camastros en la sombra. –comentó Fernandine.

– No, no, no se preocupen. Voy a ir a buscar unas pastillas o algo. –dijo Jusepe.

– Yo te acompaño, Juseps. –dijo Andreux.

– Volvemos en seguida. –dijo Jusepe.

– ¡Claro! ¡No se preocupen! –contestó Miguello y tomó un sorbo de su Fresa Colada.

Andreux y Jusepe se levantaron de los camastros y fueron hacia donde estaba la sede del crucero en la isla.

Antes de llegar, Jusepe se dio la vuelta.

– Ya me siento mejor. –dijo.

– Jajaja lo sabía. Todo este tiempo estaba deseando que lo hicieras.

– Jajaja estaba esperando el momento oportuno. Me da insolación cuando estoy mucho tiempo en el sol. –dijo Jusepe y le guiñó el ojo a Andreux.

– ¿Qué hacemos? No quiero regresar ahí, por favor. Quiero estar a solas contigo. –dijo Andreux.

Jusepe agarró su mano.

– Pues tenemos dos opciones. Regresamos al Crucero o buscamos un lugar solitario en esta isla.

– Ellos saben cuál es nuestra cabina. –dijo Andreux. – Y mañana todo el día es de viaje, por lo que estaremos en el Crucero todo el día. Creo que mejor busquemos una parte donde podamos estar solos y que no nos encuentren.

Jusepe sonrió.

– Soy experto en buscar lugares donde no haya gente.

Agarrados de la mano, se fueron por el otro lado de donde estaba la playa que estaban Miguello y Fernandine.

– Hay que buscar un disfraz. –dijo Jusepe y jaló a Andreux hacia una tienda de artesanías.

Cinco minutos tardaron y salieron otras dos personas.

Jusepe, que originalmente llevaba un traje de baño rojo, una camisa negra y sin zapatos, salió con un enorme sobrero que le cubría todo el rostro, unos lentes baratos, una enorme camisa blanca que decía: "Yo soy tu Papi" y un pantalón suave estilo hippie de una tela bastante delgada.

Andreux, que originalmente estaba en bikini amarillo, sin short ni blusa, salió con un enorme turbante moderno, unos lentes gigantes, una bufanda delgada, un camisón de colores hippies y un pareo (falda al estilo tela) de color morado con estrellas doradas.

– Creo que ni Dios nos va a reconocer así. –dijo Jusepe.

– Excuse me? Are you talking to me? –preguntó Andreux con un acento de americana elegante.

Ambos estallaron de la risa.

– ¿Y si pasamos frente a ellos para ver si nos reconocen? – comentó Jusepe.

– ¡A ver! ¡A ver! ¡No tientes a la suerte! Vamos a alejarnos lo más posible y si nos encuentran pues al menos ya tenemos los disfraces.

– Sí, su Alteza.

Se tomaron de la mano y se fueron por la otra playa.

Caminaron por la orilla del mar, donde la arena era blanca y suave, el mar era azul turquesa y la playa cada vez se hacía más solitaria.

– ¿Ya? ¿Aquí? –comentó Andreux.

– No. Aún hay gente cerca. –dijo Jusepe, que observando vio una que otra pareja como a dos kilómetros de ellos.

Caminaron un poco más, hasta que en una de las curvas de la costa dejaron de ver a gente y estaban completamente solos.

– Verdes, qué flojera nos va a dar regresar. –dijo Andreux.

– Vale la pena. –dijo Jusepe. – ¡Toda esta playa es nuestra! – gritó y levantando los brazos corrió como niño en un parque.

Andreux rió. Ver a Jusepe correr con su disfraz era muy chistoso.

Jusepe regresó a ella y empezó a quitarse el disfraz, hasta quedarse con su traje de baño rojo.

– Bueno, no sé tú, pero esta caminata me dio calor. ¿Vamos al mar?

– Of course, my dear slave. –dijo Andreux, con su acento de americana elegante.

– Jajaja sapa.

Andreux se quitó su disfraz hasta quedarse en su bikini amarillo y tomados de la mano entraron al mar.

– Está fría pero pasable. Menos fría que la piscina. –comentó Andreux.

Llegaron a donde el agua les llegaba al pecho y se quedaron ahí.

– Qué rico está el mar. Normalmente es más frío. –comentó Jusepe.

– Si hubiera estado más frío, no me hubiera metido. –dijo Andreux.

– Sí, qué suerte la mía. –dijo Jusepe y volteó hacia el océano.

– Y tu suerte continúa… –dijo Andreux.

Jusepe estaba mirando el horizonte cuando algo le cae en la cabeza. Al voltearse, lo agarra y se da cuenta que es el bikini de Andreux.

Ambos sonrieron…

– ¡No agarramos las toallas! –comentó Andreux, ya que se estaban saliendo del mar.

– Si agarrábamos las toallas iban a sospechar que no íbamos a regresar. –dijo Jusepe.

– ¿Y cómo nos vamos a secar?

– Con el sol jajaja. –dijo Jusepe.

Andreux salió del mar y empezó a temblar.

– ¡Imposible con el sol!

Jusepe salió rápido del mar y agarró su enorme camisa, su pantalón, el pareo y el camisón de Andreux, y acercándose a ella, la cubrió.

– Toma, toma. Con esto te puedes secar. –le dijo, mientras la abrazaba.

Después de que Andreux se secó, Jusepe intentó hacerlo también y para su sorpresa, quedó también impecablemente seco.

– Tu pareo es muy absorbente. –comentó.

Luego, Jusepe extendió el pareo en la arena y ambos se acostaron.

– Espera, ¿y si mejor lo ponemos donde haya sombra? – comentó Andreux.

– Sí, buena idea.

Agarraron su ropa y fueron debajo una enorme sobra que daban unas palmeras juntas.

Tendieron sus disfraces en el suelo y el pareo.

Se acostaron y se abrazaron.

– ¡Qué delicia! –exclamó Andreux.

El océano los saludaba y la brisa los abrazaba.

– Me dan ganas de dormirme… –dijo Andreux.

– Pues duerme.

Andreux sonrió, se acomodó en el hombro de Jusepe y cerró los ojos.

Jusepe se quedó observando el mar.

¡Qué calma y a la vez qué agresividad! Las olas y el viento feroces en la lejanía, pero todo el océano mostraba su lado pacífico y sereno.

Poco a poco, la tranquilidad hizo que Jusepe estuviera totalmente relajado, y al cabo de unos minutos, también cerró los ojos…

Andreux abrió los ojos lentamente.

Miró a Jusepe y estaba durmiendo.

Miró la blanca arena y estaba deliciosamente cálida y solitaria.

Un poco más oscura de lo que la recordaba.

Miró al océano y seguía agresivo, pero tranquilo.

Y un bello y enorme crucero a lo lejos.

– ¡Nuestro crucero! –gritó Andreux.

Un ligero grito hizo que Andrea brincara del susto, la cual hizo que Jose se despertara.

– ¿Qué pasó? –preguntó Jose.

De nuevo, un ligero pero educado grito se escuchó afuera de la choza.

– ¿Shan? –preguntó Jose.

Shan se asomó a la puerta.

12

– Pasa, Shan. Pasa. –dijo Jose, que con una seña, le indicó que entrara a la cabaña.

Andrea y Jose se levantaron de la cama, mientras que Shan entró a la diminuta cabaña con una antorcha.

Agarró unas velas que estaban en una esquina y las encendió.

Luego salió de la cabaña.

En dos segundos volvió a entrar pero ahora sin la antorcha.

Aún no era completamente de noche, pero la luz ya estaba tenue y las velas hicieron una gran labor en iluminar la pequeña choza.

Cuando entró Shan de nuevo se agachó y agarrando una mochila hecha de alguna tela rara, sacó los alimentos que llevaba.

Unos quesos, envueltos en grandes hojas de árbol de plátano. Una pequeña bolsa con cacahuates también. Un pequeño jarro con miel, una cantimplora rústica que traía agua fresca y dos enormes pedazos de pan.

– Muchas gracias, Shan. –dijo Jose. – Xiéxié.

Shan le comentó algo en chino, y haciendo una reverencia se despidió y salió de la choza.

– ¿Vamos a comer esto todos los días? –comentó Andrea.

– Ni sabemos cuántos días estaremos aquí. Capaz de que no nos dejen quedarnos y mañana nos vamos de nuevo a la carretera… –contestó Jose. – Pero tú ¿de qué te quejas? ¡Son tus alimentos favoritos!

– Jajaja por eso lo digo. ¡Qué bueno que vamos a comer esto todos los días!

Se sentaron y empezaron a cenar.

Tomaron un poco de queso y lo comieron. Luego cacahuates. Luego un poco de pan con miel. Luego agua fresca. Luego cacahuates. Luego queso. Luego cacahuates.

En fin, todo un manjar.

Cuando finalmente se lo acabaron, se acostaron en la cama de nuevo. Ahora ya era de noche y sólo la luz de las velas era su única fuente de iluminación.

Afuera estaba la antorcha, que se veía desde adentro, pero su luz sólo se quedaba afuera.

– ¿Qué hacemos con la antorcha de afuera? No vaya a incendiar nuestra choza con nosotros adentro… –dijo Andrea.

– Sí, tienes razón.

Jose se levantó de la cama y al salir vio que la antorcha estaba estratégicamente puesta en un lugar donde no iba a incendiar nada. Pero aun así, por precaución, sopló para apagarla… y no pudo. Volvió a soplar con todas sus fuerzas y no pudo de nuevo.

Regresó a la choza.

– Bueno, te tengo una buena y una mala noticia. La buena es que la antorcha está muy bien hecha y que no va a incendiar nada. La mala es que no puedo apagarla. La intenté apagar soplando pero no pude.

– ¿Nos sobró agua?

– No, no gastemos el agua en eso. –dijo Jose.

– Bueno, intentemos apagarla ambos, soplando.

Ambos salieron de la choza.

– 1… 2… ¡3!

Y soplando con todas sus fuerzas, la antorcha se apagó. Una enorme oscuridad se apoderó de ellos. Sólo una luz tenue y muy pequeña se veía dentro de la cabaña, resultado de las velas que había prendido Shan.

– Verdes, ya me arrepentí de que hayamos apagado la antorcha. –dijo Jose.

– Vamos, vamos. –dijo Andrea, mientras se dirigieron a la choza.

Entraron a la choza, Jose cerró la puerta y se acostaron en la cama.

– Ajá ¿y las velas? –dijo Andrea.

– ¿Ya nos vamos a dormir? –preguntó Jose.

– ¿Pues qué más vamos a hacer? No puedo leer con esta luz y estamos agotados. Primera vez que dormiremos en una cama después de dos pésimas noches en el suelo.

Jose se levantó de la cama y se dirigió a las velas.

– ¡Espera! –exclamó Andrea.

Jose se volteó.

– Pensándolo bien… Ya cenamos, ya tenemos privacidad y estamos en una cama bastante limpia. ¿Y si aprovechamos mejor la luz para un momento… divertido? –dijo Andrea.

– No. –contestó Jose.

Andrea puso cara de sorprendida. No esperaba esa respuesta.

– ¡Jajaja obvio es súper broma! –exclamó Jose y se aventó a la cama.

Se acercó a Andrea y acarició su rostro.

– ¡Qué bella eres!

– Diría lo mismo pero la luz no te favorece…

– Jajaja rompo tu cara. –dijo Jose. – Te quiero mucho, sapa.

– Yo igual, feo.

Y ambos sonrieron…

Esa noche fue romántica.

El viento no hizo sus fechorías. No tuvieron frío y tampoco tuvieron calor. Durmieron a una muy agradable temperatura.

Los animales e insectos de afuera trataron de ser ruidosos toda la noche, pero la choza amortiguaba en cierta parte sus gritos.

La cama era suave y cálida. Con la manta que llevaban se cubrieron como si fuera una sábana y el resto de la ropa la usaban de almohada.

Durmieron como reyes, comparado con las dos noches anteriores.

Y de nuevo, en la mañana, el sol era el gallo que los despertaba.

Un caluroso rayo de luz entraba directamente en el rostro de Jose.

– Caray, qué mala suerte. –dijo Jose, mientras se volteó.

– ¿Ya te despertaste?

– ¿Por qué?

– Hace rato me desperté pero no quería despertarte. Ahora que te despertaste, ¿me acompañas al baño? Muero de ganas, por favor.

Apenas dijo eso Andrea, Jose sintió como su vejiga le exigió lo mismo.

– Sí, vamos. Pero primero hay que vestirnos. –comentó Jose.

– Yo ya me puse mi ropa.

– Bueno, entonces espera a que me vista. –dijo Jose.

Se vistió, agarró un poco de kleenex para Andrea, abrió la puerta y salieron de la choza.

– Vente, por detrás. –dijo Jose.

Caminaron detrás de la choza.

– Qué raro. Carlos nunca nos dijo si esta pequeña choza tenía un baño como el suyo… –dijo Jose.

– ¡Mira! ¡Ahí! –exclamó Andrea, señalando algo a lo lejos.

Se acercaron.

Era una pequeña plataforma, hecha de maderas y hojas secas.

Había una estructura de bambú, como si fueran tubos. Un mecanismo por el cual parecía tener una palanca y un pedazo de bambú se metía en algo similar a un pozo.

– Creo que es una regadera. –dijo Jose.

– ¿Sirve?

Jose se acercó y la examinó mejor.

Empujó la palanca y se movió con un poco de dificultad. Accionó la palanca de arriba hacia abajo y se escuchó movimiento dentro del bambú.

– Creo que sí funciona. –dijo.

Empezó a mover la palanca de nuevo.

Después de la quinta movida empezó a salir agua del tubo de bambú encima de la plataforma. Efectivamente era una regadera.

– ¡Impresionante! ¡Tenemos nuestra propia regadera! –exclamó Andrea.

Jose siguió analizando la palanca y las poleas.

– Sí, pero lo malo es que es abierta… –dijo Jose.

Jose volteó de nuevo hacia la plataforma y vio que Andrea ya estaba desnuda bañándose con el agua que salía del tubo.

– ¡Andrea! ¿¡Qué haces!?

– ¡Pues bañándome!

– ¡Pero la regadera es abierta! ¡Te puede ver alguien!

– ¿Quién nos va a ver, Jose? Carlos nos dijo que ésta es la choza más lejos de la aldea. Y si me ve alguien, no me preocupa. No vamos a volver a ver a nadie de esta aldea luego.

Jose se quedó sorprendido.

Andrea seguía disfrutando el agua que salía del tubo; se notaba que estaba fresca y limpia.

Jose dejó de subir y bajar la palanca. En eso, el agua dejó de salir.

– ¡Hey! ¿Qué haces?

Jose se había distraído viéndola.

– Perdón, perdón. –dijo y volvió a subir y a bajar la palanca.

El agua salió de nuevo y Andrea siguió disfrutando el agua por todo su cuerpo, sonriendo como si fuera la mejor ducha de su vida.

Jose empezó a ver hacia los lados; buscaba algo.

En eso, sonrió y fue a buscar rápidamente algo.

Cuando Andrea abrió los ojos, se dio cuenta que Jose se estaba desvistiendo.

– ¿Qué haces?

– Pues no hay que desperdiciar el agua. –dijo Jose, ya quedando completamente desnudo y acercándose a Andrea. – Si luego se acaba el agua del pozo y no me pude bañar, pues va a ser tu culpa. Mejor nos bañamos juntos.

– Pero si nos bañamos juntos, ¿quién va a subir y bajar la palanca? – preguntó Andrea.

Jose la abrazó y le mostró su mano izquierda.

En su mano izquierda llevaba un largo palo de bambú que se adaptó a la palanca. Jose subió y bajó el palo y el agua volvió a salir de la regadera.

– Jajaja. –rió Andrea.

– Parece ser que Carlos sí es un gran inventor, además de ser doctor jajaja. –dijo Jose.

– Bueno, pues aprovechemos el agua… –dijo Andrea y puso una cara maliciosa.

Ambos sonrieron…

– ¿Vamos a la aldea? ¿O esperamos que vengan por nosotros?

– Creo que Carlos nos había dicho que cuando despertemos vayamos a su casa a desayunar. –dijo Jose.

Andrea se puso su blusa.

Jose ya se había terminado de vestir.

Agarraron las bolsas y la mochila donde Shan les había llevado su cena y la antorcha.

– Cierra la puerta. –dijo Andrea.

Jose regresó a la choza, cerró la puerta y caminaron hacia la casa de Carlos.

– ¡Bienvenidos, mis amigos! –exclamó Carlos, cuando ellos aún estaban a unos metros de la casa.

– ¡Muy buenos días, Carlos! –exclamó Jose.

– ¡Hola Carlos! –dijo Andrea.

– ¿Cómo durmieron? ¿Bien? ¿Pudieron reavivar su Luna de Miel? – preguntó Carlos y luego estalló de risa.

Jose y Andrea rieron también.

– Esa cabaña es todo un nido de amor. –dijo Jose.

– Jajaja no. Ustedes crean el amor. La cabaña es sólo una cabaña. – dijo Carlos. – Pasen, pasen. Quiero que conozcan a mi hija.

Cuando entraron, estaban Jia-Li, Shan y su hija.

– Amigos, les presento a mi hija; Shui.

Jose y Andrea hicieron una reverencia.

– Nín hao. –dijo Jose.

Carlos y su familia rieron. Shui les contestó el saludo con un "Hola" más natural.

Andrea y Jose se sentaron.

Jia-Li se levantó de la mesa y regresó con una enorme bandeja. Claro, con el plato principal de desayuno; quesos, cacahuates, miel, leche, pan y unas cuantas hortalizas.

Luego se fue y regresó con una enorme jarra de agua fresca.

– Hoy es el día de la junta con los Representantes. –dijo Carlos, mientras agarraba un pedazo de pan. – Su futuro depende de esa junta.

– ¿Nosotros qué podemos hacer?

– La verdad, nada. No pueden ir a la aldea todavía, porque oficialmente son extranjeros. Les diría que se pueden quedar aquí, pero a mis hijos y a Jia-Li les toca sus trabajos de la comunidad en la mañana. Así que tienen tres opciones. Acompañar a Jia-Li a su trabajo de los ejercicios para las embarazadas, o acompañar a Shan en su trabajo como productor de pozos para agua fresca.

Andrea y Jose se miraron.

– ¿Y la tercera opción? –comentó Jose.

– Se quedan en su pequeña choza a seguir disfrutando su Luna de Miel.

Andrea y Jose se miraron de nuevo.

– Bueno, piénselo mientras desayunamos. –comentó Carlos con una sonrisa.

El desayuno fue exquisito.

Finalmente terminaron de desayunar y Jia-Li se levantó para llevar en una enorme bandeja todos los platos y vasos vacíos.

Shan y Shui se levantaron, comentaron algo en chino y haciendo una reverencia se fueron.

– Se van a vestir para sus trabajos. –dijo Carlos. – Yo también debo ir a vestirme. Platiquen mientras qué es lo que decidirán hacer hoy, en lo que estoy en mi junta.

Carlos se levantó y salió del cuarto.

– ¿Qué hacemos?

– Pues la verdad, sigo agotada. –dijo Andrea.

– Sí, yo igual. Creo que nos conviene descansar lo más que podamos. Si luego no nos dejan quedarnos aquí, nos esperan varios días de supervivencia…

– Sí. Decidido; nos quedamos en nuestra choza. –dijo Andrea
sonriendo.

Cuando Carlos llegó, le informaron de su decisión.

Carlos les llenó la mochila que habían traído de Shan con más quesos,
cacahuates, miel, agua fresca y pan. Les dijo que esa mochila por
ahora será su "mochila de picnic".

Luego se despidieron. Carlos fue a su junta. Sus hijos y esposa a sus
trabajos. Andrea y Jose a su cabaña.

*Todo el siguiente diálogo, fue hablado en chino, pero por motivos de
entendimiento ha sido traducido.*

– Buenos días, amigos Representantes. –dijo Carlos, entrando en una
choza grande.

La choza tenía aspecto de un enorme comedor. En el centro una gran
mesa rústica y doce sillas estaban a su alrededor, cada una enumerada
con un gran número chino. Carlos se sentó en la silla de la esquina, en
la silla 1.

Los Representantes estaban sentados en las sillas de acuerdo a su
edad, sentándose el más joven en la silla 2 y el más viejo en la silla
12.

– Buenos días, Yīshēng. –contestaron los Representantes.

– ¿Durmió en tu casa? –preguntó el Representante que estaba en la
silla 3.

– No. Ayer les dije que a pesar de que eran mis amigos, iba a seguir
las reglas de la aldea y durmieron en la Casa del Extranjero.

– ¿Y ahora dónde están? –preguntó el Representante en la silla 8.

– Han vuelto a la cabaña.

– Bien. Que empaquen y se vayan. –dijo el Representante 11.

– Mis amigos, nuestra decisión afectará su futuro. –dijo Carlos.

– Y la de nuestra aldea. No podemos aceptar a cualquier extranjero
que nos encuentre…

– ¡No somos una comunidad abierta al público!

– ¡Somos una comunidad de amor! –exclamó Carlos.

Los Representantes se quedaron callados.

– Pido permiso para contarles su historia. –dijo Carlos.

Los Representantes se miraron unos a otros y luego asintieron con la cabeza.

Carlos les contó la historia de Andrea y Jose y la cara de los Representantes empezó a cambiar; de enojo a compasión.

– Y por eso, nos necesitan. –concluyó Carlos.

– ¿Y qué piensan hacer?

– Ya quedé con ellos en un plan. –dijo Carlos. – Esperarán unos cuántos días para ver si mi amigo de la camioneta viene, para que se los pueda llevar. Si después de unos días no llega, irán al poblado de Gou caminando.

– ¿Gou? El poblado de Gou está a dos días caminando. –dijo el Representante 5.

– Dos días caminando sin nada que cargar. –dijo Carlos.

– ¿Por qué no se van directamente a Gou caminando? Que no esperen la camioneta. –comentó el Representante 9.

– El camino a Gou es peligroso. No sobrevivirán si se van inmediatamente. No conocen estas tierras y sus probabilidades de sobrevivir serán casi nulas.

– No es nuestro problema sus probabilidades… –dijo el Representante 11.

– Ahora lo es. La Madre Naturaleza decidió que ellos nos encontraran. Que ellos vinieran a nuestra aldea. Ahora es nuestra responsabilidad ayudarlos a lo que la Madre Naturaleza tiene destinado para ellos. –contestó Carlos.

– ¿Y qué tiene destinado para ellos?

– ¿Qué acaso no es obvio? –reclamó Carlos. – ¿En qué se basa la vida?

Los Representantes bajaron la cabeza.

– En el amor… –dijo el Representante 12, el más viejo de todos.

Todos guardaron silencio.

El Representante 12 no hablaba mucho, pues tenía casi ciento veinte años. Era muy viejo, arrugado y encorvado, pero seguía caminando por sí solo, tenía la vista a la perfección y el oído impecable. Todos le tenían un respeto admirable.

El Representante 12 se puso de pie.

– Continúa explicando tu plan. –dijo y se volvió a sentar.

Carlos le agradeció con la cabeza y continuó hablando.

– Como iba diciendo, si la camioneta no pasa por la aldea en unos días, los extranjeros se irán a Gou caminando… con una cabra y mi hijo.

Los Representantes estallaron con gritos de enojo.

– ¡Eso es impensable! ¡Llevarse una de nuestras cabras! –exclamó uno.

– Para eso está yendo mi hijo. Mi hijo regresará con la cabra. – contestó Carlos.

– ¿Y qué acaso el regresar de Gou a solas no también es peligroso? ¿Vas a sacrificar a tu primogénito por unos extranjeros?

– No lo estoy sacrificando. Lo voy a entrenar para que pueda saber los trucos de supervivencia.

Los murmullos volvieron a la sala de juntas.

– Yīshēng. Sabemos que tú eres nuestro líder y que siempre vas a ver por el bien de la aldea, pero para tomar una decisión con respecto a este aspecto, tu voto y opinión han sido comprometidos, debido a que son tus amigos. Te pediremos que por favor, salgas de la junta para que podamos deliberar el futuro de estos jóvenes.

Carlos entendía perfectamente que eso procedía. Todo lo que pudo haberles dicho, ya se los dijo. Claramente su voto estaba viciado, pues quería ayudar a sus amigos.

Hizo una reverencia y empezó a salir de la sala de juntas.

– Amigos… –dijo Carlos, antes de salir por la puerta. – Recuerden que hace mucho tiempo admitieron a un joven extranjero y que esta comunidad le ha cambiado la vida. Ha encontrado la felicidad, el amor, la unión y un vínculo con la Madre Naturaleza. Si de algo estoy agradecido es que ustedes me han hecho el hombre más feliz del mundo. Sea lo que sea que decidan, recuerden que esta comunidad tiene el potencial para hacer un mundo mejor. Para hacer felices a

todos los hombres que viven en ella y pasan por ella, aunque sea por unos días. Después de todo, la vida se basa en el amor, y el amor se basa en compartir, en sonreír, en ayudar, en acoger, en recibir…
– ¡Basta, basta! –exclamó el Representante 11, levantándose de la mesa. – ¡Ya lo sabemos, gracias! ¡Ahora sal para que podamos platicar!
Carlos agradeció con su cabeza y salió de la junta.
Apenas cerró la puerta, pudo escuchar como todos los Representantes alzaron la voz en discusión, murmullos, gritos y conversaciones.

13

Andrea abrió los ojos.

Jose estaba viendo el techo.

– ¿Qué haces? –preguntó Andrea.

– No puedo dormir. –dijo. – Y como me estás abrazando no puedo hacer otra cosa que ver el techo.

Andrea rió.

– Yo tampoco pude dormir.

– ¿¡Todo este tiempo y ambos estábamos fingiendo dormir!? – exclamó Jose.

Ambos rieron de nuevo.

– ¿Crees que ya haya acabado la junta? –preguntó Andrea.

– No. Nos vendría a avisar… o a sacar de la aldea jajaja.

Andrea se incorporó.

– Creo que quiero ir al baño. –dijo.

Andrea se levantó, se acercó a la maleta y sacó unos kleenex.

– ¿Cómo se limpiará la gente de aquí? ¿Crees que tengan papel de baño?

– No, no creo. Es una muy buena pregunta. –contestó Jose.

Andrea salió de la choza y fue a buscar un lugar cómodo para hacer sus necesidades.

Jose volvió a mirar el techo.

En unos minutos, Andrea regresó.

– Me preocupa que se nos acaben los kleenex. –comentó Andrea, entrando en la choza.

– Sí, tenemos que buscar un sustituto jajaja. –contestó Jose.

– ¿Cuánto tiempo ya habrá transcurrido? –preguntó Andrea.

– ¿Cuándo saliste al baño el sol estaba en medio?

– No me fijé. –contestó Andrea.

– Pues sospecho que habrán pasado como unas cuantas horas.

– Tengo hambre otra vez. –comentó Andrea.

– Jajaja tú siempre tienes hambre. –dijo Jose.

Andrea se acostó de nuevo en la cama.

– ¿Quieres leer? –preguntó a Jose, agarrando su libro.

– ¿En qué parte vas?

– En que estaban durmiendo y cuando se levanta Andreux ve su crucero a lo lejos…

– ¡Uy, no! ¡Yo estoy mucho más avanzado!

– ¿Y qué? Lo puedes volver a leer.

– No, intentaré dormir. –dijo Jose.

– Bueno, como quieras. –dijo Andrea y acomodándose en su hombro, abrió su libro donde había puesto su marcador.

    – ¡Jusepe! ¡Jusepe! ¡Nuestro crucero! –exclamó Andreux, mientras sacudía bruscamente a Jusepe.

    – ¿¡Qué pasa!? ¿¡Qué pasa!?

    – ¡Nuestro crucero! –gritó Andreux, señalando su crucero a lo lejos en el océano.

    – ¡No manches! –gritó Jusepe, y se puso de pie con un brinco.

    – ¡Corre! ¡Corre!

    Agarraron sus disfraces y empezaron a correr por la playa. Jusepe empezó a tomar la delantera pero se atrasaba a propósito para esperar a Andreux.

    – ¡Dale! ¡Corre! ¡Corre!

    Andreux podía sentir sus piernas dar toda su fuerza, pero no eran lo suficientemente rápidas como las de Jusepe.

    Ambos, en su mente, se arrepintieron de no hacer ejercicios aeróbicos durante toda su vida.

    Después de un agresivo ejercicio, dos paradas de descanso de diez segundos y litros de sudor derramados sobre la costa, llegaron a la zona donde estaban todos los turistas.

Al llegar, vieron que aún había turistas. Seguro son los turistas de otros cruceros, pensaron.

– ¡Corre! ¡Corre! –exclamó Jusepe.

Fueron corriendo hacia el lugar donde embarcan el crucero.

Para su sorpresa, el crucero seguía ahí.

Ambos se detuvieron un segundo.

– ¿Es… nuestro… crucero? –preguntó Andreux, jadeando de cansancio, tratando de recobrar el aire.

– Sí, parece que sí. Pero hay que comprobarlo.

Se acercaron al crucero, a la puerta de embarque.

Entraron en la zona de embarque y al entrar al crucero, dieron sus tarjetas.

El guardia de la entrada pasó sus tarjetas por la máquina y una luz verde la iluminó.

– Bienvenidos de nuevo. –comentó el guardia.

Jusepe se volteó a Andreux y ambos rieron.

Entraron al crucero y ahí estaba de nuevo el majestuoso lobby.

– ¡Directo al cuarto! ¡Directo al cuarto! –exclamó Andreux.

– ¿No quieres primero que nos bañemos en la piscina para refrescarnos? Estamos empapados de sudor. –comentó Jusepe.

– No. Prefiero bañarme en la regadera de nuestra cabina.

– Usted manda, su Alteza. –dijo Jusepe.

Y empezaron a caminar hacia su cabina.

Al llegar a su suite, Andreux se quitó su bikini y entró a la regadera.

– Mi amor, tengo un poco de hambre. Voy rápidamente a buscar algo de comer.

– ¡Ok! ¡Tráeme algo igual! –contestó Andreux.

Jusepe salió de la cabina y se fue al restaurante.

– ¿Desea caramelo en su helado? –preguntó la empleada de la zona de postres, mientras con una cuchara sugería ponerle caramelo al helado que se acababa de servir Jusepe.

Jusepe llevaba una bandeja donde había un gran helado de coco, un baguette de jamón serrano con queso de cabra y unas enormes galletas de macadamia.

– No, gracias. –contestó Jusepe sonriendo.

Empezó a dirigirse hacia la salida del restaurante.

– ¿¡Jusepe!?

Jusepe reconoció esa voz.

– ¡Jusepe! –exclamó Miguello.

Jusepe se volteó, y ahí estaban Miguello y Fernandine, con su bandeja, en el buffet del restaurante.

– ¡Hola amigos!

– ¡Hola Jusepe! ¿¡Dónde estaban!? ¿Te sentiste mejor? ¡Nunca regresaron! Trajimos la blusa de Andreux. –comentó Miguello.

– Muchas gracias. Vinimos al crucero…

– Nada como la comida del crucero, ¿verdad? jajaja. –comentó Miguello.

– ¿Y Andreux? –comentó Fernandine.

– Se quedó en la cabina, bañándose. –contestó Jusepe.

– ¡Qué buen esposo! ¡Aplica la "Room Service" para su esposa jajaja! –exclamó Fernandine.

– ¿Qué van a hacer después de comer? –preguntó Miguello.

– No sé. ¿Qué hora es?

– Son las 5:00pm. Mira, en una hora hay un show en la piscina de clavados. ¿Nos vemos ahí?

– Claro. –dijo Jusepe.

– ¡Perfecto! ¡Bon apetit! –exclamó, y despidiéndose, se voltearon para decidir qué comerán del buffet.

Jusepe se volteó y se dirigió hacia su cabina.

– Estuvo delicioso todo, qué buena elección hiciste. –dijo Andreux, comiéndose la última galleta de macadamia.

– Sí, la verdad sí. Delicioso el baguette y este helado de coco. –dijo Jusepe, mientras se metía a la boca la última cucharada de su helado.

Andreux se acostó en la cama.

Jusepe puso la bandeja fuera de la suite y volvió a entrar.

– ¿Y ahora qué hacemos? –comentó Jusepe.

– Descansar. –dijo Andreux.

– ¿No quieres ir a la piscina? –comentó Jusepe.

– No. Ni loca.

– Es que… me topé a Miguello y a Fernandine…

– ¿¡Qué!? ¿¡Y qué te dijeron!?

– Que nos veamos a las 6:00pm en la piscina.

– No, no tengo ganas de ir a la piscina. Estoy agotada por la carrera que nos echamos. –dijo Andreux.

Jusepe se acostó en la cama también.

– Bueno, pues no vamos a la piscina. ¿Qué hacemos? –preguntó Jusepe.

– Ya te dije, descansar.

– ¿Descansar? ¿O "descansar"? –preguntó Jusepe y puso una cara maliciosa.

– Descansar. Dormir. Siesta. –dijo Andreux y abrazando a Jusepe se acomodó en su pecho y cerró los ojos.

– Bueno, pues yo voy a leer entonces. –dijo Jusepe, y alargando su mano, tomó su libro. Lo abrió la hoja donde había dejado su marcador.

CAPÍTULO PRIMERO

Ésta es la historia de la Luna de Miel de Josefino y Andreato. Una pareja que decide tener su Luna de Miel en…

– No. No puedes leer. –dijo Andreux y agarró el libro de Jusepe.

– ¿¡Qué!? ¿¡Por qué!?

– Porque cuando lees no puedo dormir.

– Pero yo no quiero dormir todavía. –dijo Jusepe.

– Mira, si me dejas dormir ahora, cuando despierte te recompenso. –dijo Andreux.

– ¿Qué tipo de recompensa? –preguntó Jusepe.

– Tú sabes qué tipo de recompensa. –dijo Andreux y puso una cara maliciosa.

Inmediatamente Jose cerró los ojos y se dispuso a dormir.

Andreux rió y luego acomodándose de nuevo cerró los ojos.

Jusepe abrió los ojos. Miró hacia el balcón y ya era de noche. Toda la suite estaba a oscuras, a excepción del baño, que Jusepe había dejado prendida después de bañarse e iluminaba leventemente la suite.

– Mi amor, ¿estás despierta?

– Ahora sí, menso. –contestó Andreux. – ¿Qué pasa?

– Pues ya que estamos los dos despiertos…

Andreux se volteó y miró a Jusepe.

– ¿Rompo tu cara?

Ambos rieron.

– ¿Qué hora es? –preguntó Andreux.

– No sé, pero ya oscureció.

– ¿A qué hora es nuestra reservación de cena?

– A las 9:00pm.

Jusepe alargó su brazo y prendió la televisión. Lo puso en el canal de información de ruta, ya que ahí sale la hora.

– Son las 8:00pm. –dijo.

– Qué suerte tienes. –dijo Andreux. – Hay tiempo para tu recompensa…

Andreux levantó la vista y pudo ver la cara de felicidad en el rostro de Jusepe.

Ambos acercaron su cabeza para besarse y justo antes de que se besaran…

Alguien tocó la puerta de la suite.

– ¿Jusepe? ¿Andreux? –preguntó Miguello.

Un grito chino se escuchó fuera de la choza.

– Debe ser Shan. –dijo Jose y se levantó de la cama.

Andrea cerró su libro y se levantó de la cama también.

Al asomar afuera estaba Shan haciéndoles señas de que vayan.

– Bueno, llegó el momento de la verdad. –dijo Jose.

Ambos salieron de la choza y caminaron con Shan hasta la casa de Carlos.

– ¡Mis amigos! ¿Cómo estuvo su descanso? –preguntó Carlos, que se encontraba en la puerta de su casa.

– Muy refrescante. –dijo Andrea.

– Pasen, pasen.

Entraron los tres. Shan se despidió de su papá y se fue.

Adentro estaban tres sillas y una pequeña mesa con tres vasos con agua.

– Todavía no ha regresado Jia-Li de su trabajo, así que por mientras, les serví agua.

– No te preocupes, muchas gracias. –dijo Jose.

– Bueno, pues espero que hayan descansado bien, amigos. –dijo Carlos.

Andrea y Jose se miraron, con un ligero tono de preocupación. Carlos rió.

– Tranquilos, buenas noticias. –dijo. – Nos aceptaron la Opción 2.

La cara de Andrea y Jose se llenó de felicidad.

– Sí, la verdad fue una decisión bastante alegre. Los Representantes estuvieron de acuerdo y estarán encantados de ayudarles.

– ¡Qué emoción! –exclamó Andrea.

– Aunque nos pusieron tres reglas. –dijo Carlos. – Primero que nada; seguirán durmiendo en su choza. Segundo; en las mañanas deberán tomar un turno de trabajo. Ellos sugieren que ustedes prueben todos los trabajos que hay en la comunidad, para que puedan conocernos. En las tardes, ustedes serán libres de responsabilidades. Pueden pasear por los alrededores, descansar o tomar el curso de supervivencia que le voy a enseñar a Shan. Ellos me aconsejaron que sería bueno que ustedes también lo tomen, para el resto de su viaje y de su vida.

– Sí, sí deseamos tomarlo. –dijo Jose.

– ¿Y la tercera regla? –preguntó Andrea.

– Les tuve que contar a ellos que son recién casados… –dijo Carlos y puso una cara de "Perdón".

Jose y Andrea se miraron.

– Hay una tradición que no les conté. –dijo Carlos. – Las bodas que se celebran en la aldea son muy importantes y se hace un ritual donde participamos todos en la aldea. Los Representantes han decidido que ya que van a formar parte temporal de nuestra aldea y son recién casados, es necesario que se casen en la aldea, y que esta aldea siempre forme parte de sus vidas…

– ¿Qué clase de ritual? –preguntó Andrea, con un leve tono de miedo.

– La ceremonia es similar a las bodas que conocemos. Ustedes dos y un "sacerdote", mientras toda la aldea escucha las palabras. En este caso, el "sacerdote" es el Jefe de los Representantes, es decir, yo. Cuando terminamos la ceremonia, los nuevos esposos se tienen que besar y toda la aldea los tiene que abrazar.

– ¿Abrazar después de que nos damos el beso, uno por uno? – preguntó Jose.

– No. Mientras ustedes se están besando y abrazando, todos los empezamos a abrazar. Todos. Absolutamente todos. Hasta los niños y ancianos. Se hace una enorme masa de gente, todos abrazados y con ustedes en medio. Es un fuerte símbolo de unión que representa que la pareja formará una familia dentro de esta familia llamada aldea. Ellos unen sus vidas y sus vidas se unen a la vida de todos los demás.

– Suena muy bonito. –dijo Andrea.

– Sí, la verdad es un ritual bastante importante y simbólico. –dijo Carlos.

– Con mucho gusto accedemos a la tercera regla. –dijo Jose.

– ¡Qué bueno! ¡Porque no había opción de rechazarla! ¡Era aceptar las tres reglas o empacar para irse a la carretera jajaja! –exclamó Carlos.

En eso, Jia-Li entró por la puerta.

Los tres la saludaron y ella saludó a los tres. Se fue por la puerta y en breves momentos regresó con una silla y un camisón de tela más cómodo del que llevaba puesto.

Carlos le comentó algo en chino y ella volvió a salir.

– Ya deben estar viniendo mis hijos de su trabajo también. Es hora de almorzar.

En eso, regresó Jia-Li con una enorme bandeja. En ella había quesos, cacahuates, miel, pan y agua fresca.

Curiosamente, parecía que había miles de tipos de quesos en la aldea, porque cada vez que comían, eran de formas y sabores diferentes. Los panes también tenían a veces diferentes formas y sabores.

Jia-Li asentó la bandeja y se sentó. En ese momento, Shan y Shui entraron por la puerta. Saludaron y fueron a buscar su silla.

Almorzaron con risas. Shan, Shui y Jia-Li contaron su día de trabajo mientras que Carlos se lo traducía a Jose y Andrea, mientras que también Carlos les contó de lo que los Representantes habían decidido de ellos.

Shan comentó algo.

– Ah, se me había olvidado decirles. –dijo Carlos, a Jose y Andrea. – Shan sí está muy dispuesto y emocionado por acompañarles. Sería un honor para él si les pudiera acompañar a hacer ese recorrido.

Andrea y Jose se miraron, no tenían que hablarse, se comunicaron con la mirada.

– El placer será nuestro, Carlos. –dijo Jose. – Por favor, dile a tu hijo que estaremos sumamente agradecidos por su valentía, tiempo y compañía. Y también con ustedes, todos ustedes; Shui, Jia-Li y toda la aldea.

Carlos rió y luego tradujo.

– Xie xie. –dijo Andrea, con una pésima pronunciación.

Todos ellos rieron y le devolvieron el agradecimiento.

– Bueno, es hora de que vayan a descansar un rato. Hoy empieza el entrenamiento de supervivencia. –dijo Carlos. – Vayan a su cabaña y en dos horas mando a Shan por ustedes.

– ¿Dos horas? –preguntó Jose.

– Claro. Están de Luna de Miel jajaja. –dijo Carlos.

Los tres rieron.

Andrea y Jose se levantaron, se despidieron y se fueron a su cabaña.

– Dos horas no es suficiente para que duerma. –dijo Andrea, acomodándose en el pecho de Jose.

– Yo sí. Si puedo dormir por diez minutos me doy por bien servido. –dijo Jose.

– ¿Y si mejor…?

– ¿Si mejor qué? –preguntó Jose.

Andrea se acercó y besó a Jose.

Ambos sonrieron…

– No tenemos reloj.

– En cualquier momento ya debe estar Shan cerca. –dijo Jose.

– ¿Ya habrán pasado las dos horas? –preguntó Andrea.

– Creo que sí. Siento que ya pasaron siglos. –dijo Jose.

Jose agarró su ropa y se empezó a vestir. Cuando terminó, se levantó y asomó por la puerta.

– No. No veo movimiento. No está cerca.

– Bueno, eso me da tiempo para leer un momentito. –dijo Andrea.

– Yo voy al baño. –dijo Jose. – ¡Caray! ¡Se nos olvidó preguntar lo del papel de baño! Ahora que veamos a Carlos hay que preguntarle.

– Sí. –dijo Andrea.

Jose salió de la cabaña. Andrea se vistió y agarrando su libro lo abrió donde puso su marcador.

    – ¿Son ellos? –preguntó Andreux.

    La puerta volvió a sonar.

    – ¿Jusepe? ¿Andreux? –preguntó Miguello de nuevo.

    – Creo que no están. –dijo Fernandine.

– Hablé al restaurante y me dijeron que tienen reservación a las 9:00pm. Deben de estar preparándose para ir. –contestó Miguello.

– O a lo mejor se prepararon antes y fueron a caminar. –dijo Fernandine.

– ¡Apaga la televisión! –susurró Andreux.

La televisión seguía encendida en el canal de información, pero no emitía ningún sonido. Sin embargo, debido a la oscuridad del cuarto, era bastante clara la brillante luz que irradiaba la pantalla.

Jusepe agarró el control y apretó un botón.

La televisión se cambió de canal.

Un fuerte sonido de un comentarista de deportes estremeció toda la suite.

Andreux y Jusepe brincaron del susto.

Jusepe agarró el control y rápidamente buscó y apretó el botón de apagar.

La televisión se apagó y todo el cuarto se puso negro, excepto por la leve luz del baño.

– ¡Jusepe! ¡Andreux! –exclamó Miguello, tocando la puerta de nuevo.

– ¿Qué haces? –se escuchó decir a Fernandine.

– La televisión se prendió y se apagó. Si están adentro. –dijo Miguello y volvió a tocar la puerta. – ¿Amigos, están ahí?

– ¿Qué hacemos? –susurró Andreux.

Jusepe se empezó a reír.

Andreux tapó su boca con sus manos.

– ¿¡Qué haces!? ¿¡Qué te da risa!? –le preguntó y puso presión en su mano al ver que Jusepe se seguía riendo.

Jusepe quitó la mano de Andreux de su boca y tomó una bocanada de aire.

– Es que me da risa que nos estamos escondiendo de ellos. Como si fueran unos asesinos seriales jajaja. –susurró Jusepe.

– ¡Es que son muy intensos! ¡No puede ser! –susurró Andreux.

– ¿Jusepe? ¿Andreux? –preguntó Miguello de nuevo.

– Ya sé qué hacer. –susurró Jusepe.

Jusepe se levantó de la cama y se quitó la ropa.

– ¿¡Qué haces!? –susurró Andreux.

– ¡Confía en mí! –susurró Jusepe.

Jusepe abrió cuidadosamente la puerta del baño, entró y la cerró lentamente.

Andreux se quedó callada, a oscuras, dentro de la cama.

– ¿Amigos? –preguntó Miguello, mientras tocaba suavemente la puerta.

En eso, Jusepe abrió bruscamente la puerta del baño y con una toalla en su cadera se acerca a la puerta.

– ¿Sí? ¿Alguien está llamando? –dijo sonoramente.

– ¡Jusepe! ¡Amigos! ¡Sí, nosotros! –exclamó Miguello del otro lado de la puerta.

Jusepe se acercó a la puerta y la abrió.

Miguello y Fernandine abrieron los ojos y se quedaron sorprendidos. No esperaban ver a Jusepe únicamente con su toalla en la cadera y mojado de pies a cabeza.

– ¡Amigos! ¡Hola! ¡Qué gusto verlos! –exclamó Jusepe. – ¿Hace mucho están tocando? ¡Perdonen, no los escuchábamos! ¡Estábamos tomando una ducha juntos! ¡Ya saben… Luna de Miel jajaja!

Miguello y Fernandine rieron.

– Perdonen que los interrumpamos. Ya que nos los encontramos en el show de los clavados, queríamos saber si desean que cenemos juntos.

– ¡Claro! ¡Nuestra reservación es a las 9:00pm! –exclamó Jusepe.

– Sí, de hecho ya solicité si nos pueden poner con ustedes y sí se pudo. –comentó Miguello.

– ¡Excelente! ¡Entonces nos vemos en unos minutos! –dijo Jusepe.

– ¡Perfecto! –exclamó Miguello.

Se despidieron y Jusepe cerró la puerta de la suite.

Jusepe prendió la luz de la suite y Andreux se levantó de un brinco de la cama.

– ¿¡Estás loco!? ¿¡Por qué les dijiste que sí cenaremos con ellos!?

– ¿Qué quieres que les diga? ¿Qué nos dejen de intensear y que nos dejen en paz?

Andreux se quedó pensando.

– Sí, tienes razón.

– Tranquila. Vamos, cenemos con ellos y veamos qué nos depara la noche. Total, somos unos expertos en fugas jajaja. – dijo Jusepe.

Andreux sonrió.

– ¿Crees que ya hayan cambiado todas nuestras reservaciones de cena?

– Jajaja eso sí que sería intensidad. –dijo Jusepe.

– ¿Qué hora es? –preguntó Andreux.

Jusepe se acercó a la cama, tomó el control y encendió la televisión. Lo puso en silencio y cambió al canal de información.

– Son las 8:15pm. –dijo.

– Excelente. Todavía tenemos tiempo para que cobres tu recompensa… –dijo Andreux y poniendo una cara maliciosa le quitó la toalla a Jusepe.

Ambos sonrieron…

– Mesa de la cabina 3209. –dijo Jusepe.

– 3902. –corrigió Andreux.

– Jajaja perdone, siempre me confundo. 3902, por favor. –dijo Jusepe de nuevo a la recibidora en el restaurante.

– Mesa para cuatro personas, adelante por favor. –dijo la señorita.

Caminaron por el restaurante y finalmente se sentaron en su mesa.

– Que tengan una excelente noche. –les dijo la recibidora y se fue.

En la mesa, sólo estaban ellos dos. Las otras sillas estaban vacías.

– ¿Crees que vengan? –preguntó Andreux.

– La verdad, sí. –dijo Jusepe. Bastante intensearon como para no venir.

– ¿Los esperamos para pedir? –preguntó Andreux.

– Sí, obvio. –dijo Jusepe.

– Muero de hambre. –dijo Andreux.

– Sapa, obvio tenemos que esperarlos. –dijo Jusepe.

– Disculpen, ¿ya desean ordenar algo? –preguntó el mesero.

– ¿Qué hora tiene? –le preguntó Jusepe.

– Son las 9:30pm. –dijo el mesero.

– ¿Aún crees que van a venir? –preguntó Andreux.

– A lo mejor decidieron ya no venir. –dijo Jusepe.

– Disculpen, les han mandado un recado. –dijo la recibidora, mientras le otorgaba un papel a Jusepe.

– Ya viene Shan. –dijo Jose, entrando a la cabaña.

Andrea puso su marcador, cerró su libro y se levantó de su cama.

– ¿Vamos a necesitar llevar algo? –preguntó.

– No creo. –dijo Jose.

Salieron de la cabaña y vieron a Shan que caminaba hacia ellos.

Shan se detuvo al verlos y les dijo algo en chino.

Ellos se acercaron a él.

Shan les volvió a decir algo en chino y levantó los brazos. En cada mano llevaba una tela. Les volvió a decir la misma palabra en chino.

– Dǔsè nǐ de yǎnjīng. –dijo Shan. – Dǔsè nǐ de yǎnjīng.

– Creo que quiere que agarremos las telas. –dijo Jose.

Jose se acercó y agarró la tela.

Shan se quedó un rato observándolo, pero al ver que Jose no hizo nada, agarró la otra tela y se vendó los ojos.

– Dǔsè nǐ de yǎnjīng. –dijo Shan.

Luego se quitó la tela y se la dio a Andrea.

– Creo que quiere que nos tapemos los ojos… –dijo Andrea.

14

Andrea y Jose se taparon los ojos con la venda.

– Supongo que él nos va a guiar a la cabaña de Carlos, ¿no? – preguntó Andrea.

– Sí. Ésta debe ser alguna prueba, tipo Karate Kid. –dijo Jose.

Se tomaron de la mano.

Shan comentó algo en chino. Por su voz se notaba que ya se había alejado unos pasos de ellos.

– Creo que quiere que lo sigamos. –dijo Jose. – Dale, tú quédate cerca de mí.

Cuando Jose empezó a caminar, seguido muy pegado de Andrea, Shan volvió a hablar en chino.

Jose y Andrea entendieron su actividad. Mientras caminaban, Shan les hablaba para que en base a su voz, caminaran hacia ahí. Cuando se quedaban parados por un rato o caminaban muy lento, podían entender que los gritos de Shan eran para apurarlos o regañarlos. Cuando caminaban constante, los gritos de Shan eran constantes.

El camino a la casa de Carlos se les hizo eterno.

Después de mucho caminar. Mucho tropezar. Mucho lastimarse con las plantas a los lados del sendero y mucho estresarse por los ojos vendados, el grito de Shan fue acompañado de un aplauso y luego de otro grito.

– ¡Felicidades, amigos! ¡Lograron venir sin daños mayores! –gritó Carlos, aplaudiendo y con un tono alegre. – ¡Ya pueden quitarse las vendas!

Andrea y Jose se quitaron las vendas.

Su asombro fue grande cuando se dieron cuenta que no estaban en casa de Carlos.

– Sí, claramente ésta no es mi casa. –dijo Carlos, acercándose a ellos.

– Bienvenidos a nuestra nueva "Casa de Curso". Ésta es la cabaña que uso para preparar a los difuntos. Está mucho más alejada que su cabaña de la aldea y será perfecta para nuestros ejercicios de supervivencia.

El primer ejercicio ya lo hicieron; caminar con los ojos vendados. Es muy importante que aprendamos a caminar viendo el camino no sólo con nuestros ojos, sino con nuestros oídos, olfato, tacto e instinto. Todos los días vendrán y se irán a su cabaña con los ojos vendados. Ya verán que cada vez van a empezar a dominar sus sentidos y van a venir mucho más rápido que hoy.

Hoy en el regreso, Shan volverá a ser su guía. Mañana, los tres vendrán con los ojos vendados. Espero que no se pierdan jajaja.

Andrea y Jose se miraron.

– ¡Bueno, comencemos! –exclamó Carlos con emoción. – Hoy la clase se va a basar en "Comunicación". Tendrán que aprender un idioma neutro en el que ustedes dos se puedan comunicar con Shan y viceversa.

Carlos empezó a caminar hacia cuatro pequeños troncos que se encontraban en el suelo. Se sentó y los otros tres también.

La clase de señas fue bastante divertida. Carlos iba hablando en español y en chino mientras mostraba las señas correspondientes y necesarias para su excursión.

Señas como: "agua", "peligro", "corre", "cuidado", "serpiente", "venenoso", "animal depredador", "silencio", "fuego", "dormir", "sigamos caminando", "lluvia", "regresa", "refugio", "arma", "fila india", "cansado", "Carlos", "Aldea Gou", "Aldea Mao", "río", "comida", "planta medicinal", "medicina", "herida", "arroyo", y muchas otras más.

– Creo que ya abarcamos todas las necesarias. –dijo Carlos, después de haberles enseñado muchísimas señas y hacerles bastantes pruebas para que las memorizaran. – Y de hecho hasta nos sobró tiempo. Avancemos en lo siguiente entonces.

Carlos se levantó del tronco y caminó hacia un pequeño bulto de hojas y ramas secas.

– Lo más importante que deben aprender, es a crear fuego. –dijo Carlos. – Ustedes de seguro han visto bastantes películas donde se puede crear fuego. Me temo que Shan el único fuego que conoce es el de la Fogata Principal. Es necesario que los tres sean expertos en crear fuego, porque les ayudará a entrar en calor y contra amenazas en el camino.

Carlos tomó dos rocas.

– Esto parecerá de caricatura o la edad de piedra, pero funciona. Hay dos formas; con dos rocas o con un palo. Con las dos rocas, tienen que juntar ramas y hojas secas. Se colocan ustedes muy cerca del pequeño bulto y golpean las dos rocas muchísimas veces. Verán chispas, pero las chispas no son lo que crearán el fuego. Al golpear las rocas muchas veces, calentará la superficie de las rocas. Ese calor se irá transmitiendo al bulto que tendrán debajo de ustedes, y ahora sí, con una pequeña chispa, ese calor se convertirá en una pequeña llama.

Carlos hizo el proceso y después de un rato, una pequeña y enorme chispa hizo que el pequeño bulto emitiera un ligero suspiro de fuego. Carlos agitó con sus manos la llama y el fuego empezó a crecer hasta volverse consistente y llenar el bulto de hojas secas y ramas en llamas.

Shan hizo un gesto de asombro.

Carlos se levantó y se dirigió a otro bulto de hojas y ramas secas. Agarró un palito, lo examinó y lo puso sobre un pedazo de tronco que contenía unas delgadas y finas tiras de ramas.

– Con el palo es la misma cuestión. Es girar el palo muy rápido y muy seguido, para que genere calor entre el palo y las ramas y ese calor sea tan grande que se convierte en llama por sí sola.

Carlos empezó a girar el palito con ambas manos, haciendo que gire sobre su propio eje sobre las ramitas delgadas.

Después de un rato, empezó a salir un ligero humo de las ramitas.

Carlos empezó a soplar levemente y el humo se convirtió en llamas y las llamas en un fuego que arrasó con el bulto de hojas secas a su alrededor.

– ¿Alguna duda? –preguntó Carlos.

Los tres movieron la cabeza en negación.

– Excelente, ahora vaya cada uno a buscar sus ramas y hojas secas, haga su pequeño bulto y busque sus dos rocas. –ordenó.

Los tres hicieron lo estipulado.

Jose fue el primero que pudo prender su fogata. Luego fue Andrea y de último Shan.

–Perfecto, ahora vayan, hagan otro bulto de hojas secas y busquen su palito. –ordenó Carlos.

Los tres hicieron lo ordenado.

Esta vez, Andrea fue la primera en prender su fogata, luego Jose y de último Shan.

– Excelente. Ahora vuelvan a hacer otra y que la prenden con las rocas… –dijo Carlos.

Y así lo hicieron. Cinco veces prendieron fogatas con las rocas y cinco veces con el palito. La quinta vez, los tres ya fueron muy rápido y prendieron su fogata en menos de dos minutos.

La luz del sol empezó a esconderse.

– Muy bien, discípulos. –dijo Carlos, cuando Andrea fue la última en prender su fogata en la quinta y última ronda con el palito. – Prueba superada. Vayamos ahora a cenar, que la noche ya viene caminando.

Carlos levantó sus brazos y les dio a Jose y Andrea sus telas.

Ellos se las pusieron y Shan empezó con el juego de gritar para guiarlos.

Después de un largo rato caminando, llegaron a su cabaña.

Shan les dijo con las señas: "Comida" "Casa" "Carlos".

Jose le respondió: "Gracias".

Shan puso una cara alegre. Le gustó que ya fuera fácil comunicarse con ellos. Se volteó y se fue caminando a casa de su padre.

– Quiero ir al baño antes de ir a cenar. –dijo Andrea.

– Sí, yo también. –dijo Jose.

Esa noche cenaron delicioso. Probaron un nuevo tipo de queso, fuerte pero de consistencia suave, que al juntar con el pan y un poquito de miel, estaba exquisito.

Todos rieron y contaron las actividades que tuvieron en la tarde.

Shan contó el curso de supervivencia.

Shui contó su curso de "Cimientos", donde tenía que aprender a analizar el terreno ideal para construir una choza para los futuros recién casados que tenga la aldea cuando ella sea esposa del Jefe de Representantes.

Shui no tenía las tardes libres. Como iba era la Hija del Jefe, sus mañanas y tardes estaban llenas de entrenamientos especiales.

Jia-Li contó, que en su trabajo con las embarazadas, una mujer sintió unas patadas especiales en su hijo.

– ¡Carlos! ¡Se nos había olvidado preguntarte! ¿Tienen papel de baño? –preguntó Jose.

Carlos rió.

– ¡Qué pena, amigos! ¡No les dije! No. No tenemos papel de baño. Aquí usamos unas hojas especiales de una planta. Son suaves y resistentes. Además ayudan a disimular el olor.

– ¿Y dónde hacen… popó? –preguntó Andrea.

Carlos rió de nuevo.

– ¡Caray! ¡Hace siglos no escuchaba esa palabra! –dijo. – Me temo que aquí, normalmente hacen un hoyo en la tierra y hacen sus necesidades al estilo "aguilita". Flexionan sus rodillas y depositan su… ya saben qué… en el hoyo. Luego se limpian con las hojas de Chu y las tiran en el hoyo. Las hojas de Chu desprenden un olor agradable cuando se desintegran, entonces contrarresta el mal olor de nuestras necesidades. Cuando el hoyo va a llegar a su tope, lo tapan y abren otro.

– ¿Y tú cómo le haces para tu inodoro? –preguntó Jose.

– Yo hice un hoyo bastante hondo, como para muchísimos años. Los hijos de mis hijos serán los encargados de ver qué hacer cuando llegue a su tope jajaja. –dijo Carlos.

– ¿Y dónde podemos encontrar las hojas de Chu? –preguntó Andrea.
– No te preocupes, le diré a Shan que les consiga bastantes y así ya
tienen para sobrevivir por mucho tiempo jajaja. –dijo Carlos. – Pero
será necesario que hagan su hoyo cerca de su cabaña. Espero que no
hagan el hueco en uno de los tantos hoyos que hice yo cuando vivía
ahí jajaja. Le diré a Shan que les apoye con una pala de madera.
Terminaron de cenar, se despidieron y Andrea y Jose regresaron a su
cabaña con muchísimas hojas de Chu, una pala de madera y una
antorcha.
Al llegar a su cabaña, Jose encendió las velas.
Luego, con la antorcha, se fue a hacer el hoyo del baño.
Cuando terminó, estaba todo sudado. Fue a la regadera y quitándose
la ropa se bañó rápidamente para refrescarse.
Terminando caminó hacia la cabaña, agarrando su ropa con una mano
y con la otra la antorcha. La pala la dejó cerca del hoyo del baño,
junto con algunas hojas de Chu.
– Tuve que tomar un baño. Sudé muchísimo al hacer el huec… –dijo
Jose.
Jose no había ni entrado cuando vio que Andrea estaba en la cama, sin
pijama.
– Vaya… –dijo Andrea. – Recién bañadito…
Y ambos sonrieron…

– ¿Qué crees que hagamos hoy?
– No sé. Carlos no nos dijo ayer qué haremos. –dijo Jose, mientras se
vestía.
Durmieron bastante bien, mucho mejor que la noche anterior. Cada
vez su cuerpo se ha acostumbrado más al clima, la cama, los insectos,
etc.
Ambos despertaron con el primer rayo de sol y estaban vistiéndose.
Cuando terminaron de vestirse, agarraron la antorcha (ya apagada) y
fueron a casa de Carlos.

Desayunaron delicioso.

En el desayuno, empezaron a practicar con Carlos ciertas palabras chinas, para poder empezarse a comunicar con la aldea, aunque sea un poco.

– Hoy les toca ir con los lecheros. Son los encargados de recolectar toda la leche de las cabras y las vacas, para que a partir de ese proceso, se pueda continuar para el consumo de la leche fresca o la producción de queso. –dijo Carlos.
Cuando terminaron de desayunar, Carlos los guió hacia la aldea, donde ahí los esperaba un chino, encargado de ser su guía y asistente.
– Él es Dishi. Él será el encargado de ayudarles en sus trabajos en la aldea y de ser su asistente. Algo así como su propio "manager" jajaja. –dijo Carlos.
Dishi les hizo una reverencia de saludo.
Carlos se despidió y Andrea y Jose siguieron a Dishi.
Caminaron por un largo rato, cruzaron toda la aldea y caminaron por un sendero que pasaba por el costado de unos enormes pastizales llenos de miles de cabras y vacas.
Cuando terminó el sendero, había tres enormes chozas, a manera de bodegas gigantes. Caminaron hacia ahí.
Cuando entraron a una de las bodegas, estaba llena de gente y cabras.
Dishi se acercó a ellos y les empezó a explicar en chino.
Claro, Jose y Andrea no entendían nada de su chino, pero sus señas y expresiones sí eran claras y se podía saber que les estaba explicando cómo se hace ese proceso.
Les explicó que las cabras entraban y un trabajador las recibía, les sacaba la leche y luego las soltaba para que la cabra, por sí sola, pudiera salir de la bodega.
Lo impresionante no era que la bodega estaba llena de cabras y personas, sino que las cabras estaban extremadamente bien entrenadas. Literal, entraban con gusto, las ordeñaban y luego caminaban felices hacia la salida.

Pasaban otros trabajadores que recogían las cubetas de barro que iban llenando los trabajadores que ordeñaban y se las llevaban fuera de la bodega.

Era una enorme fábrica que trabajaba eficientemente.

Siguieron caminando, hasta que salieron de la primera bodega.

Al llegar a la bodega de en medio, entraron y vieron que había dos enormes piscinas altas. Dishi les explicó (a señas) que una de las piscinas contiene la leche de las cabras y la otra piscina contiene la leche de las vacas. Arriba de las piscinas había como cinco trabajadores que con unos palos iban moviendo la leche.

Los trabajadores que cargaban las cubetas de leche de la primera bodega caminaban por una pequeña escalera y tiraban la leche a la piscina.

En la base de la piscina había un pequeño tubo de bambú. Ahí, unos trabajadores ponían unos barriles rústicos, hechos de madera de bambú y los llenaban de leche.

Dishi les explicó que la leche la tiraban en la piscina para removerla y mantenerla fresca todo el tiempo. Luego, con el frío de la tierra y el barro, se envasaban en barriles para ser llevados a la sección de queso o para la sección de leche fresca.

Se notaba que otros trabajadores entraban del otro lado de la bodega y depositaban sus leches en la otra piscina.

"Esa leche es de las vacas", comentó Dishi con señas.

Caminaron hacia la tercera bodega y como la bodega de las cabras, todo estaba lleno de animales y trabajadores.

Las vacas hacían exactamente lo mismo que las cabras; cada una entraba, la ordeñaban y luego caminaba por sí sola hacia la salida.

Dishi hizo una seña de que el tour había acabado y que ahora era momento de que ellos apoyaran en el proceso.

Señaló a Andrea y señaló la primera bodega. Luego señaló a Jose y señaló la bodega de las vacas.

Andrea y Jose se miraron. Creo que era bastante obvio… iban a ordeñar.

Sentaron a Andrea en un pequeño espacio y le pusieron una cubeta. Inmediatamente después de eso, una pequeña cabra se acercó a ella. La cabra se quedó paradita, frente a Andrea.

– Bueno, sospecho que vienes aquí para que te ordeñe jajaja. –dijo Andrea.

Andrea volteó a los lados. Veía cómo los trabajadores agarraban las ubres de la cabra y rápidamente sacaban la leche a chorros.

– No creo que sea tan difícil, ya he visto muchas películas… –dijo Andrea.

Agarró dos tetillas de la cabra y las apretó.

No salió leche. No salió nada. Las volvió a apretar y no salió nada.

Andrea volteó a su alrededor.

Notó que los trabajadores no sólo apretaban la tetilla, sino que la jalaban hacia abajo y hacia arriba.

Andrea apretó de nuevo las tetillas e hizo el movimiento de abajo y arriba.

Un potente y delgado chorro de leche cayó fuera de la cubeta.

Andrea rió. Volvió a hacerlo y esta vez ya lo pudo direccionar a la cubeta.

– ¡Ja! ¡Pan comido! –exclamó, mientras sacaba leche como experta y le sonreía a la cabra, que ni la miraba.

Sentaron a Jose, le pusieron una cubeta y una enorme vaca se puso frente a él. Al principio se echó un poco hacia atrás porque pensó que la vaca lo iba a aplastar.

Sentadito, la vaca era enorme. Jose se agachó y vio sus ubres.

– Verdes, tengo un chorro de miedo que me patee. –dijo Jose.

Levantó su cara.

– ¿Me vas a patear vaquita? ¿Verdad que no? ¿Verdad que no me vas a patear?

La vaca volteó hacia él.

Jose se alejó un poco.

– Vaquita linda, vaquita linda…

Acercó su silla de nuevo y vio de nuevo las ubres.

– Bueno, allá voy…

Agarró una tetilla con cada mano y exprimiéndola salió leche hacia la cubeta.

– No estuvo tan difícil.

La vaca se movió un poco y Jose se paró de un brinco.

Los trabajadores cerca de él estallaron de risa.

Jose rió y se volvió a sentar, acariciando la vaca.

– Tremendo susto que me diste, vaquita linda… –dijo.

Agarró las tetillas de nuevo y volvió a sacar leche.

Su velocidad y eficiencia de producción no estaba ni cerca a la de los demás trabajadores, pero después de muchas horas haciendo lo mismo, Andrea y Jose se volvieron mucho mejores que su primera cabra o vaca.

A pesar de que el trabajo era repetitivo, el hecho de cambiar de cabra o vaca hacía que ellos lo sintieran diferente. Como si compartieran unos minutos con una persona especial. Bueno, con un animal especial.

Andrea incluso juraría que una cabra se volteó hacia ella y le sonrió.

Un chino gritó muy fuerte en la bodega.

Los trabajadores se pusieron de pie y empezaron a caminar hacia la salida de la bodega.

Cuando salieron todos los trabajadores, Dishi llamó a Andrea.

Luego, los dos fueron por Jose.

– ¿Cómo estuvo tu ordeñada? –preguntó Jose.

– Al principio tenía miedo, pero creo que ahora ya lo domino jajaja. – dijo Andrea. – Incluso una cabra me sonrió.

– Jajaja sí claro. ¿Y luego te pidió tu teléfono? –dijo Jose. – ¿Miedo? Son unas cabritas. Imagínate tener una enorme vaca frente a ti.

Ambos platicaron sobre sus pequeñas aventuras ordeñando, mientras caminaban de vuelta a la aldea.

Al llegar a la aldea, Dishi se despidió de ellos y les dijo con señas que vayan a casa de Carlos. Ambos así lo hicieron.

– ¡Amigos! ¿Cómo les fue? –preguntó Carlos, que estaba sentado en una de las sillas rústicas que tenía en la entrada de su casa.
– ¡Muy divertido! –exclamó Andrea.
– Sí, muy diferente. –dijo Jose.
– ¿Qué hicieron? ¿Ordeñaron? ¿Cargaron las cubetas? ¿Agitaron la piscina?
– Ordeñamos. –dijo Andrea.
– ¡Ah! ¡Ordeñar! ¡Lo más clásico jajaja!
Siguieron platicando sobre la mañana y luego llegó Shan, Shui y Jia-Li.
Entraron a la casa, pusieron las sillas y la mesa y empezaron a almorzar.

– Nos vemos en dos horas. –dijo Carlos. – Shan irá por ustedes. Y recuerden que hoy los tres tienen que ir con los ojos vendados.
– ¡Perfecto! ¡Muchas gracias, Carlos! –exclamó Jose.
Se despidieron y caminaron a su cabaña, después de una muy divertida y exquisita comida.

– ¿Dormimos? –preguntó Andrea, justo antes de llegar a la cabaña.
– Espera, tengo que estrenar el hoyo. –dijo Jose.
Andrea rió.
Jose le dio un beso en la mejilla y se fue al baño.

– Gogo, tengo que admitir que las hojas de Chu son mucho mejores que… –dijo Jose.
Andrea estaba durmiendo.
Jose se acostó en la cama lentamente, miró el techo y cerró los ojos.

15

El grito de Shan los despertó.

– Gogo, ya llegó Shan. –dijo Andrea.

Ambos se pusieron de pie y salieron de la choza.

Shan les dio las telas y los dos se vendaron los ojos. Luego Shan se vendó los ojos.

– ¿Si los tres tenemos vendados los ojos, quién guía? –preguntó Andrea.

– Tú pégate a mí y no me sueltes.

Los tres tardaron el triple de tiempo en llegar a la "Casa de Curso". Andrea y Jose se tropezaron y cayeron como ocho veces, y por el grito de Shan, se podía decir que él sólo se cayó una vez.

Carlos los recibió en la entrada y les indicó que ya se podían quitar la venda.

– Hoy toca teoría de nuevo. Veremos todas las plantas buenas y malas que podrían encontrarse en el camino. También aprenderemos sobre los insectos comestibles y los venenosos. Vengan, caminemos.

Los tres siguieron a Carlos.

Caminaron por todo el resto de la tarde.

Carlos les iba mostrando qué plantas se pueden comer, qué plantas eran medicinales, qué plantas eran venenosas, qué plantas podían ser utilizadas para generar calor, etc.

Encontraron varios insectos también, de los cuales Carlos les informaba cuáles podían comer (y los comieron) y cuáles eran venenosos y peligrosos.

Debido a que no se toparon con ninguna serpiente o escorpión, tomaron un descanso de su caminata y Carlos les explicó la apariencia física de dichos animales venenosos.

Carlos les explicó qué hacer en caso de ser mordidos por algún animal venenoso o haber sido tocado por alguna planta venenosa.

También encontraron un árbol donde Carlos les enseñó cómo sacarle agua, introduciendo una rama puntiaguda y golpeándola con una roca en las grietas de su corteza.

El curso terminó y los tres se regresaron con los ojos vendados a la cabaña de Jose y Andrea. Después, fueron a cenar a casa de Carlos. Deliciosa, como cada vez, una cena exquisita.

– ¿Te confieso algo? –dijo Andrea.

– Dime. –contestó Jose.

– Desde el curso de hoy, estoy un poco más paranoica con las plantas, insectos y animales que hay en nuestro camino, alrededor de la choza, en todo momento…

– Jajaja yo también. –contestó Jose. – Pero para eso es el curso, para que ahora estemos alertas. Ya sabemos qué hacer si algo nos pasa.

– Pues sí, pero el miedo ya está sembrado.

– Y la valentía también. –dijo Jose.

Andrea abrazó a Jose y se acomodó en su pecho.

Ambos cerraron los ojos y durmieron, en su agradable y cómoda choza.

– Hoy les toca ir con los queseros. –dijo Carlos, mientras tomaba un pedazo de pan y le embarraba miel en el desayuno. – Verán su proceso de producción y les asignarán específicamente a una tarea.

Jose y Andrea sonrieron. Estaban muy emocionados de saber cómo lograban crear tanta diversidad de quesos, tamaños, sabores y colores.

Al llegar con Dishi caminaron por el mismo sendero que caminaron el día anterior, cuando iban con los lecheros, pero luego tomaron una desviación mucho antes de llegar a las tres bodegas.

Caminaron por otro largo rato hasta que llegaron a una enorme explanada.

En la explanada había muchas chozas, de diferentes tamaños. Algunas tan pequeñas como su cuarto y otras grandes como las bodegas de los lecheros.

Fueron entrando una por una, y en cada una, Dishi les iba explicando qué era lo que hacían.

En resumidas cuentas, los grandes barriles que contenían leche de cabra o de vaca iban a las chozas, siendo la principal fuente de materia prima. También había otros trabajadores que llevaban otras materias primas como hierbas, plantas, trigo, harina, huevos, miel y agua fresca.

El proceso era que la materia primera era llevada a cada choza, donde los trabajadores juntaban dichos ingredientes y hacían la mezcla la cual iba a crear el queso.

Ya creando la masa del queso, la envolvían en telas y las ponían en pequeñas carretas.

Si el queso no necesitaba pasar por ningún otro proceso (la cual era el caso de los quesos suaves, pastosos) las carretas eran llevadas al "Centro de Quesos" (la sede principal donde todos los aldeanos podían ir y agarrar los quesos).

Si el queso necesitaba pasar por otro proceso, las carretas eran llevadas a la "Zona de Finalización", donde a algunos quesos los enterraban bajo tierra, otros los asaban ligeramente a la leña, otros los enterraban en un pozo y también habían unos (los quesos más fuertes de sabor) que los dejaban en el sol por mucho tiempo, para que su consistencia tomara el fuerte sabor que los identificaba.

Dishi les explicó que pueden escoger una de las chozas donde creaban los quesos para que trabajen.

Andrea escogió la choza donde había cinco mujeres. Ahí hacían un queso similar al cheddar, de amarillo potente, sabor fuerte y dulce.

Jose escogió la enorme choza donde hacían el queso más comercial de la aldea, el queso Yein. Ambos se despidieron de Dishi y se fueron a trabajar.

Los dos disfrutaron mucho su trabajo.

Hubo un momento que el olor fuerte del queso mareó un poco a Andrea, pero después de tomar un poco de agua fresca, pudo seguir trabajando felizmente.

– ¿Cómo les fue? ¿Interesante, verdad? –preguntó Carlos, recibiéndolos en la puerta de su casa, cuando Andrea y Jose llegaron después de su trabajadora mañana.
– Sí, la verdad sí. –dijo Andrea.
– No estoy seguro si me sigue gustando el queso. –dijo Jose. – Creo que ya después de prepararlo tantas veces, ya no sé qué pensar…
– Jajaja estoy seguro que te sigue gustando. –dijo Carlos y los invitó a pasar a almorzar.

– Hoy toca el curso de "Refugio". –dijo Carlos, cuando llegaron a la "Casa de Curso", en la tarde. – Vamos a aprender a identificar un posible lugar para refugio y pasar la noche. Van a aprender a construir un refugio que resista la lluvia, el frío y los animales.
Caminaron por mucho tiempo y en el camino, fueron analizando y construyendo pequeños refugios para ir practicando.
Construyeron como quince pequeños refugios. Aprendieron a buscar materia prima para construirlos y qué materia prima vale la pena guardar.
Cuando terminaron, se regresaron con sus ojos vendados a su cabaña, esta vez un poco más rápido que la vez anterior y luego fueron a casa de Carlos a cenar.

– Esto es como un curso intensivo de "Boy-scouts". –dijo Andrea.
– Jajaja es verdad. –dijo Jose. – Después de este viaje ya estaremos listos para hacer cualquier excursión que queramos en donde queramos jajaja.
– ¿Puedo leer un poco? –preguntó Andrea, mientras se acostó en la cama.
– ¿En qué parte vas?
– En que Jusepe y Andreux estaban cenando y les llegó un recado.

– No. –dijo Jose y tomando su libro se lo alejó. – Tengo una mejor idea…

Jose se acostó en la cama y le besó la mejilla.

Ambos sonrieron…

– Jose… –dijo Andrea, mientras se vestía.

La luz del sol era tenue y la mañana era fresca y llena de vida. Los insectos, pájaros y toda la vegetación alrededor de la choza emitían cánticos de felicidad.

– ¿Sí, mi amor? –dijo Jose, mientras se levantaba de la cama.

– Es nuestra Luna de Miel. –dijo Andrea.

– Sí, ya sé.

– Es nuestra Luna de Miel. –repitió Andrea.

– No te entiendo. ¿Cuál es tu punto?

– Que es nuestra "Luna de Miel" y estamos en una aldea, que para el mundo y los mapas no existe. Estamos viviendo una vida que nunca hubiéramos pensado vivir. Es nuestra Luna de Miel y no la siento como si fuera Luna de Miel.

– ¿Y cómo la sientes?

– Como una aventura permanente. –dijo Andrea. – Sé que sólo han pasado dos o tres días en esta aldea, pero siento que ya llevamos aquí viviendo por mucho tiempo. Y lo más curioso del caso es que siento que nos vamos a quedar más tiempo…

– Tranquila, mi amor. Eso no va a pasar. –dijo Jose.

– No, pero ésa es la cuestión. No me disgustaría vivir así. Me ha gustado. Las mañanas trabajando, las tardes divirtiéndonos y aprendiendo, las noches románticas…

– Y las mañanas románticas… ¡Y las siestas románticas también jajaja!

– Sí, sí, sí. Por eso. –dijo Andrea. – Me está gustando.

– Pero ¿qué dices? –preguntó Jose. – ¿Quieres quedarte aquí para siempre?

Andrea rió.

– No sé qué mosco me picó jajaja. –dijo Andrea. – Olvídalo.

Jose rió y la abrazó.

– Vamos, hora de desayunar. –dijo, tomó su mano y salieron de la
choza hacia casa de Carlos.

– Estoy emocionada. –dijo Andrea.

– Yo también. –dijo Jose, mientras caminaban con Dishi.

Hoy les tocará el "Centro de Panes", donde se hacen los diferentes
tipos de panes que consume toda la aldea. Después de caminar por un
amplio sendero, llegaron a una enorme choza, muchísimo más grande
que las bodegas de los lecheros.

Al entrar, había muchos pequeños hornos hechos de piedra que
sacaban un ligero humo blanco. También había muchísimas mesas.
Dishi les explicó el proceso. Primero traen la materia prima para
hacer la masa en una enorme piscina, donde los trabajadores la juntan
y la revuelven, logrando la masa adecuada para los panes. Luego,
otros trabajadores transportan las masas hacia las diferentes mesas. En
las mesas, los "creadores" preparan la receta secreta de cada pan,
poniéndole especias, granos u otro ingrediente extra que necesite la
masa para crear el pan por el cual ha sido elegida. Ya que moldan los
panes, los "horneadores" toman los panes y los hornean en los
pequeños hornos. Cuando salen lo ponen en carretas que otros
trabajadores se los llevan a una sección que funciona como bodega.
De ahí, salen hacia la aldea para ser distribuidos y regalados.
Dishi los separó. A ambos les tocó apoyar a un "creador" y estuvieron
toda la mañana creando panes.

El almuerzo fue como los demás días.
Cada uno contaba su día y las risas abundaban en la mesa.

– ¿Dormimos la siesta?

– Veamos… tenemos tres opciones. –contestó Jose, mientras se
acostó en la cama. – Dormimos la siesta, lees, o…

– O dormimos la siesta jajaja. –dijo Andrea y abrazándolo lo
aprisionó.

– ¿Qué crees que nos toque hacer hoy?

– Espero que nada físico. –dijo Andrea. – Estoy agotada.

Jose abrazó a Andrea y ambos cerraron los ojos para juntarse con su buen amigo el sueño por un rato.

– ¡Bienvenidos! –exclamó Carlos, con una amplia sonrisa.

Los tres se quitaron las vendas.

– Hoy toca… ¡Comida! –gritó Carlos.

Los tres sonrieron. Shan no sonrió, porque no hablaba español, pero cuando su papá gritó en chino lo que había dicho en español, también sonrió.

Caminaron de nuevo y Carlos les fue explicando qué plantas se comen y qué frutos se comen. También les advertía de las plantas venenosas y de los frutos peligrosos para la salud.

A pesar de que después de unas horas, ya ninguno de los tres estudiantes quería seguir probando los frutos y plantas que Carlos les pedía probar, lo tenían que hacer. Carlos decía que probándolos será la única manera que reconozcan que son los frutos que deberían de comer.

– En caso de probar un fruto o planta que han probado hoy y no llegase a saber cómo hoy, ¡que lo escupan inmediatamente! –dijo Carlos. – Los frutos y plantas a veces suelen ser envenenados por insectos y hongos. Es por eso que necesito que recuerden sus sabores. Andrea tuvo que vomitar una vez. Con su estómago lleno y el sabor amargo de uno de los frutos, se provocó. Carlos le dijo que no todos los frutos serán dulces o agrios. Hay unos que serán amargos y de mal sabor, pero son buenísima fuente de energía para el cuerpo.

– Hoy tuvo su lado bueno y su lado malo. –dijo Andrea, entrando a la choza.

Jose acercó la antorcha a las velas y las encendió.

– Jajaja lástima que para la cena ya no tuvimos hambre. Los quesos se veían buenísimos. –dijo Jose.

– Sí, quería probar el que tenía puntitos rojos. –dijo Andrea. – Pero si meto algo más a mi estómago voy a vomitar otra vez.

– Sí, descansa. Haz digestión. –dijo Jose y salió a dejar la antorcha afuera.

Andrea se desvistió y agarró su pijama.

Jose entró a la cabaña.

– ¿Te vas a poner tu pijama? –preguntó.

– Pues… sí. –dijo Andrea. – ¿Por qué? Si tenemos momento romántico voy a vomitar…

– Jajaja no. Me refería a que si no quieres un masaje. –dijo Jose. Andrea se echó a la cama boca abajo.

– Jajaja sabía que no me lo ibas a negar. –dijo Jose y acercándose a ella empezó a masajearle la espalda.

– ¡Jose, nuestros papás! –exclamó Andrea, mientras Jose masajeaba sus pies.

– ¿Qué tienen nuestros papás?

– ¡No les hemos avisado! ¡No saben nada de nosotros!

– Sí, ya sé. No hemos tenido contacto con el mundo exterior desde que salimos del aeropuerto de Shanghái. Pero no hay nada que podamos hacer.

– ¡Deben de estar preocupadísimos! –exclamó Andrea y se sentó en la cama.

– Sí, pero lo único que pueden hacer es esperar. Aunque contacten a la policía de China no creo que puedan hacer mucho y no creo que sepan que estamos en esta aldea. Nuestra única salvación es la camioneta del amigo de Carlos. Ése es nuestro boleto hacia la civilización.

– ¿Cuánto tiempo más esperaremos en esta aldea?

– Hasta que completemos el curso de supervivencia. –dijo Jose.

– ¿Y cuándo será eso?

– Cuando Carlos ya nos considere listos. –dijo.

Andrea se recostó en la cama de nuevo.

– Caray, a veces me entra el miedo y a veces se me quita.

Jose se acostó con ella y acarició su rostro.

– Lo importante es que estamos juntos. –dijo Jose. – Juntos y sanos.

Andrea lo miró.

– Y que aún podemos disfrutar nuestra Luna de Miel… –dijo Andrea y puso una cara maliciosa. Ambos sonrieron…

A la mañana siguiente, Carlos les dijo durante el desayuno que iban a ayudar a construir una de las casas para una nueva pareja de la comunidad.

– ¡Qué emoción! ¡Hoy vamos a construir una casa! –exclamó Andrea, mientras caminaban con Dishi hacia el lugar donde iba a estar la nueva choza.

Los demás trabajadores ya habían adelantado poner los cimientos. Unos estaban juntando madera a un costado de la casa, otros estaban haciendo una clase de mezcla con barro y otros estaban simplemente parados, platicando.

– Supongo que ésos son los ingenieros. –dijo Jose.

Dishi se acercó a ellos, platicó con ellos un segundo y luego les encargó a Jose y Andrea su misión.

Jose tenía que ayudar a los trabajadores con el armazón de la casa. Andrea tuvo la difícil tarea de ayudar con el barro. Sí, el "difícil" fue sarcasmo.

La casa, después de unas horas, fue tomando forma.

Al final de la mañana, a pesar de que no estaba completamente lista, ya tenía el esqueleto de madera y barro. No era grande, pero era suficiente para una pareja recién casada.

– ¡Bienvenidos! ¡Hoy nos toca defensa personal! –exclamó Carlos cuando ellos llegaron a la "Casa de Curso". – Muy posiblemente se pueden topar con animales grandes o peligrosos y es importante que sepan qué movimientos y estrategias son necesarias para sobrevivir.

Los cuatro caminaron a la pequeña explanada que estaba junto a la casa.

En el suelo había varias "armas". Un palo largo, un palo corto, piedras y hojas grandes de plantas.

– Éstas son las armas potenciales que podrán encontrar a su alrededor cuando se encuentren a un animal. –dijo Carlos. – Ah, aclaro que puede haber la remota situación en la que se topen con un humano que les quiera hacer daño.

Carlos tomó el palo largo.

– El palo largo es la mejor opción. Te aleja del animal y no le permite acercarse. Lo malo es que si el animal es pequeño, el palo largo no es lo suficientemente rápido para poder bloquear al animal antes de que llegue a ti.

Luego, Carlos tomó el palo chico.

– El palo chico es la mejor opción. Si el animal se acerca a ti, puedes defenderte inmediatamente y con una rápida respuesta. Lo malo es que si el animal es grande, para cuando lo hieras, el animal ya te hirió primero.

Carlos botó el palo chico y agarró las rocas.

– Las rocas son la mejor opción. Si el animal es grande o pequeño, uno puede tirarle las rocas y con buena puntería el animal puede quedar completamente derrotado. Lo malo es que con mala puntería es como si no tuvieras arma.

Carlos tiró las rocas y tomó las grandes hojas.

– Las hojas grandes son la mejor opción. Si el animal es grande o chico, uno puede esconderse y no lo van a ver con esto. Basta con agacharse y ponerse dos hojas en el cuerpo. Lo malo es que si ya te vio el animal, aunque te pongas cinco hojas te va a atacar.

Carlos dejó las hojas en el suelo y luego les sonrió.

Andrea y Jose se miraron y rieron.

– ¿Entonces cuál es la mejor opción? –preguntó Jose.

– Ustedes díganme. –dijo Carlos.

– Todas. –dijo Andrea. – Por eso dijiste en todas que "son la mejor opción."

– ¡Qué belleza! ¡Las mujeres siempre son las más inteligentes jajaja! –exclamó Carlos.

Carlos caminó de nuevo hacia las armas.

– ¡Así es! ¡Todas son la mejor opción! ¡Por algo están yendo los tres! ¡Sí el animal no los ha visto, todos se ocultan con las hojas grandes! ¡Sí el animal ya los vio, uno que busque el palo largo, uno el palo corto y otro las piedras! Antes de que el animal se acerque a ustedes el de las piedras empieza su labor. Si con eso no lo ahuyentan, le toca al del palo largo. Y sin con eso no lo ahuyentan y el animal ya está sobre ustedes, el del palo corto tiene que salvar a todos...

Los tres discípulos se miraron mutuamente.

Carlos estalló de la risa.

– ¡Tranquilos! ¡Para eso es la clase de hoy! ¡Para que dominen cada una de las cuatro armas y así cualquiera pueda utilizar cualquiera!

Le otorgó un arma a cada quién y empezó su entrenamiento.

Cada uno hacía ejercicios con cada una de las armas.

Con el palo largo hacían movimientos rápidos, para esquivar y para proteger.

Con el palo corto eran movimientos para atacar. Cuello, estómago, ojos. Puntos débiles de los animales.

Con las rocas era tirarlas miles de veces para mejorar la puntería. Rocas medianas y chicas. También tenían que tirar las rocas con el brazo izquierdo, por si su derecha se encontraba lastimada.

Cuando les tocaba las hojas, era el ejercicio más tranquilo. Sin embargo, cada vez que no se "cubrían" bien con las hojas, Carlos les golpeaba ligeramente con una varilla delgada en la zona descubierta, simulando que ahí iban a ser detectados.

– ¡Muy buen entrenamiento hoy, pequeños! – exclamó Carlos con alegría y luego bebió un poco de agua fresca.

– Bastante agotador. –dijo Jose, mientras preparaba un pedazo de pan con miel y queso.

Shan comentó algo y toda su familia rió.

– Dice Shan que "todavía le duelen sus codos de las veces que lo descubría cuando se escondía con las hojas grandes". –tradujo Carlos y rió de nuevo.

– ¡Hoy sí estoy muerta! –exclamó Andrea y se tiró a la cama.
– ¡Cámbiate! ¡Sudaste toda la tarde!
– ¡No, estoy agotada! ¡Cámbiame tú! –exclamó.
Jose prendió las velas, sacó la antorcha y cuando regresó a la choza, Andrea estaba boca abajo, con los ojos cerrados.
Jose se puso su pijama y se acostó en la cama.
– Que dormilona eres. –susurró y cerrando los ojos, relajó sus músculos adoloridos.

16

Y así continuaron los días.

Andrea y Jose fueron pastores, cacahuateros, recolectores de frutos, constructores de baños, ganaderos, sembradores de trigo, recolectores de agua…

En las tardes, aprendieron a escalar difíciles árboles, a curar heridas y todos los posibles trucos y enseñanzas que Carlos pudo haberles enseñado.

Pero ahora ya no eran los extranjeros.

La aldea ya era familiar.

Se habían aprendido algunos nombres de personas. Dishi ya era su gran amigo, y así, muchos otros trabajadores con los cuales tuvieron muy divertidas experiencias.

Incluso fueron los padrinos de la pareja recién casada a la que le construyeron su casa.

La noche de la boda fue espectacular. El abrazo masivo. Tanto amor. Tanta unión.

Dos días después les tocó a ellos cumplir la tercera regla y celebraron su boda con la aldea. Ese día fue mágico y conmovedor. Toda la aldea los abrazó.

Los desayunos, almuerzos y cenas seguían siendo en casa de Carlos, siempre con la dotación extravagante y deliciosa de quesos, cacahuates, miel, leche y panes. Cada cena siempre única y asombrosamente divertida.

La familia de Carlos se encariñó mucho con ellos y viceversa.

Andrea y Jose incluso aprendieron muchas otras palabras chinas que les ayudaron a entablar ligeras conversaciones con el pueblo.

Al caminar en la aldea, ya los saludaban con gran alegría, a pesar de que el "Nin hao" de Jose siempre tuviera una pésima pronunciación. Las noches en la pequeña choza se volvieron cada vez más románticas…. románticas y rejuvenecedoras. Uno dormía ocho horas y pensaba que dormía quince.

Sus cuerpos se casaron con la cama. Se besaron con el clima.

Uno de esos días llovió un torrencial y ellos se la pasaron en su cama, disfrutando cómo la lluvia nutría la naturaleza a su alrededor.

¡Tanta belleza!, pensaban y platicaban.

¡Tanta vida!, disfrutaban.

Y así, continuaron los días.

– Jose, ya pasaron quince días.

– Sí. Ya es hora de irnos. Nuestra familia debe estar muy preocupada.

Andrea puso una cara triste.

– Y sin embargo no queremos irnos jajaja. –comentó Jose.

– Es que… es mágico este lugar. –dijo Andrea.

– Sí, la verdad ya me enamoré. –dijo Jose y se sentó en la cama.

– Carlos ya nos enseñó todo lo que pudo. Hace tres días que las tardes las tenemos libres. Digo, amo tener las tardes libres y disfrutarlas contigo, pero tenemos que regresar a la realidad. –dijo Andrea.

– Sí. La verdad tenía esperanza de que viniera la camioneta pero ya no podemos seguir esperando. –dijo Jose.

– Hoy en la cena le diremos a Carlos que mañana partiremos. –dijo Andrea.

– No. Si mañana vamos a partir, hay que avisarle ahora.

– De acuerdo. –dijo Andrea.

– ¡Carlos! –exclamó Jose.

Llegaron a la puerta de la casa de Carlos pero fue Shan el que salió a recibirlos.

– "Carlos" "No" "Casa". –dijo Shan con señas.

– "¿Dónde?" –preguntó Jose.

– "Templo" "Madre Naturaleza". –contestó Shan.

– Qué raro… –dijo Jose a Andrea. – Carlos nunca nos comentó nada de un Templo.

– "Llévanos". –dijo Andrea.

Shan accedió con la cabeza y los empezó a guiar.

Ha sido la caminata más lejos que han hecho en la aldea. Ni siquiera para su pequeña cabaña "para extranjeros" habían caminado tanto.

Shan llegó a una enorme piedra, que descubría una enorme grieta por la que claramente había una cueva. Shan les indicó entrar con él.

Al principio sus ojos estaban indefensos, pero conforme dieron unos cuantos pasos, se fueron adaptando y la cueva empezó a tener forma. Forma y belleza.

Una enorme cueva se abrió a ellos. Enormes piedras a sus lados y un pequeño sendero estrecho al nivel de ellos.

Caminaron un poco y luego vieron una luz del otro lado; luz natural.

Al llegar, la cueva había acabado y se abría un ligero oasis, donde había una pequeña fuente natural de agua y vegetación exótica.

Al enfocar su vista se dieron cuenta que Carlos estaba sentado debajo de un pequeño tronco.

– ¡Amigos! ¡Qué sorpresa! –exclamó al verlos.

– ¿Carlos, qué es este lugar? –preguntó Jose.

Carlos rió.

– Toda la aldea le llama "El Templo de la Madre Naturaleza". Dicen que es donde la Madre Naturaleza duerme. Realmente es una cueva donde la vida y la vegetación encontraron un lugar para descansar y disfrutar. Amo venir aquí a relajarme.

– Sí, la verdad está muy relajante. –dijo Andrea.

– Tomen asiento, disfruten la paz y la serenidad de este bello lugar… –dijo Carlos.

– Carlos, de hecho venimos a informarte de una gran noticia. –dijo Jose.

Carlos entristeció su mirada.

– ¿Ya llegó la hora?

  Ya llegó la hora. –le contestó Jose.

Carlos miró a su hijo, que estaba sentado viéndolos pero que no entendía nada. Shan sonreía pero al ver la cara de su padre entristecer, se levantó preocupado.

Carlos le tradujo.

Shan puso una cara indescriptible. Felicidad y tristeza a la vez.

Felicidad porque al fin iba a emprender la aventura de su vida; salir de la aldea y experimentar el mundo exterior.

Tristeza porque iba a tener que despedirse de su familia y luego de Jose y Andrea. Ah, y claro, el peligro de que algo le puede pasar en su regreso a solas con la cabra.

Carlos y Shan se abrazaron.

Cuando se soltaron, Carlos tenía lágrimas en sus ojos.

– Oh, mis amigos. ¡Cuánto los voy a extrañar!

Las lágrimas en los ojos de Andrea y Jose también salieron a saludar.

Ligeras y lentamente deslizándose por sus mejillas.

Carlos los abrazó.

Shan se unió también, claramente conmovido.

– Bueno, bueno, volvamos. –dijo Carlos, soltando el abrazo. – ¡Hay mucho que preparar!

– Pensábamos salir mañana. –dijo Jose.

– ¡Caramba! ¡Entonces corramos! – exclamó Carlos y luego estalló de risa.

Jose y Andrea también rieron. Shan no. El pobrecito nunca entiende nada.

Regresaron a la aldea, donde fueron directamente a casa de Carlos a contarle la noticia a Jia-Li, quien también se dejó llevar por los sentimientos y los abrazó con lágrimas. De nuevo, Jose y Andrea no se contuvieron tampoco.

Shui no estaba en la casa, así que la iban a ver hasta la noche.

– Vayan a su cabaña, empaquen todo y tráiganlo aquí. Tenemos que ver qué es lo que podrán llevar en la cabra y qué se tiene que quedar. –ordenó Carlos.

La pareja caminó a su pequeña choza.

Carlos se volteó hacia Shan y le dijo la misma instrucción. Shan, lleno de emoción, se fue a empacar. Carlos empezó a caminar hacia la aldea. Era hora de pedir la cabra.

– ¡Estoy muy nerviosa! –exclamó Andrea, mientras metía las pocas prendas de ropa que habían colgadas en la choza (mojadas porque el día anterior lavaron la ropa y no se secó completamente).
– Yo también. –dijo Jose. – Nervios, miedo, adrenalina, alegría, tristeza… ¡Un torbellino de sentimientos me abundan!
Andrea rió.
Cerraron la maleta.
– ¿Jose, qué vamos a hacer con las otras maletas?
Jose cerró los ojos, levantó la cabeza e inhaló, símbolo oficial del "Contras, se me había olvidado".
En días pasados, pensaron en regresar a buscarlas al árbol donde las escondieron, pero Carlos les sugirió que no valía la pena la caminata. Estaban escondidas a un día de caminata e iban a tener que pasar la noche en la intemperie. Les convenció de que iban a poder sobrevivir con la ropa que tienen en la maleta mediana, si la lavan.
– ¿Vamos por ellas?
– Pues ahí tenemos todo. Son dos maletas grandes y una mediana llenas de nuestras cosas. Si nos vamos de aquí sin ellas ya nunca más las veremos.
– Pero si vamos por ellas, es un día más aquí.
– Llevamos quince días aquí. Un día más no es la gran cosa. –dijo Andrea. – Además, ¿cómo vamos a continuar la Luna de Miel si no tenemos nada?
Jose se puso a pensar.
– Me preocupa la dormida. Recuerda que estamos a un día caminando. Significa que si salimos mañana a primera hora, a lo mejor no regresaremos a tiempo para llegar el mismo día y tendremos que dormir en la naturaleza.

– Jose… –dijo Andrea. – ¡Hemos tomado un curso intensivo de supervivencia! ¡Ya estamos más que listos para dormir en cualquier lado!

Jose rió.

– Buen punto. De acuerdo, entonces vamos a casa de Carlos para decirle que mañana iremos a buscar nuestras maletas y que saldremos para la aldea Gou al día siguiente de cuando vengamos.

Andrea accedió y dejando su maleta mediana se fueron a casa de Carlos.

– ¡Carlos! ¡Cambio de planes! –exclamó Jose, al acercarse a Carlos, que estaba sentado en una de las sillas de su entrada principal.

Carlos se levantó preocupado.

– Tenemos que ir a buscar nuestras maletas, las que escondimos en el camino. No podremos irnos sin ellas.

Carlos empezó a reírse.

– Sí, yo también me acordé cuando estaba yendo por la cabra. Ya solicité a tres voluntarios con carretilla si se pudieran echar la difícil y rápida tarea de traerlas.

Las caras de Andrea y Jose se llenaron de asombro.

– ¡Qué pena! ¡Tres voluntarios!

Carlos rió.

– Se ofrecieron Tsung, Gonhi y Zunzu. –dijo Carlos.

Jose y Andrea sonrieron. Eran tres buenos amigos. Los tres eran grandes, atléticos y sumamente serviciales.

Jose conoció a Tsung cuando fue pastor. Tsung era el pastor al cual Jose tuvo que acompañar toda la mañana. Al final de la jornada, crearon una curiosa amistad a base de señas, risas y mucha diversión. Gonhi y Zunzu fueron inicialmente amigos de Andrea.

Gonhi fue el que enseñó a Andrea a hacer los baños. Su amistad era también fuerte y divertida. Zunzu conoció a Andrea cuando ella era recolectora de agua. Zunzu, como todo un caballero, en todo momento la ayudó con sus respectivas cubetas y su amabilidad fue la hizo que la amistad se diera.

– Ellos estaban muy felices de poder ayudarles en eso. –continuó
Carlos. – Les expliqué dónde las escondieron y salieron corriendo.
Calculo que regresarán hoy en la noche, si no se detienen.
– ¿A ellos no les tomará un día? –preguntó Jose.
– Jajaja claro que no. Ellos corren como guepardos y con las carretas
será más rápido transportar sus maletas y menos cansado.
Definitivamente les tomará la mitad del tiempo que si ustedes fueran.
– ¿Y por qué no hicimos esto antes? –preguntó Jose.
– La verdad… sí lo pensé. Pedí voluntarios para que se las traigan,
pero nadie accedía. Si ustedes se llevaban las carretas les iba a tomar
el mismo tiempo que no llevarlas. Pero hoy que pedí voluntarios
debido a que ustedes ya se iban, inmediatamente ellos tres se
ofrecieron.
– Parecería que ya quieren que nos vayamos jajaja. –dijo Jose.
– Sí, lo mismo pensé. Pero cuando se acercaron a mí y vi sus ojos con
lágrimas me di cuenta que no era así. –contestó Carlos. – Además,
otros quince trabajadores levantaron la mano segundos después de
ellos tres.
– ¡Qué buenas personas! –exclamó Andrea.
– Bueno, el punto es que ya no podremos empacar hoy. No hasta que
lleguen sus maletas y decidan qué van a llevar y qué no. –dijo Carlos.
– Opino que vayan de nuevo a la cabaña y gocen su última tarde, su
última noche. Les prepararé su cena y se las daré para que se la lleven
de una vez. Hoy será su última cena a solas en su cabaña. Mañana,
será el último desayuno en mi casa con mi familia…
Al decir esas palabras, las lágrimas exigían ver la luz en los ojos de
los tres.
Carlos sonrió y entró a su casa.
Andrea y Jose se miraron y se sentaron en las sillas de la entrada.
Los árboles que acariciaban el bello frente de la casa de Carlos se
balanceaban con ternura. El pasto, húmedo y generoso, emitía sus
suspiros.
La vista era memorable y ambos los sabían. Esa vista iba a ser la
última vista que iban a tener en casa de Carlos en una tarde.

Carlos salió de la casa con una gran bolsa de tela.

– Aquí están los mejores quesos para cenar, los cacahuates más especiales que tenemos, la miel y la leche más fresca, unas espinacas y lechugas recién obtenidas, y mucha agua fresca. –dijo Carlos, entregándoles la bolsa.

– Muchas gracias, Carlos.

– Vayan. Disfruten. Gocen. –les dijo.

Se despidieron y se dirigieron a su pequeña choza.

Jose y Andrea dejaron la bolsa dentro de la cabaña y salieron a sentarse en un pequeño lugar que había justo a las afueras de su choza.

Ambos, en silencio, observaron su alrededor.

Luego se miraron. Se comunicaron. Se abrazaron. Todo con la mirada.

Después de un pequeño período de tiempo, Andrea se levantó y sentándose junto a Jose, lo abrazó.

– Te quiero mucho, Gogs. –le dijo.

– Yo también, sapa.

– ¿Sabes qué me hubiera gustado? –comentó Andrea. – Una foto.

– Uy, nuestros celulares murieron hace siglos. Desde el taxi ya no tenían pila.

– Sí, ya sé. Pero hubiera sido muy bueno tener una foto de todo esto. De todo.

– Sí. –contestó Jose. – Espero que nuestras memorias nos dejen conservar todo.

Hicieron un silencio cómodo.

La naturaleza los abrazaba también, con poemas y susurros incomprensibles.

– Hay que tomar un baño antes de irnos. –dijo Jose.

Andrea se levantó.

– ¿Qué haces? –preguntó Jose.

Andrea puso una cara maliciosa y se empezó a desvestir.

Cuando quedó completamente desnuda, sonrió a Jose y se fue corriendo a la regadera.

Jose rió y fue tras ella.

– Se nos olvidó traer la antorcha. –dijo Andrea, mientras se acostó en
la cama, aún desnuda, pero ya seca.
Las horas pasaron rápidamente y ya estaba anocheciendo.
– Ya sabemos prender fuego. –dijo Jose, mientras se empezó a vestir.
Andrea sonrió.
– Voy a prender fuego, para prender las velas.
– Dale, mientras voy a leer. –dijo Andrea. – Aprovechando la poca
luz que queda.
– ¿No te vas a vestir?
– No. Es nuestra última tarde. Estaremos vestidos por mucho tiempo a
partir de mañana. Hoy es día de relajación, Carlos lo dijo.
Jose sonrió y salió de la choza.
Andrea agarró su libro y lo abrió donde puso su marcador.

– ¿Qué dice el recado? –preguntó Andreux, asentando la
tercera copa de sangría que había pedido.
Jusepe leyó en voz alta el papel que le acababa de dar la
recibidora.
– "Amigos, con mucha tristeza lamento que no podremos
acompañarlos. Surgió un inconveniente. Les pedimos muchas
disculpas y con gusto mañana nos vemos en la piscina. ¡Que
tengan una muy hermosa velada! Atte. Miguello y
Fernandine".
– Caray… –dijo Andreux.
El mesero notó el aire de incomodidad y discretamente se
alejó de la mesa.
– ¿Qué crees que les habrá pasado? –preguntó Jusepe.
– Pues… con lo intensos que son, sólo se me ocurren dos
cosas. Tuvieron un momento romántico muy interesante y
decidieron no posponerlo… o alguna emergencia.
– Esperemos que no haya sido una emergencia. –dijo Jusepe.
– ¿Cenamos?

– Pues sí, ya podemos cenar entonces. –dijo Jusepe y levantó la mano para llamar al mesero.

La cena estuvo diferente. Sí, diferente porque pidieron algo que normalmente nunca pedirían. Se llamaba el "Juego de lo Memorable" y consistía en pedir de cenar algo totalmente opuesto a lo que pedirías.

Jusepe pidió una almeja al carbón en jugo de espinacas y aceitunas.

Andreux pidió una pata de conejo al pistache. De postre, ambos coincidieron en pedir el pastel de papaya dulce. Claro, ninguno de los dos se lo pudo acabar.

Al terminar, regresaron a su cabina.

Andreux entró al baño.

Jusepe agarró su libro y salió al balcón. Se sentó en uno de los camastros y contempló el océano, el oscuro y durmiente océano.

El crucero avanzaba rápido pero el océano era un fiel amigo que corría a su lado. La brisa no estaba fuerte. Cálida y acogedora.

Jusepe abrió su libro donde puso su marcador.

CAPÍTULO PRIMERO

Ésta es la historia de la Luna de Miel de Josefino y Andreato. Una pareja que decide tener su Luna de Miel en…

Todo negro.

Unas manos le taparon la vista por completo.

– Adivina qué traigo puesto. –dijo Andreux.

– ¿Nada? –dijo Jusepe.

– No. Vuelve a intentarlo.

– ¿Tu toalla? –dijo Jusepe.

– No.

– ¿Ropa interior? –preguntó de nuevo.

– Sí, pero ¿cuál?

– ¡Pues no conozco todas tus prendas todavía! –exclamó Jusepe.

Andreux rió y retiró sus manos. Se acercó a Jusepe y se sentó en el camastro de alado adoptando una posición sexy.

– Es mi prenda favorita. –dijo Andreux, susurrando.

– ¡Oficialmente la mía también! –exclamó Jusepe y brincó a ella.

– ¡Espera! ¡Espera! –reclamó Andreux. – ¡Primero vete a lavar los dientes!

Jusepe se levantó de un brinco y corrió al baño.

Cuando salió, Andreux seguía en el balcón, en el camastro.

Jusepe se acercó a ella y se sentó en el camastro.

Ambos sonrieron…

– ¡La cortina! –exclamó Andreux.

– ¡Otra vez la cortina! ¡Te toca a ti! –dijo Jusepe, tapándose de la luz solar con la sábana.

– ¡No! ¡Tú fuiste el último en entrar ayer en la noche!

Jusepe rió.

Después de unos segundos, se levantó lentamente y cerró la cortina.

– Sólo porque ayer te luciste en el balcón… –dijo Jusepe y se aventó a la cama a envolverse de nuevo en sábanas.

– ¿Nos esperamos al almuerzo?

– No, tengo hambre. –dijo Andreux.

– Pero ya son las 12:00pm, si nos aguantamos una hora podremos almorzar de una vez.

– Es un todo incluido. Desayunemos y almorcemos. –dijo Andreux, mientras se ponía su blusa.

– Jajaja golosa. –dijo Jusepe y se levantó de la cama.

– ¿Qué habrá pasado con Miguello y Fernandine? –preguntó Andreux.

– Pues de seguro están en la piscina. No creo que vengan otra vez a tocarnos la puerta…

Y en eso, retumbó el sonido de alguien golpeando la puerta de la cabina.

– No pude hacer fuego. –dijo Jose, entrando a la choza.

– ¿¡Es en serio!? ¿¡Eras el mejor prendiendo fuego y no pudiste!? ¡Vamos a morir mañana! –exclamó Andrea.

– Jajaja no seas exagerada. Simplemente no tengo paciencia para intentarlo cien veces. Prefiero dormir temprano y descansado. No quiero recordar mi última tarde ahí estando sentado tratando de prender fuego.

Andrea rió.

– Bueno, aprovechemos la luz del sol que queda para cenar, porque apenas caiga la noche, será oscuridad total.

– Caray, estaba leyendo a gusto. –dijo Andrea.

– Ahora cenarás a gusto. –dijo Jose y empezó a abrir la bolsa.

El olor del queso minó toda la cabaña. Era fuerte pero olía rico.

Andrea inmediatamente cerró su libro y se sentó.

Sacaron la cena de la bolsa y evidentemente era, en vista y olor, deliciosa.

Jose preparó la miel, la leche y el agua. Tomaron los panes y empezaron a cenar. Los cacahuates crujían y sonorizaban la cena.

– ¿Crees que Carlos nos dé queso para llevarnos mañana? –preguntó Andrea, mientras comía unos cuantos cacahuates.

– Si nos da queso, será de los más resistentes al calor y al tiempo. Según yo, el queso se pudre muy rápido. –contestó Jose.

– Sí, pero de seguro sí tienen quesos resistentes.

– Recuerda que Carlos nos dijo que la dieta balanceada tiene que incluir todos estos elementos. Queso, cacahuates, miel, leche, agua y algunas plantas. Creo que por eso no hemos bajado ni subido de peso.

Nuestro cuerpo ha obtenido los nutrientes necesarios para estar al 100%.

– La miel no se pudre, ¿verdad? –preguntó Andrea.

– No que yo sepa. –dijo Jose. – Sospecho que lo primero que tendremos que comer es el queso, por si se pudre.

– Y si encontramos frutos, pues los frutos. –dijo Andrea.

– Ya no estoy tan seguro de eso. Ya se me olvidaron cuáles eran venenosos y cuáles no. Ya se me olvidaron sus sabores y olores. – admitió Jose.

– Bueno, yo sí me acuerdo de algunos. Sospecho que Shan también se acordará de otros. –dijo Andrea y comió un buen pedazo de queso.

Siguieron comiendo, con tranquilidad y alegría. Silencio y sonrisas. Cuando terminaron, sobró un poco de cacahuates y un pedazo entero de pan.

Aún había una tenue luz natural.

Andrea se recostó en la cama.

– Nuestra última noche, Gogs. –dijo Andrea, mirando el techo.

Jose metió las sobras a la bolsa, la asentó y se acostó en la cama.

– Nuestra última noche… –dijo y miró el techo también.

Andrea se acercó y se acomodó en su pecho.

– ¿Crees que algún día regresemos aquí? –preguntó Andrea.

Jose se quedó unos segundos en silencio, aun mirando el techo.

– A Carlos le tomó seis meses encontrar este lugar... –dijo Jose.

Andrea se quedó en silencio.

– Pero supongo que si queremos, podremos encontrar este lugar de nuevo. –dijo Jose.

A pesar de no ver el rostro de Andrea, pudo sentir que ella sonrió.

– Caray, Gogs. Qué preocupados estarán nuestros papás. –dijo Andrea.

– Sí. De seguro toda la policía china estará en nuestra busca.

– O ellos vendrán a China a buscarnos. Tipo "Búsqueda Implacable". –dijo Andrea.

Ambos estallaron de risa.

– Lo más seguro es que hayan llamado a la policía y a los hoteles y ya saben que algo nos pasó. Lo malo es que China es muy grande. Dudo que nos encuentren.

Andrea abrazó a Jose.

– Por eso tenemos que encontrar civilización. –dijo Jose.

Andrea levantó su mirada.

– ¿Y si no la encontramos? ¿Y si nos pasa algo? ¿Y si nos perdemos? –preguntó.

– No pienses esas cosas. –dijo Jose. – Piensa mejor qué va a ser lo primero que vas a hacer cuando entremos a nuestro cuarto de hotel.

– ¿Qué hotel? –dijo Andrea. – Ya perdí la cuenta de en qué hotel deberíamos estar hoy si no estuviéramos aquí.

– Yo también. Hace rato no reviso el itinerario para comparar. Pero no importa. Cuando encontremos civilización veremos adónde tenemos que ir.

Andrea se volvió a acomodar en su pecho.

– Te amo mucho, Gogs. –dijo.

– Yo igual, sapa. –contestó Jose. – Buen inicio de Luna de Miel jajaja.

Andrea rió.

– Buen inicio, buen inicio… –y cerró los ojos.

Jose se quedó unos segundos más viendo el techo.

Recordando.

Todo lo que han pasado.

Todo lo que aprendieron en la aldea.

Todo lo que aprendieron con Carlos.

Todas las sonrisas.

Todas las comidas.

Todo.

– Buen inicio. –susurró… y cerró los ojos.

17

La luz del sol los despertó con delicadeza.

– Hoy es el día. –dijo Jose.

Andrea no contestó.

– Hoy es el día que ya no dormiremos en esta suave cama. –dijo Jose.

– Por eso la estoy tratando de disfrutar un rato más. –dijo Andrea.

– Jajaja no. Dale, levántate. Tenemos que ir a casa de Carlos a desayunar. Hoy es nuestro último desayuno.

Se levantaron los dos, se cambiaron de ropa y salieron de la choza. Ambos voltearon a verla.

– Nuestra choza. –dijo Andrea.

– Técnica sólo fue nuestra por quince días…

– Dieciséis. –corrigió Andrea.

– Bueno, nada comparado con el tiempo en que la vivió Carlos en su época de extranjero jajaja.

Con una mirada de amor, se despidieron de su pequeña morada.

– ¡Ya llegaron! –exclamó Carlos, al ver que Andrea y Jose se acercaban.

Toda la familia de Carlos salió a recibirlos.

Una cabra estaba amarrada en unos de los árboles de la entrada de la casa. Casual.

Con alegría y abrazos iniciaron el desayuno.

Jia-Li sacó unos exóticos quesos y todos se maravillaron. Un deleite todo el desayuno, de principio a fin.

Uno se pone a pensar que después de toda una vida comiendo eso todos los días se hartaría, pero por eso había tantos tipos de quesos, panes, cacahuates y hortalizas. Para Jose y Andrea, todos los días sintieron que comían algo totalmente diferente.

– Quisiera hacer un brindis. –dijo Carlos y levantó su vaso con leche de cabra.

Todos levantaron sus vasos también.

– Por nuestros queridos amigos, que nos han envuelto de amor, experiencias y sonrisas. Porque nos han encontrado y nos han enseñado que el mundo exterior sigue estando llena de gente buena y amorosa.

Todos sonrieron.

– Yo también quisiera brindar. –dijo Jose. – Por ustedes. Una segunda familia que siempre tendremos en nuestro corazón. Porque literal te sentimos como un padre, como un amigo y a tu familia la amamos al extremo. Y la aldea… ¡Oh la aldea!

Todos rieron.

– ¡La aldea que tanto la hemos conocido y amado! –continuó Jose. – ¡Gracias por ayudarnos a ser parte de ustedes! ¡Por siempre los recordaremos!

Y brindaron de nuevo.

– ¿Y qué tanto hicieron en su última noche? –preguntó Carlos y rió a carcajadas.

Jia-Li se llevó el último plato.

Shan la apoyó llevándose la mesa.

– Es hora de empacar. –dijo Carlos.

Se acercaron a la entrada y ahí sacó Carlos las tres maletas que fueron a buscar los voluntarios.

– Mi sugerencia es que usemos únicamente dos maletas medianas. Las pondremos a los costados de la cabra y la comida irá en una mochila de tela en el lomo. Así que necesito que analicen bien qué van a desear llevar. –dijo Carlos.

Andrea y Jose se miraron mutuamente.

– Les daré privacidad. –dijo Carlos y entró a la casa.

Andrea y Jose abrieron las maletas y sacaron todo. Una por una fueron discutiendo y analizando si valía la pena llevar ciertas cosas o dejarlas.

Después de una hora aproximadamente, terminaron de empacar las maletas medianas.

– ¡Carlos! ¡Ya terminamos! –exclamó Jose.

Carlos salió a la entrada de la casa.

– Excelente. Ahora vamos a despedirnos de la aldea y luego regresamos, subimos las cosas a la cabra y se marchan. –dijo.

Los tres caminaron hacia la aldea.

Al acercarse a la explanada principal, estaba repleta de personas.

– ¿Qué hacen todos aquí? ¿Y sus trabajos de la mañana? –preguntó Andrea.

– Por cinco minutos vale la pena atrasarse. –dijo Carlos, y luego gritó fuertemente algo en chino.

Todos los aldeanos voltearon a verlos y vitorearon, gritaron y aplaudieron.

– ¡Esto es una pequeña reunión de despedida! –exclamó Carlos.

Andrea y Jose se conmovieron. Sus lágrimas lubricando sus ojos.

Uno por uno, los aldeanos se fueron acercando a ellos y los fueron abrazando.

A algunos los reconocían pero había otros que en ningún momento los habían visto. O sí. No lo saben, todos eran muy similares.

Después de un largo rato abrazando a todos de despedida, Carlos gritó algo en chino y todos empezaron a abrazarlos al mismo tiempo, como las bodas.

Todos emitieron un ligero grito de bienestar y felicidad. Una enorme masa humana de abrazos alrededor de Jose y Andrea.

Apretados, un poco asfixiados, pero felices. ¡Qué bella sensación!

Luego Carlos volvió a gritar algo en chino y todos se separaron.

Carlos gritó un ligero discurso en chino y cuando terminó, todos aplaudieron.

– ¡Traducción! ¡Un aplauso para Andrea y Jose, los extranjeros que han tocado nuestro corazón! ¡Siempre serán bienvenidos! –gritó Carlos a la pareja.

Seguido de esto, Carlos gritó una orden y todos se separaron y volvieron a sus trabajos.

– Ahora sí, hora de irse. –dijo Carlos y caminaron a casa de Carlos.

– ¿Si aguantará? –preguntó Jose.

La cabra tenía encima las dos maletas medianas y en el lomo una gran bolsa de tela que contenía quesos, cacahuates, miel y agua.

La pequeña cabra tambaleaba un poco sus pies pero se mantenía estable.

– Al principio va a caminar un poco torpe pero con el tiempo se va a ir acostumbrando. Recuerden que cada cierto tiempo tienen que parar y quitarle las maletas de encima, para que descanse. –dijo Carlos.

Shan ya estaba con ellos, feliz y emocionado. Se puso una camisa nueva de manga larga y una tela en la cabeza, similar a la que usa "Rambo".

Jia-Li se acercó a Shan y lo abrazó.

– Hora de la despedida. –dijo Carlos y abrazó a Andrea.

Jose abrazó a Shui.

Luego, todos se fueron abrazando.

Carlos le entregó la correa de la cabra a Shan y los dirigió al sendero que iban a tomar.

– Recuerden, al seguir este sendero, se encontrarán con el sendero de la camioneta, que lo caminen un poco y luego tendrán que atravesar la montaña. Al bajar, deberán encontrarse con el sendero de nuevo.

Luego tendrán que atravesar las otras dos montañas hasta llegar al poblado de Gou. –dijo Carlos.

Y despidiéndose de mano, los cuatro caminaron por el sendero.

Los primeros minutos, hubo silencio.

Sólo se escuchaba el pequeño movimiento de las maletas cuando la cabra caminaba.

Cada uno de ellos tenía un palo largo, que usaba como bastón. En la cabra pusieron tres palos cortos, por si las dudas.

Jose iba al frente y con su palo largo abría camino y protegía a Andrea, que iba en medio. Shan iba detrás de Andrea y agarraba la correa de la cabra.

– Hay que ponerle nombre. –dijo Andrea.

– ¿Nombre? ¿De qué hablas? –preguntó Jose.

– A la cabra.

– ¡Ah! Pues dale, tú eres buena poniendo nombres. –dijo Jose.

– Saúl.

– ¿Qué rayos? ¿Y ese nombre de dónde? –preguntó Jose.

– No sé, fue lo primero que me vino a la mente cuando la vi.

– Vaya, tú sí que eres rara.

Andrea rió.

Shan rió, pero por compromiso. No entendía nada.

Jose apuntó a la cabra y dijo "Saúl". Shan rió.

El sendero seguía siendo cordial. Vegetación y ecosistema conocido, similar al de su zona.

– ¿Cuánto falta para la montaña? –preguntó Andrea.

Jose se trató de asomar por el cielo pero los densos árboles no le mostraban mucho.

Se volteó y le preguntó a Shan.

– "¿Montaña?"

Shan miró al cielo.

– "Poco". –contestó, y siguieron caminando.

– Jose, ¿sabes qué me puse a pensar? –preguntó Andrea.

– ¿Qué mi amor? ¿Qué pensaste?

– ¿Quién hizo este sendero?

– Nadie. –contestó Jose.

– Claramente estamos siguiendo un sendero. –dijo Andrea. – Alguien lo hizo porque ha caminado por él varias veces.

Jose se quedó pensando.

– Carlos dijo que nunca ha salido alguien de la aldea. –dijo.

– Alguien que sea aldeano. –dijo Andrea. – Pero Carlos no es 100% aldeano.

– ¿Tú crees que él haya estado saliendo de la aldea?

– ¿Y cómo crees que contactó a su amigo de la camioneta? ¿Por telepatía?

Jose se quedó pensando.

– Tienes razón. Carlos debió de haberse escapado para visitar el poblado de Gou y contactar al de la camioneta. Pero hace siglos, por eso este sendero está descuidado.

– Sí. –dijo Andrea. – Con razón sabe a lo que nos vamos a enfrentar…

Y caminaron en silencio.

Jose en sus pensamientos.

Andrea en sus pensamientos.

Shan en sus pensamientos.

Saúl no pensaba nada.

Un arroyo se atravesó en el sendero.

– ¿Crees que Saúl pueda atravesarla?

– No se ve tan profundo. –dijo Jose.

Shan también analizó el arroyo.

Con la mirada, Shan le dijo a Jose que sí podrán cruzar sin problema y así lo hicieron. Cruzaron los cuatro. Saúl por un breve momento se tropezó, pero nada serio. No se mojaron ni las maletas ni la comida. Cuando cruzaron, Shan les hizo una señal de esperar. Se agachó y tomó un poco de agua del arroyo.

– Buena idea. –dijo Jose. – Aprovechemos que es agua fresca y limpia.

Andrea y Jose se acercaron y también bebieron.

Saúl no bebió, cuando cruzó el arroyo se detuvo en dos ocasiones para tomar su ración de agua. Y siguieron caminando.

– Descanso. –dijo Andrea.

– ¿¡Ya!? ¿¡Tan rápido!? ¡Si ni estás cargando nada jajaja! –exclamó Jose.

– Por Saúl lo digo. –dijo Andrea.

Jose le preguntó a Shan si debían parar por Saúl.

– "De acuerdo". –contestó Shan.

Pararon un momento.

Después de unos minutos, empezaron a caminar de nuevo.

Si Saúl hablara, definitivamente se hubiera quejado de la brevedad del supuesto descanso.

– ¡La montaña! ¡Llegamos! –exclamó Andrea.

– Genial. Creo que nos tomó como cuatro horas. –dijo Jose, mirando el cielo. – El sol todavía no está a la mitad.

– "Saúl" "Descansar". –dijo Shan.

Jose accedió con la cabeza y Shan empezó a desamarrar las maletas.

Jose se acercó y lo ayudó. Andrea se quedó analizando la montaña.

– La vegetación es diferente. –dijo Andrea. – Se vuelve más espesa y con más rocas.

Jose se acercó a ella para analizar la montaña.

Shan se sentó un rato y Saúl, libre de maletas, se acercó a una pequeña planta y la comió.

– Ahora entiendo por qué una cabra y no una vaca. –dijo Jose, viendo el camino que les esperaba.

No era tan difícil como pensaban. A pesar de verse inclinado, aún seguía siendo bastante horizontal el sendero inexistente que los guiaba en la montaña.

La vegetación había cambiado. Ya no eran plantas húmedas y abundantes. Eran secas, ocasionales y por ciertos específicos tramos, impasable. Jose tenía que hacer el sendero con su palo largo.

Saúl no se quejaba. Tenía la mirada bien concentrada en su camino. Sabía que un paso en falso y la carga que llevaba iba a darle una dolorosa caída.

Y caminaron.

Andrea volteó.

La vista era impecable. Habían ya alcanzado suficiente altura para admirar todo el vasto y denso bosque que caminaron.

Jose y Shan también voltearon para admirar.

– ¡Qué belleza! –exclamó Jose.

– Impresionante. –dijo Andrea. – Y de nuevo me duele no tener cámara.

Jose rió.

Y siguieron caminando.

Saúl tropezó y emitió un grito de auxilio.

Shan sostuvo la correa fuerte y evitó que se caiga de bruces sobre el sendero.

Tremendo susto de milésimas de segundo para todos. Una caída de esas podría romperle el pequeño cuello al gran Saúl.

Y siguieron caminando.

– ¡Miren! ¡Un fruto! –exclamó Jose.

Lo arrancó de la planta y se lo mostró a los demás.

Era rojo y pequeño, del tamaño de un durazno, pero con corteza similar a la piña.

– No recuerdo si éste se come o no. –dijo Jose.

Andrea se acercó y lo examinó.

– Este fruto no nos lo enseñó Carlos. –dijo Andrea.

Shan se acercó a analizarlo.

– "¿Comer?" "¿Venenoso?" –preguntó Jose.

Shan abrió el fruto con sus manos. El interior era rojizo leve, sin semillas ni nada. Pastoso pero limpio.

– "No sé". –dijo Shan.

Jose se acercó el fruto a la nariz para olerlo.

– No huele feo. –dijo.

– ¡Jose, no vale la pena arriesgarnos! –exclamó Andrea. – ¡Total ni tenemos hambre!

– Es verdad. No tengo hambre. "¿Hambre?" –le preguntó a Shan.

– "No". –contestó.

– Y si tuviéramos hambre todavía tenemos queso y cacahuates. Así que no, no comeremos este fruto y nos arriesgaremos. –dijo Andrea. Jose botó el fruto.

– ¡Pues prosigamos, banda! –exclamó y siguieron caminando.

A Saúl nadie le preguntó. Miró el fruto tirado al pasar y quiso comerlo, pero Shan le movió la correa y ya no lo pudo recoger con la boca.

– Ya debe ser el mediodía. –dijo Jose, mirando el cielo. – O incluso un poco más.

– ¿Descansamos? –preguntó Andrea.

– Sí. Opino que almorcemos.

Se detuvieron y bajaron las maletas de Saúl. Abrieron la bolsa con los quesos y los cacahuates. Sacaron un poco y empezaron a comerlo.

Desde su pequeño lugar de descanso no tenían vista hacia abajo. Ya la vegetación se hizo un poco más densa y algunos árboles de alrededor les tapaban la vista hacia abajo.

Pero no les importaba, porque también les daban sombra, la cual era sumamente agradecida por los cuatro.

A Saúl le dieron un poco de espinaca, debido a que no había plantas de su agrado a su alrededor.

– ¿Estás cansada?

– No. ¿Tú?

– Tampoco. "¿Cansado?"

– "No".

Al terminar de comer sus raciones, cerraron la bolsa de tela y colocaron de nuevo todo sobre Saúl.

Y siguieron caminando.

Un ruido sonó a la distancia.

Jose levantó rápidamente la mano, en señal de "Silencio" y levantó su palo largo.

Los tres se pusieron en alerta. Saúl no. Saúl estaba en su mundo.

Pero cuando el ruido se hizo más evidente a lo lejos, incluso Saúl se erizó.

Todos voltearon a la misma dirección.

Un lobo estaba a unos treinta metros de ellos. Lobo o perro. O zorro. Tenía la complexión similar a un lobo, pero un poco más chico y color café oscuro.

Algo estaba haciendo que se veía concentrado.

Jose empezó a comunicarse con señas.

– "Andrea" "Agarra" "Palo Chico" "Ponte" "Detrás" "Nosotros".

Andrea caminó cuidadosamente hacia Saúl y agarró su palo chico.

– "Shan" "Agarra" "Palo Chico" "Ponte" "Detrás" "De mí".

Shan se acercó a Saúl y agarró su palo chico.

– "Caminar" "Lento" –ordenó Jose a los tres.

Lentamente, sin quitar la vista del perro lobo, siguieron caminando, alejándose de él.

El lobo seguía concentrado en lo que hacía, no los había visto.

Saúl se tropieza y emite un gemido.

Inmediatamente el lobo levanta la mirada y los ve.

La adrenalina llenó sus cuerpos, pero todos estaban paralizados.

Jose. Shan. Andrea. El perro lobo. Saúl no. Se distrajo tanto con su tropiezo que parece que se le olvidó la presencia lejana del lobo y miraba distraídamente.

El perro lobo gruñó.

Saúl volteó y emitiendo un gemido se echó hacia atrás.

Ese movimiento le pareció al lobo una señal ideal para atacar, y sacando los dientes, empezó a correr hacia ellos.

18

Impresionante como es la mente humana, que en fracciones de milésimas de segundos decide qué hacer.

Shan y Andrea adaptaron una posición de pelea. Tensaron los músculos y apretaron su palo chico con fuerza. Su corazón latió tan fuerte que sentían que se iba a salir de sus pechos. El perro lobo corría hacia ellos y todo parecía estar en cámara lenta.

Jose reaccionó de otra forma. La adrenalina llenó sus músculos pero también su mente. Era un perro lobo contra tres animales más grandes y armados. ¡Imposible que nosotros seamos los que tengamos miedo!, pensó.

Jose gritó con una voz potente y furiosa. Aporreó su palo salvajemente en el suelo varias veces y gritó hasta que se rompan sus cuerdas vocales.

El perro lobo se detuvo en seco, confundido por el cambio drástico de escenario, puesto que no esperaba esa respuesta.

Jose aprovechó ese pequeño titubeo; su plan funcionó. El perro lobo dudó si era el más fuerte. Aún gritando y aporreando su vara, corrió hacia el lobo.

En milésimas de segundo, el perro lobo cambió de parecer y su instinto hizo que se volteara y corriera por su vida.

Jose dejó de correr y exhaló. Exhaló de alivio. Exhaló de agotamiento. Exhaló de dolor.

Podía sentir sus cuerdas vocales cobrarle la factura. Posiblemente sangraban. Nunca había gritado tan fuerte.

– ¡Jose! ¡Jose! –exclamó Andrea, mientras se acercó a él.

– Me duele mucho la garganta. –dijo Jose, con voz muy baja, raspada.

Shan metió la mano en la bolsa de tela y sacando el recipiente que llevaba el agua se lo otorgó a Jose.

Tomó agua como si fuera el paraíso. Sus cuerdas vocales se lo agradecían. Sangraban de seguro, pero se lo agradecían.

– Tremendo susto. –dijo Jose, con una voz más refrescada.

Andrea lo abrazó.

– Sigamos, sigamos caminando. –dijo Jose. – No vaya a ser que el perro lobo cambie de parecer y llame a sus amigos para cenarnos.

Jose le dio de nuevo el agua a Shan, quien lo metió en la bolsa encima de Saúl.

Saúl y Andrea pusieron su palo chico en Saúl y tomaron de nuevo su palo largo.

Y caminaron.

Un poco más temerosos que antes, pero siguieron caminando.

– Vi en una película que los lobos andan siempre en manada. –dijo Jose.

– Jose, no es momento de hablar de eso.

– Y casualmente en esa película, la manada estaba cazando a un grupo de sobrevivientes.

– Jose… –repitió Andrea, con un tono un poco más autoritario. – Basta.

– Pero tranquila, acaba bien. Creo. Matan a todos los sobrevivientes excepto a uno y luego este sobreviviente…

– Jose, código rojo. –dijo Andrea.

Jose no continuó. El "código rojo" era su pequeña forma de decir que el otro no siga haciendo lo que sea que esté haciendo, ya que está molestando en serio al otro.

Y siguieron caminando.

– ¿Cómo vamos de hambre?

– Yo bien.

Shan pareció entenderlo porque también levantó su mano e hizo el símbolo de "Bien".

Saúl no había forma que entendiera la pregunta ni que responda.

Y siguieron caminando.

– Hay que empezar a buscar refugio. –dijo Jose.

– "Refugio". –dijo Andrea a Shan.

Shan le afirmó con la cabeza.

Y siguieron caminando, buscando un lugar ideal para hacer su refugio.

– ¡Mira, ahí! –señaló Andrea.

Del sendero había una enorme piedra, cubierta por fuera en su mayoría por musgos y por dentro con enredaderas.

A su alrededor, habían árboles con abundantes ramas delgadas.

– Sí, se ve bueno. –dijo Jose. – Tú y yo quitaremos las ramas de los árboles y las enredaderas. "Shan" "Buscar" "Madera" "Fuego".

Shan accedió y dándole la correa de Saúl a Andrea, caminó por los alrededores buscando su materia prima.

Andrea amarró a Saúl a un pequeño árbol y se acercó a Jose para ayudarlo a quitar las ramas alrededor de su refugio.

Después de un largo rato, dejaron impecable el refugio. Incluso pusieron algunas plantas en el suelo para hacerlo más acogedor. Shan también ya había traído suficiente materia prima para hacer una fogata para cincuenta personas.

Shan se sentó a intentar hacer la fogata. Lo estaba intentando con el truco del palo. Jose caminó por los alrededores, en busca de potenciales madrigueras o huecos de serpiente. Nada. Andrea seguía buscando hojas y plantas para que el suelo sea lo menos incómodo posible.

La luz todavía estaba en su punto, el sol estaba apenas acercándose al horizonte. A pesar de que no lo veían por las copas de los árboles, la luz tenue anaranjada lo reflejaba.

– Ayúdalo, pobrecito. –dijo Andrea, señalando con la mirada a Shan.

– Tiene que aprender. Se va a regresar solo y tiene que aprender a hacer fuego. –dijo Jose.
– Pues sí, pero déjalo que practique cuando ya esté solo. Ahora que estamos nosotros, vamos a hacerle el viaje lo más relajante posible. –dijo Andrea.
Jose le sonrió y se acercó a Shan.
– "Yo" "Intentar" –dijo.
Shan le sonrió y le otorgó el palo a Jose. Se levantó y acercándose a Saúl empezó a quitarle las maletas y a preparar la cena.
A comparación con la noche anterior, Jose pudo hacer fuego en breves minutos. Ni él supo cómo lo logró.
El fuego se hizo fuerte, y con la materia prima que había cerca para alimentarlo, había buenos indicios de que iba a durar toda la noche.
– Hay que hacer antorchas. –dijo Jose. – Por si viene el perro lobo y sus amigos.
– De acuerdo. –contestó Andrea.
– Nosotras las haremos, tú termina de prepararnos la cama a los tres.
Jose se acercó a Shan y le indicó que hicieran dos antorchas. Los dos tomaron un palo y empezaron a preparar sus antorchas.
Andrea abrió las maletas y sacando unas cuantas prendas empezó a hacer más cómodo el refugio.

La cena fue similar al almuerzo. Prácticamente los mismos alimentos.
– ¿Y si tomamos un poco de leche? –preguntó Andrea.
– Claro. –dijo Jose y se acercó a Saúl pero apenas lo hizo, se detuvo y estalló de la risa.
– ¿Qué pasa? ¿Qué sucede? –preguntó Andrea.
– ¡Saúl! ¡Saúl todo este tiempo era hembra! ¡Da leche! ¡Tiene ubres! ¡Es hembra!
Andrea empezó a reírse también.
– ¡Todo este tiempo! ¡Qué bobos! –exclamó.
– Bueno ¿y cómo deseas re-bautizarla?
– Carmen. –dijo Andrea.

– Caray, tú sí que tienes una lista de nombres bajo la manga. ¡Qué fácil se te ocurren!

Jose se acercó a Carmen y ordeñándola puso un poco de leche en un vaso y se lo pasó a Andrea.

El silencio no era incómodo. La danza del fuego distraía bastante. Cada uno comía su pedazo de queso, pan y cacahuates disfrutando de la fogata.

Y sin embargo, todavía no era de noche.

– ¿Puedo leer?

– ¿¡Qué!? ¿¡En qué momento empacaste tu libro!? –exclamó Jose.

– Jajaja si te lo decía no me ibas a dejar traerlo. –contestó Andrea. Shan ya se había acostado en su pequeño espacio junto a ellos. No emitía ningún ruido. Después de cenar simplemente se acostó, a lo mejor ya estaba durmiendo.

– Bueno, lee. De todos modos a mí me toca la primera guardia.

– ¿Guardia? –preguntó Andrea.

– Sí. Shan y yo tomaremos guardias. Con ese perro lobo hay que estar despiertos por si regresa.

– De acuerdo. –dijo Andrea y se acostó. – ¿Te vas a quedar sentado?

– Sí. –contestó Jose.

Andrea agarró su libro y lo abrió donde puso el marcador.

– ¿Crees que sean ellos? –preguntó Andreux.

Volvieron a tocar la puerta.

– ¿Sí? –preguntó Jusepe.

– ¡Oh, disculpe! ¡Servicio de habitación! ¡Vuelvo en otro momento!

Andreux y Jusepe se miraron y rieron.

– Bueno, vamos a desayunar. –dijo Andreux.

– ¡Mamá! ¡Papá! –exclamó un niño de ocho años que se sentó
en la mesa de Andreux y Jusepe con dos enormes popotes en
la nariz y dos rebanadas de pepino en los ojos.

Andreux y Jusepe se miraron.

Una de las rebanadas de pepino se cayó y el niño captó que
esa no era la mesa de sus papás. Inmediatamente su cara de
temor y pena se hizo evidente. Corriendo se retiró de la mesa y
rió sonoramente. También Andreux y Jusepe rieron.

El desayuno fue ligero. Andreux pidió un omelette con
espinacas y queso. Jusepe pidió unos molletes con tocino y
chorizo.

– ¿Piscina?

– Sí, un rato. –contestó Andreux.

Al llegar a la piscina, estaban en pleno concurso de bailes
exóticos.

– Mira, los jacuzzis están vacíos. Vamos a uno.

– Vamos mejor al del cuarto. –dijo Jusepe.

– No, qué flojera ir hasta el cuarto. Vamos a éste un rato. –dijo
Andreux.

Se metieron a los jacuzzis.

Calientes y burbujeantes, definitivamente una buena elección.

Los dos pusieron cara de relajados y cerraron los ojos.

– ¡Amigos!

Abrieron los ojos.

El rostro de Miguello estaba tan alegre como siempre.

– ¿Podemos unirnos? –preguntó.

Fernandine estaba a su lado, con un bikini negro y un pareo
rojo.

– Claro, adelante. –dijo Jusepe.

Ambos entraron al jacuzzi.

– ¿Cómo han estado? –preguntó Andreux.

– Muy bien, muy bien. Hoy en la mañana que estuvimos en la piscina no van a creer lo que sucedió. ¡Hicieron una torre humana de cinco personas!
– ¿Torre humana? –preguntó Andreux.
– Sí, de esas que te subes en los hombros de otro. –dijo Miguello. – ¡Cinco personas! ¡Caray!
– ¿No es peligroso?
– Pues los jóvenes que lo hicieron dicen que son de esos atléticos que hacen esas cosas. –dijo Miguello.
– Cheerleaders. –dijo Fernandine.
– Bueno, eso. Entonces, pues como si fuera fácil lo hicieron en dos segundos. Impresionante. –dijo Miguello.
– ¿Qué planes tienen para hoy en la noche? ¿Van a ver el show de La Rubia Dip? –preguntó Fernandine.
– ¿Qué es eso? –preguntó Andreux.
– Un show cómico. Ella es una comediante bastante famosa. –contestó Fernandine.
– ¿A qué hora es? –preguntó Jusepe.
– 10:30pm. –contestó Miguello.
– Sí, supongo que después de cenar podríamos ir. – dijo Jusepe, mirando a Andreux.
Telepatía. Ninguno de los dos quería ir, pero irían. Por ellos, irían.
Estuvieron un rato más en el jacuzzi platicando, cuando Miguello y Fernandine se disculparon por irse, pero querían ir al buffet del almuerzo.
Después de unos minutos que Miguello y Fernandine se fueron, Andreux y Jusepe se dirigieron a su suite.

– ¿A qué restaurante quieres ir a almorzar?
– No sé. –contestó Andreux, mientras se quitó el bikini y se secaba con una toalla.
Jusepe se puso su ropa seca.
– Se me antoja mexicana. –dijo.

– ¿Comida mexicana?

– No. Mexicana. Una mexicana…

Andreux volteó y vio que Jose ya no llevaba la ropa que tenía hace dos segundos.

Jusepe puso una cara maliciosa.

– ¿Qué haces?

– Voy a comer... –dijo Jusepe y ambos rieron.

Jusepe agarró la toalla de Andreux y la tiró lejos.

Ambos sonrieron…

– Bueno ahora sí, ¿a qué restaurante?

Andreux rió.

– Lo único que no se me antoja es sushi. Todo lo demás sí podría comerlo.

– ¿Al italiano? –preguntó Jusepe.

– De acuerdo.

Ambos se levantaron de la cama y buscaron su ropa seca para vestirse.

En eso, una alarma sonó en toda la suite.

– ¿Todavía sigues leyendo? Es malo leer sin luz. –dijo Jose.

Andrea volteó a su alrededor. Ya no había casi nada de luz.

– Es verdad, con razón me estaba costando un poco de trabajo leer. Pero todavía puedo leer un poco más. –dijo Andrea y volvió a abrir su libro.

– ¿Otro simulacro?

– No creo. –dijo Jusepe.

– "Estimados pasajeros, esto no es un simulacro. Por favor vaya a las zonas de evacuación asignadas, frente a los botes salvavidas." –dijo la voz de una señorita por la bocina de la suite.

Andreux y Jusepe se miraron.

– ¿Titanic? –preguntó Andreux.

– No. No hemos sentido choque ni nada. –dijo Jusepe. – Pero vamos, vamos.

Se vistieron rápidamente y salieron de la suite.

El pasillo estaba lleno de gente caminando. Algunos caminaban con sus maletas, pero la mayoría sin nada, como debería ser.

– ¿Te acuerdas dónde era?

– Sí. –dijo Jusepe. – Creo.

Después de caminar varios pasillos se hizo un cuello de botella de gente para salir a los pasillos de evacuación.

– ¡Nos estamos hundiendo! –gritó alguien.

– ¿¡Qué sucede!? –gritó otra persona.

Era muy curioso ver cómo reaccionaba la gente ante dicha situación. La mayoría estaba callada y caminando pero algunos se alocaban y gritaban.

– ¡Se incendió el teatro! –gritó una mujer. – ¡Yo lo vi!

La fila finalmente empezó a moverse y pudieron caminar por el pasillo de evacuación hasta su lugar designado frente al bote salvavidas.

El barco seguía avanzando. Un poco más lento pero seguía avanzando.

– Creo que estamos disminuyendo la velocidad. –dijo Jusepe.

Cuando llegaron a su zona designada ahí estaban Miguello y Fernandine, justo detrás de ellos, como en el simulacro. Fernandine estaba llorando amargamente. Miguello la abrazaba y la trataba de consolar pero se notaba que era en vano.

– ¿Está bien? –preguntó Jusepe.

– Sí, sí. –dijo Miguello. – No es por esto. No es por lo que está pasando, es por otro cosa. No se preocupen.

Andreux y Jusepe se miraron mutuamente. ¿Qué podría ser tan fuerte que te haga llorar en plena evacuación de emergencia?

La alarma seguía sonando y el personal del crucero empezó a tomar sus posiciones frente a cada zona, pero no se movían. Esperaban… algo. Instrucciones.

En eso, la alarma se detuvo.

– "Estimado pasajeros, les informamos que hubo un pequeño incidente en el Teatro Emporio y ya no estará disponible por el resto de nuestra travesía. Lamentamos los inconvenientes. Les agradecemos mucho su cooperación para la movilización de emergencia. Ya pueden regresar a disfrutar las actividades del crucero. Muchas gracias".

Inmediatamente, el personal del crucero empezó a dar órdenes de que regresen a sus cabinas o donde quiera que estuvieran.

– Miguello, ¿está todo bien? –volvió a preguntar Jusepe.

– Sí, sí, en serio. No se preocupen. –dijo.

Fernandine seguía llorando. Es como si se hubiera olvidado de todo lo que estaba pasando en el crucero y se centrara únicamente en su llanto.

– Vayan, vayan. Nos vemos al rato. –dijo Miguello.

Andreux y Jusepe empezaron a caminar para salir del pasillo de evacuación.

– ¿Qué crees que le haya pasado? –preguntó Andreux.

– Ya, te vas a lastimar. Vas a regresar ciega a México. –dijo Jose.

– De acuerdo, de acuerdo, tú mandas. –dijo Andrea y poniendo su marcador guardó su libro. Ya casi no había luz.

– ¿Vas a dormir?

– Sí. Sí viene el lobo me avisas. Soy una cochinita y no quiero que me coma.

Jose rió.

– Sí eres una cochinita.

– ¿Rompo tu cara? –contestó Andrea. – Te quiero mucho, niño.

– Yo no, niña. Dale, descansa. Yo te cuido.

Andrea cerró los ojos.

La noche fue totalmente diferente a todas las que han tenido.

Primero que nada, el fuego. Era cuidar que no se apague. Por ratos era consistente y por ratos uno juraría que se iba a apagar, pero ahí sigue.

Luego siguen los ruidos. Caramba, cuántos animales viven en esa zona. Sonidos que uno nunca pensaría escuchar en su vida. Lejanos, pero se escuchan.

El viento también no ayudó a dormir y tener guardia. Por ratos era fuerte y frío y por ratos no refrescaba del calor que generaba la fogata.

La luna fue la única que los estuvo cuidando a pesar de todo.

Cuando Shan despertó, Jose aprovechó para dormir un rato.

Shan estaba el triple de nervioso que Jose con todo lo anteriormente mencionado.

El pobrecito nunca soltó su palo corto.

Carmen dormía como si nada. Claro, ella ni tiene idea de que si los llegan a atacar los lobos, ella iba a ser la primera víctima.

Varios turnos hicieron en la noche Jose y Shan.

El último turno, le tocó a Shan.

Los rayos del sol iluminaban ya el cielo. El sol no había salido todavía, pero era evidente que ya estaba a punto de hacerlo.

Jose y Andrea dormían y Shan tuvo ganas de orinar.

Se levantó y se alejó un poco del refugio, en un lugar lo bastante lejos para que su necesidad no despierte a la pareja.

Un grito los despertó de un brinco.

Shan gritaba como loco.

– ¡Shan! ¡Shan! –gritó Jose, mirando a todas direcciones. – ¿¡Dónde estás!?

19

Los gritos de Shan eran cada vez más fuertes.

– ¡Ahí! –señaló Andrea.

La silueta de Shan se fue acercando a ellos, a toda velocidad.

– ¡Shan! ¡Shan! –gritó Jose y corrió hacia él.

Shan seguía gritando y cuando llegó a él se tumbó al piso y señaló su tobillo.

– “¡Serpiente!” “¡Serpiente!” “¡Venenosa!” –dijo desesperadamente con señas.

– ¿¡Te mordió una serpiente venenosa!? ¡Andrea! ¡Saca los antídotos! Jose se acercó rápidamente al tobillo de Shan, con la intención de sacar el veneno lo más pronto posible pero Shan lo detuvo inmediatamente.

– “¡Yo!” “¡Retirar!” “¡Veneno!” –exclamó.

– ¿¡Tú quieres succionar el veneno!? –gritó Jose y luego volvió a acercarse a su tobillo.

– “¡Yo!” “¡Ya!” “¡Retiré!” “¡Veneno!” –repitió Shan y luego emitió un fuerte grito de dolor.

– “¡Dolor!” “¡Dolor!” –dijo con señas.

Jose se quitó rápidamente su cinturón y se lo amarró fuertemente en el muslo a Shan, para evitar que el veneno fluya por su cuerpo libremente.

Andrea se acercó corriendo a ellos con todas las medicinas y antídotos que Carlos les había dado.

– ¿¡Cuál le ponemos!? ¡Carlos nos dijo que depende de la serpiente tendremos que ponerle el antídoto! ¡Pregúntale cómo era la serpiente!

– “¿Cómo?” “Serpiente” –preguntó Jose.

– “Azul” “Rayas” “Rojas” –dijo Shan, entre sus gritos de dolor.

Jose analizó la mordida. Se estaba empezando a inflamar y ya empezaba a tener un aspecto muy feo.

– ¿¡Cuál es el antídoto para las serpientes azules con rayas rojas!? – preguntó Andrea.

– ¡No sé! ¡No me acuerdo!

– ¿¡Era éste que tiene azul con negro!?

– ¡No! ¡Ese era para serpientes azules con cola negra! ¡Carlos marcó los antídotos con los colores de las serpientes!

¿¡No hay alguno que sea azul con rojo!?

– ¡No! ¡Sólo hay ese antídoto que tiene azul! –exclamó Andrea.

Jose se quedó pensativo, viendo los antídotos, nervioso.

– ¡Ponle la pomada amarilla! –dijo Andrea. – ¡Carlos dijo que cuando no sepamos qué animal venenoso nos mordió, la pomada amarilla retrasará el veneno! –y le pasó la pomada a Jose.

Jose puso un poco en sus dedos y los empezó a poner en los pequeños dos orificios que estaban en el tobillo de Shan.

Shan se empezó a retorcer de dolor y luego todo su cuerpo se tensó.

– ¿¡Qué hacemos!? –preguntó Andrea.

Oh, la maravillosa mente humana. Milésimas de segundo para decisiones cruciales. Milésimas de segundo para estrategias. Milésimas de segundo para salvar vidas.

Jose se quedó pensando durante esas milésimas de segundo.

– ¡Regresemos! ¡Regresemos! –gritó Andrea.

Y Jose reaccionó. Las milésimas de segundo bastaron para ya saber qué hacer.

– ¡Sí! ¡Hay que regresar! ¡Todavía no estamos muy lejos! ¡Podremos llegar si corremos y Carlos sabrá cómo curarlo! –exclamó Jose. – ¡No podemos arriesgarnos a darle un antídoto incorrecto!

Shan empezó a dejar de gritar y su cara se puso pálida.

– ¡No te nos vayas Shan! ¡Quédate con nosotros! –gritó Jose, mientras lo sacudió.

Shan parecía estar paralizado.

– "¡Carlos!" "¡Casa!" "¡Correr!" –le gritó Andrea.
Los ojos de Shan se abrieron, como si hubiera entendido el plan.
Abrió la boca para comentar algo pero su lengua ya estaba entumida.
– ¡Vamos, Jose! ¡Lo estamos perdiendo!
Jose se levantó y ágilmente levantó a Shan y lo puso en su hombro.
– ¡La cabra! ¿¡Qué hacemos con Carmen y nuestras cosas!? –
preguntó Andrea.
– ¡Déjala aquí! ¡Luego venimos por ella! ¡Vamos, corre! ¡Corre!
Jose empezó a correr. Andrea miró a Carmen y con una mirada de
ternura se despidió de ella y arrancó a correr detrás de Jose.

La adrenalina era poderosa. Las piernas de Jose estaban llenas de
vitalidad. Estaba corriendo incluso más rápido que si no tuviera a
Shan en su hombro.
Andrea intentaba estar al paso pero seguía atrás de Jose, por dos o tres
metros.
– ¡Andrea! ¿¡Estás ahí!? –gritó Jose. No podía voltear a ver atrás.
– ¡Sí, aquí estoy! ¡Sigue! ¡Sigue!

El camino de regreso era un camino que se veía borroso. La
velocidad, la desesperación y la preocupación hacían que la
vegetación a su alrededor no se distinga. Ambos sólo estaban
concentrados en los metros que pisaban por delante. Este no era un
buen momento para tropezarse y mucho menos si estás cargando a
una persona a punto de morir.
– ¡Grítale a Shan! ¡Para que se mantenga despierto! –gritó Jose.
– ¡Shan! ¡Shan! ¡Shan! ¡Despierta!
Shan emitía unos gruñidos pero no podía articular palabras.
Y corrieron, sin detenerse y sin bajar la velocidad, corrieron.

Pasaron unas cuantas horas y sus cuerpos definitivamente exigieron
un descanso. Jose empezó a disminuir la velocidad un poco y luego se
detuvo.

Bajó a Shan suavemente e inhaló una bocanada de aire. Su cuerpo se desplomó en el suelo. Andrea también cayó al suelo, agotada.

– Treinta… segundos… para… descansar… –dijo Jose.

– Cincuenta… por… fa… vor… –dijo Andrea.

Pasaron los cincuenta segundos y Jose se puso de pie.

– Vamos, vamos. La vida de Shan está en nuestras manos. –dijo Jose, poniéndose a Shan otra vez en el hombro.

Andrea se levantó y empezaron a correr de nuevo.

– ¡Shan! ¡Shan! –gritaba Andrea ocasionalmente y Shan le contestaba con un gruñido, cada vez más bajo.

– ¡Ya llegamos al inicio de la montaña! ¡Vamos! ¡Vamos! –exclamó Jose.

Andrea no le contestó, simplemente corrió detrás de él, concentrándose en su camino y no pensando en el feroz dolor que azotaba su cuerpo.

– ¡El arroyo! –gritó Jose. – ¡Vamos, ya estamos cerca! ¡Vamos!

El sol ya estaba más que el centro, dando la señal que ya era la tarde.

Antes de cruzar el arroyo, Jose bajó a Shan y rápidamente tomó un poco de agua.

– ¡Toma agua! ¡Rápido! ¡Hay que hidratarnos! –exclamó.

Andrea se tumbó cerca del arroyo y tomó agua frenéticamente.

Jose acercó sus manos y recogiendo un poco de agua se la dio a Shan.

El rostro de Shan estaba muy pálido y estaba temblando. Jose pensó que el temblor era por el fuerte movimiento de su corrida pero por lo visto era Shan el responsable.

– ¡Vamos! ¡Vamos! –exclamó Jose y puso a Shan en su hombro. – ¡Vamos!

Cruzaron el arroyo corriendo.

Jose se tropezó pero no cayó.

Y siguieron corriendo, con el dolor de sus pulmones sangrando a falta de condición física, siguieron corriendo.

Y lo vieron.

Esa vegetación familiar.

Esa vegetación que tanto habían visto alrededor de la aldea.

No dijeron nada, pues seguían corriendo, pero ambos se alegraron en el fondo pues ese era el mejor indicio de que ya estaban muy cerca.

La casa de Carlos se visualizó a lo lejos.

– ¡La… casa… de… Carlos! –gritó Jose, difícilmente.

– ¡Carlos! ¡Carlos! –gritó Andrea, con una voz potente. – ¡Carlos! ¡Carlos!

Su grito era de emergencia. Agonía, dolor y desesperación se notaban en su tono.

Nadie salía.

Se fueron acercando más y Andrea volvió a gritar fuerte.

De pronto, Carlos se asomó por una de sus ventanas.

– ¡Carlos! ¡Carlos! –gritó Andrea, con lágrimas. – ¡Auxilio! ¡Auxilio!

Carlos notó que Jose estaba cargando a alguien y al ver a Andrea detrás de él, captó.

Sus ojos se abrieron y una fuerte punzada destrozó su corazón… pero también lo llenó de fuerza y agilidad.

En segundos Carlos salió de su casa y corrió hacia ellos, con lágrimas en los ojos.

– ¡Auxilio! –exclamó Jose.

– ¿¡Qué pasó!? ¿¡Qué pasó!? –gritó Carlos.

Al llegar a Carlos, Jose se detuvo y Carlos lo ayudó a bajar a Shan.

Carlos inmediatamente lo analizó y le agarró el cuello para ver si seguía respirando.

– ¡Le mordió una serpiente! ¡Azul con rayas rojas! –gritó Jose, recobrando el aliento.

Andrea también estaba fuertemente jadeando para recuperar su salud física.

Carlos gritó algo en chino. Por su acento, pareció que maldijo el nombre chino de la serpiente.

Levantó a su hijo en sus brazos y corrió a su casa.

Jose y Andrea corrieron tras él.

Carlos lo metió en su casa y lo asentó en el suelo, luego se fue por la puerta y volvió con una gran caja. La abrió y había miles de antídotos, pomadas y medicinas.

Carlos estaba sumamente concentrado, buscando.

Jia-Li entró a la casa, desconcertada de lo que pasaba y cuando vio en el suelo a Shan, se llevó las manos a la boca y estalló en llanto.

Carlos le gritó algo en chino y Jia-Li salió del cuarto.

– ¡Amigos! ¡Necesito que vayan a la Fogata Principal! ¡Necesito fuego urgentemente!

Jose y Andrea se miraron y salieron corriendo de la casa, a buscar una antorcha con fuego para traerle a Carlos.

– ¿Cómo está?

– Mucho mejor. Aún no está completamente estable pero el veneno no pudo completar su misión. Por lo visto sí sacó gran parte Shan cuando lo succionó pero aún quedó algo que es lo que hizo que aún tuviera el efecto. –dijo Carlos.

– Lo lamento mucho, Carlos.

– Tengo que agradecerles. Si no lo hubieran traído, no hubiera sobrevivido. No tengo antídoto de esa serpiente, pero al calentar otro antídoto pude ayudar a curarlo. Claro, influyó que tenía muy pequeñas porciones del veneno.

Carlos los abrazó.

– Gracias. En serio, gracias. –dijo, con lágrimas en los ojos.

El sol ya estaba oculto pero el cielo naranja los seguía iluminando.

– Perdona que hayamos dejado la cabra. –dijo Jose, mientras comía un poco de queso.

A Shan lo pasaron a descansar en el cuarto de Carlos. La familia de Carlos, Jose y Andrea estaban cenando, como los antiguos tiempos.

– ¿Ya pensaron que van a hacer? –preguntó Carlos.

– Todas nuestras cosas están con la cabra. Nuestro plan es ir mañana de nuevo por el camino y buscarla.

– ¿Y si no la encuentran?

Jose y Andrea se quedaron pensando. Les daba pena solicitar otra cabra y ahora que ya no había quién las regrese, la aldea no iba a permitir que se lleven dos cabras.

Carlos bajó la mirada. También sabía que este accidente les acaba de cambiar su plan. Claro, que de todos modos sabían que ese camino era peligroso, pero nunca realmente pensaron que algo pasaría. Cualquier otra serpiente o animal venenoso que lo hubiera mordido, si tenían el antídoto iban a poder aplicárselo y seguir. Pero la mala suerte de que haya sido una de las pocas serpientes que Carlos todavía no ha podido crear un antídoto.

– Me temo que hay dos opciones, amigos. –dijo Carlos. – Una es que se queden a esperar a que venga la camioneta. Sé que han pasado diecisiete días, pero lo peor que pueda pasar es que venga en otros veinte o treinta días. Al menos aquí estarán a salvo. Lo malo es que cuarenta y cinco días sin que nadie de su familia sepa de ustedes los va a preocupar mucho. Posiblemente pensarán que están muertos o algo.

Andrea y Jose se quedaron pensando.

– ¿Cuál es la otra opción? –preguntó Jose.

– Que regresen por el camino a buscar la cabra. Si la encuentran sigan su camino y continúen hacia la aldea de Gou. Ya no regresen la cabra. Dénsela a alguien de confianza y que le digan que en tres meses iré por ella. A los Representantes les diré que la cabra está en mi casa, para que no sepan de su ausencia.

– ¿Y si no la encontramos? –preguntó Andrea.

– Si no la encuentran… regresen. Tendrán que dormir una noche sin cosas, pero al menos no están en la parte más peligrosa todavía. – contestó Carlos.

– ¿Más peligrosa? –preguntó Andrea.

– Sí. La primera y la tercera montaña son las menos peligrosas. La segunda montaña es la más peligrosa en cuanto a animales venenosos. Hay menos contacto con los humanos y más arroyos, luego entonces, más fauna y flora. –dijo Carlos.

Andrea tomó unos cacahuates y los comió lentamente.

– ¿Qué nos sugieres? –preguntó Jose.

Carlos miró su vaso de leche por unos segundos.

– Amaría que se queden. Que hagan la primera opción. Pero todas sus pertenencias están con la cabra. No tienen pasaportes, dinero, ni lo más importante de su viaje. Cuando logren salir de aquí, será una pesadilla. De seguro estarán en China por unas semanas más en lo que consiguen la documentación y demás. Casi tres meses en China debe ser bastante… preocupante para sus familiares. –dijo Carlos.

Hubo un silencio en la mesa.

Shui y Jia-Li sólo comían lentamente. Sus ojos seguían rojos por toda la tarde que lloraron por Shan.

– Así que mi sugerencia es que opten por la segunda idea. –dijo Carlos. – Vayan y encuentren a la cabra. Lo peor del caso sería que no la encuentren y volveremos a la primera idea.

– Pero no tendremos nada. ¿No será peligroso? –preguntó Andrea.

– Les daré antídotos y medicinas, por si vuelve a pasar un percance como éste. Cuando encuentren la cabra, boten algo de lo que llevan para compensar lo que están llevando ahora. Recuerden no sobrecargar a la pobre cabra.

Jose y Andrea se miraron. Luego voltearon a Carlos y asintieron con la cabeza.

– De acuerdo. –dijo Jose. – Haremos la segunda opción.

– Bien. –dijo Carlos. – Ahora vayan a descansar, que mañana les espera un intenso día.

Jose y Andrea se pusieron de pie, se despidieron de Carlos, Jia-Li y Shui y se fueron a su choza.

– Mira, volveremos a verla. –dijo Jose, mientras caminaban.

– ¿Qué?

– La choza. Nuestra choza. –dijo Jose.

Andrea sonrió.

– Sí, por lo visto tendremos una noche más para despedirnos de ella.

Jose asentó la antorcha, antes de entrar.

– ¿No vas a prender las velas?

– No. –dijo Jose. – Vamos directo a dormir, no le veo necesidad.

Andrea sonrió y caminaron juntos a la choza. Abrieron la puerta, suspiraron de alegría y se tumbaron en la cama.

Como dos faraones recién momificados, se durmieron inmediatamente, agotados todavía por el maratón que corrieron. Felices, de que se pudo salvar Shan. Nerviosos por el día siguiente que les espera y el futuro incierto que se asoma en sus vidas.

Y durmieron. Cómodamente durmieron una noche más en su hogareña choza.

– Mucho cuidado, mis amigos. –dijo Carlos y le otorgó a Jose la pequeña bolsa con antídotos.

De nuevo, cada uno tenía un palo largo y un palo corto en su pantalón. Carlos le devolvió el cinturón a Jose, la cual había estado en el muslo de Shan.

– Le diré a Shan cuando se recupere todo lo que hicieron por él. Ustedes serán recordados por el resto de nuestras vidas. –dijo Carlos.

Los tres se abrazaron.

La familia de Carlos se despidió también de ellos y luego empezaron a caminar, de nuevo, por el sendero que los iba a guiar hacia Carmen… si es que la encontraban.

Cuando pasaron el arroyo, se detuvieron a tomar un poco de agua.

Y siguieron caminando.

– Se nos olvidó preguntarle a Carlos sobre el fruto rojo. –dijo Jose, al señalar el árbol con los frutos rojos que habían pensado comer. El fruto que abrieron y tiraron al suelo yacía podrido y nadie ni nada lo había tocado.

Y siguieron caminando.

Esta caminata era diferente a la que hicieron la primera vez. Ahora, paseaban su mirada a su alrededor todo el tiempo, para ver si lograban visualizar a Carmen en algún lugar.
Gritar "¡Carmen!" no iba a servir de mucho y posiblemente iban a atraer al perro lobo y a sus amiguitos.

– ¿Cuánto crees que falte para nuestro refugio? –preguntó Andrea.
– No sé. Ya debimos de haber llegado. Estamos caminando más rápido que cuando veníamos con Shan y Carmen. A sólo que nos hayamos desviado…
Los dos hicieron un silencio y pusieron cara de preocupación.
– No. No creo. Hemos seguido el sendero. –dijo Andrea.
– Sí, tienes razón. –dijo Jose.
En eso, unas ramas se movieron a lo lejos.
Jose no lo vio, pero Andrea le agarró del brazo y se tensó.
Señaló hacia donde se movieron las ramas.
A lo lejos se veía una silueta…

20

– ¿Es Carmen? –preguntó Andrea.

Los dos se quedaron quietos. La silueta todavía no era muy clara.

– O el perro lobo… –dijo Jose y agarró su palo largo con fuerza.

Finalmente la silueta se pudo distinguir.

– ¡Carmen! –gritó Andrea.

Ambos corrieron hacia Carmen, con una felicidad radiante.

Al llegar a ella, ambos la abrazaron.

– ¡Dios, gracias! ¡Gracias! –gritó Andrea.

Jose rió.

– ¡No puedo creerlo! ¡En verdad la encontramos! –exclamó y empezó a desamarrar las maletas de su lomo.

– ¿Qué haces?

– La pobrecita ha tenido todo este tiempo las maletas en su espalda. La necesitamos descansada. –dijo Jose.

Al quitarle las dos maletas y la mochila de comida y medicinas, Carmen se sentó y emitió un ligero sonido de agradecimiento.

Jose abrió las maletas y empezó a tratar de acomodar todo lo que llevaba en la mochila que él estaba cargando.

– Pondré en esta mochila lo más primordial. Por si nos pasa otra emergencia y tenemos que correr, al menos ya tendremos lo más importante de nuestras cosas en mi espalda.

– Sí, bien pensado. –dijo Andrea.

Se sentaron un rato con Carmen, abrieron la mochila de comida y sacaron unos quesos, cacahuates y un poco de agua fresca. Le dieron a Carmen un poco de pan y agua.

Jose agarró un vaso y se sirvió también un poco de leche de Carmen.

Los tres se quedaron un rato sentados, disfrutando su merienda.

Al terminar de comerla, Andrea y Jose se recostaron en el cuerpo de
Carmen, usándola como almohada.

– ¿Y ahora qué hacemos? –preguntó Andrea.

Jose miró la montaña.

– No sé. –dijo. – Ya me entró el miedo. Si algo nos pasa en la segunda
o tercera montaña, ya no podremos regresar. Si nos muerde una
serpiente como la de Shan, vamos a morir.

Andrea abrazó a Jose. También ella empezó a tener miedo.

– Pero también, por otro lado, no sé si es bueno que nos quedemos
tanto tiempo en la aldea. Por nosotros no hay problema, pero todos los
demás van a empezar a asustarse en serio. –dijo Jose.

Andrea permaneció en silencio.

Sólo el subir y bajar del cuerpo de Carmen los mantenía distraídos,
mientras admiraban la montaña y el cielo, en un pensativo silencio.

– ¿Cuál es nuestro destino? –preguntó Andrea.

– No lo sé. ¿Cuál crees?

Andrea se sentó.

– Yo creo que por algo encontramos a Carmen. –dijo Andrea. – Si
nuestro destino hubiera sido quedarnos, no la hubiéramos encontrado
y hubiéramos regresado. Pero no. La encontramos y creo que eso
significa que debemos seguir…

Jose le sonrió.

– Tienes razón. El destino nos ha definido su respuesta. –dijo.

Andrea abrazó a Jose.

– Te amo mucho, Gogs. –le dijo.

– Yo también, niña. –contestó Jose. – Yo también.

Y se pusieron de pie. Subieron las maletas de nuevo en el lomo y
costados de Carmen y empezaron a caminar.

– Este es el punto más alto de la montaña. –dijo Jose. – A partir de
ahora creo que ya vamos a empezar a descender.

– ¿Cuándo vamos a hacer el refugio? –preguntó Andrea.

Jose analizó el terreno.

– Ahí. –dijo, señalando unos grandes árboles. – Subiremos a los árboles y dormiremos arriba, como nos enseñó Carlos. Pondremos queso y miel en los troncos para que las serpientes y los insectos no se suban.

El sol ya estaba tocando el horizonte pero aún les sonreía.

Y caminaron.

Al llegar a los árboles, amarraron a Carmen a uno, para que no se escapara durante la noche. Luego embarraron miel y queso en cada uno de sus troncos. Agarraron unas prendas de ropa y subieron. Al encontrar una gran rama donde dormir, cada uno se amarró el cuerpo con las prendas para que no se vaya a caer mientras dormía.

– No me da confianza esta clase de refugio. –dijo Andrea.

– El suelo es bastante húmedo. Esta zona debe de tener el doble de serpientes que nuestro refugio anterior. –dijo Jose. – Tú amarra bien tu nudo.

El sol bajó sus brazos. Guiñándoles el ojo se despidió y un cielo morado los abrazó.

– Caray, se me olvidó subir mi libro. –dijo Andrea.

Jose rió.

– ¿Y dónde lo ibas a poner cuando ya te vayas a dormir? –le preguntó.

– Lo iba a tirar al suelo. –dijo Andrea.

– Bueno, mejor que no te distraigas. Dale, duerme.

Andrea cerró sus ojos y trató de dormir.

Trató.

Estaba nerviosa por estar en un árbol.

La noche fue cálida.

El viento no fue tan agresivo e inconstante como el primer refugio.

Los animales no eran tan ruidosos cuando uno estaba encima de ellos.

Andrea pudo dormir. Pero poco a poco, su cuerpo fue deslizándose hacia un lado.

Finalmente, la gravedad quiso jugar. El ligero sentimiento de caída hizo que Andrea se despertara de un grito y se aferrara con sus manos fuertemente al árbol. No estaba totalmente suspendida por su nudo, pero sí se llevó el susto de su vida.

Jose se despertó de su grito, pero la noche era oscura y no había luna, así que no podía ver mucho.

– ¡Andrea! ¿¡Estás bien!?

– ¡Sí! ¡Sí! ¡Por poco me caigo, pero me pude agarrar! ¡Estoy bien!

– ¡Verdes! ¡Qué susto me diste! –dijo Jose.

– ¡El susto fue mío!

Ambos rieron y luego trataron de seguir durmiendo.

Lo lograron y durmieron bien, para estar amarrados en un árbol.

En la mañana el sol, como siempre, fue su alarma despertadora y los miles de pájaros fueron totalmente desconsiderados. Gritaban y cantaban casi en el oído de ambos. Uno incluso decidió hacer popó en la pierna de Andrea mientras dormía.

– ¿Todo bien?

– Sí, la verdad sí. –dijo Andrea, mientras limpiaba con una hoja de árbol el popó de su pierna. No pudo quitarlo completamente pero al menos ya no estaba tan desagradable.

– ¿Bajamos? –preguntó Jose.

– Sí.

Al bajar, comieron un poco de la comida que tenían como desayuno y luego siguieron caminando.

La bajada de la montaña era más leve que la subida.

A pesar de que la vegetación había cambiado, el declive hizo un poco más amena la caminata.

Y siguieron caminando.

– Creo que oficialmente ya no estamos en la montaña. –dijo Jose, analizando el camino que han hecho.

Andrea volteó y lo analizó también.

– Sí, creo que ya bajamos.

– Y antes del mediodía... ¡Tiempo récord! –exclamó Jose.

– ¿Descanso?

– No. No manches. Acabamos de empezar. –contestó Jose.

– ¡Llevamos horas caminando!

– Tranquila, caminemos un poco más y luego descansamos.

Y así lo hicieron. Caminaron un poco más.

De vez en cuando, Carmen emitía un quejido, pero no era de dolor, era de aburrimiento.

– ¡Mira! ¡El sendero de la camioneta! –exclamó Andrea.

Frente a ellos se hizo evidente un amplio sendero, similar al que ellos habían seguido muchos días atrás, cuando estaban siguiendo a la camioneta y los guió hacia la aldea Mao.

– Carlos había dicho que continuemos por aquí y luego, al llegar a la montaña, nos volvemos a separar.

– ¿Por qué no mejor seguimos el sendero?

– Recuerda que Carlos nos dijo que el sendero rodea la montaña. Tardaríamos más días si hacemos eso.

Andrea no contestó y bajando la cabeza siguió caminando.

– Y aquí es donde debemos seguir hacia la montaña. –dijo Jose.

– ¿Seguro?

– No, claro que no estoy seguro, pero es lo más sensato.

Andrea accedió con los hombros y empezaron a caminar por un sendero bastante invisible que se había creado en la naturaleza, que llevaba directamente al pie de la montaña.

– ¡Oye! ¡Ya se me había olvidado mi descanso! –exclamó Andrea, después de un largo rato caminando por el estrecho sendero.

– Jajaja es verdad. Descanso. –dijo Jose, bajando la mochila que llevaba en su espalda.

Se acercó a Carmen y le desamarró las maletas. Sacaron lo poco que quedaba de agua fresca y se la repartieron entre los tres.

– Hay que conseguir más agua para Carmen. –dijo Jose.

– Para los tres. –dijo Andrea.

Comieron su breve almuerzo y luego pusieron las maletas de nuevo sobre Carmen.

– ¿Vamos a acampar en la montaña o antes de subir la montaña? – preguntó Andrea.

– Depende de dónde estemos cuando el sol ya se esté ocultando. – contestó Jose.

– No árboles, por favor. Hoy quiero suelo.

– Depende del refugio, Gogo. –dijo Jose.

Andrea bajó la mirada y siguió caminando. De verdad no quería árboles. Su espalda estaba raspada por la corteza del árbol, pero eso no se lo dijo a Jose.

Y siguieron caminando.

Un leve sonido se escuchó a lo lejos.

– Silencio. –dijo Jose y se detuvo. – ¿Escuchas eso?

El sonido se hacía más claro, pero aún muy lejano. Un pequeño…pitido.

– ¡La camioneta! –gritó Andrea.

Ambos se miraron.

Oh, amada adrenalina, que tanto la han usado.

– ¿¡Regresamos al sendero!? –preguntó Andrea.

– ¡Sí! ¡Dale! ¡Dale! –gritó Jose.

Empezaron a correr hacia el sendero de la camioneta.

Su carrera no fue ni un poco similar a la que hicieron cuando tenían a Shan. Debido a que Jose estaba agarrando y jalando a Carmen, la velocidad de la cabra era lo que en cierta forma los limitaba.

– ¡Deja a Carmen! ¡Corre! –gritó Andrea, que estaba tomando la delantera.

– ¡No! ¡No podemos dejarla aquí! –gritó Jose.

Después de un rato, salieron del estrecho sendero y llegaron al sendero de la camioneta.

El pitido del claxon de la camioneta seguía escuchándose pero seguía lejos.

– ¿¡Dónde está!? –exclamó Andrea. – ¿¡Adelante o atrás!? ¿¡Nos ha pasado!? ¿¡Nos la hemos perdido!?

El pitido seguía lejano.

La desesperación empezó a abundarles. Tan cerca y tan lejos. Si la camioneta ya los había pasado no habría forma de alcanzarla.

– ¡Hey! ¡Aquí! ¡Aquí! –gritó Jose con todas fuerzas.

– ¡Hey! ¡Aquí estamos! ¡Auxilio! –gritó Andrea también.

El pitido seguía lejano.

– Vamos hacia la aldea Gou. –dijo Jose. – Si la camioneta ya nos rebasó, seguramente está avanzando lento porque Carlos le habrá dicho que estamos en el camino, por eso está sonando el claxon. Tal vez si corremos podremos alcanzarla…

– ¿Y Carmen?

– Carmen tendrá que aguantar la carrera de su vida… –dijo Jose y tirando de la correa, empezaron a correr por el sendero.

Ambos gritaban. Carmen sólo trataba de tomar aliento.

Definitivamente estaba corriendo más de lo que su cuerpo podía.

El pitido empezó a intensificarse.

– ¡Lo escucho más cerca! –gritó Andrea.

– ¡Sí, la estamos alcanzando! –gritó Jose. – ¡Corre! ¡Corre!

El pitido se hizo más y más sonoro. Su cercanía se hacía evidente.

– ¡Ya debe de estar aquí a la vuelta! ¡Ya está aquí! ¡Lo puedo sentir! ¡Como si estuviera...! –gritó Andrea.

Jose se volteó de golpe.

– ¡Detrás de nosotros! ¡Detrás de nosotros! ¡Ahí esta! –gritó con júbilo, al ver que la camioneta se asomó detrás de ellos.

Los dos brincaron de gozo. Empezaron a llorar y a gritar de felicidad.

Se abrazaron fuertemente y lloraron desconsoladamente.

La camioneta siguió sonando el claxon, ahora con un ritmo diferente, de alegría.

Al llegar a la camioneta, estaba el amigo de Carlos.

Un hombre de edad avanzada, pero aún no estaba en la vejez. Tenía la piel morena, pero era de origen china. Una barba descuidada y una ropa desteñida. La camioneta no estaba tan impecable como Andrea y

Jose recordaban. Tenía pedazos oxidados y las llantas de atrás eran diferentes a las de adelante.

El hombre les saludó efusivamente y se detuvo.

Apagó el coche y se bajó.

Andrea y Jose corrieron a él y lo abrazaron, gritando de felicidad. El hombre empezó a festejar también y a gritar algo en chino.

Con el poco chino que aprendieron en la aldea pudieron agradecerle al hombre.

Desamarraron las maletas de Carmen y las subieron a la camioneta.

– ¿Qué vamos a hacer con Carmen?

– Pues subirla. –dijo Jose.

El chino les indicó con la mano que sí podían subir a Carmen a la camioneta. La subieron y luego se subieron ellos.

El hombre se subió a la camioneta, la encendió y empezaron a avanzar.

Andrea estalló en llanto de nuevo y abrazó a Jose.

– No lo puedo creer…

Jose también empezó a lagrimar de nuevo.

Miraron por la ventana.

Sus almas estaban descansando. Sus cuerpos estaban agradeciéndoles. Una enorme paz les acogió. Todo había terminado.

La vegetación volvía a ser bella. Ya no más peligros, miedos o preocupaciones. Ya no más árboles, serpientes o perros lobo.

Todo el camino al poblado de Gou disfrutaron del paisaje, del asiento de la camioneta, de la tranquilidad de que al fin iban a casa…

Después de unas horas, llegaron al poblado de Gou.

El hombre detuvo su camioneta. Se volteó hacia ellos y con señas hizo un número tres y señaló el suelo. De nuevo, tres dedos y luego apuntó el suelo. Se volteó y bajándose de la camioneta fue a hablar con un chino que lo estaba esperando.

– Bueno, mi teoría es que nos pudo haber dicho que va a tardar tres minutos en este pueblo, o que vamos a parar en tres poblados todavía.

– O que en tres horas nos iremos de aquí.

– O en tres días.

– O semanas.

Los dos rieron.

– Lo de los tres poblados también es buena teoría.

Andrea se recostó en el hombro de Jose.

El chino abrió la puerta de la camioneta y empezó a gritarles.

– ¡No! ¡No otra vez! –exclamó Andrea.

21

– Tranquila, creo que quiere que nos bajemos. –dijo Jose.

– ¡Nos va a hacer lo mismo que el taxista!

– No, no creo. No se ve molesto. –contestó Jose.

Ambos empezaron a bajarse de la camioneta.

El conductor se acercó con el chino que habló al inicio y señaló a Jose y Andrea.

– ¡Nos está vendiendo! ¡Cual esclavos! –comentó Andrea.

– Tranquila, deja de imaginar cosas. –dijo Jose.

El conductor se acercó a ellos y con señas les dijo "Comida" y luego señaló al chino con el que estaba hablando.

– ¡Nos van a comer! –exclamó Andrea.

– Jajaja no seas payasa. –dijo Jose. – Creo que ese chino nos dará de comer.

Caminaron hacia el chino y lo siguieron.

El poblado de Gou era diferente en cuanto al estilo de chozas que el poblado de Mao (el de Carlos). Estaban mejor hechas y algunas tenían madera bien cortada o pedazos de aluminio. Se notaba que este poblado tenía un poco más de contacto con el mundo exterior. Pero también era similar con Mao en el sentido de que era una aldea pequeña y rústica.

El chino los llevó a una choza donde había una familia comiendo un banquete. El chino les ordenó algo y todos ellos se salieron. Luego, con la mano les indicó que comieran.

En la mesa había un enorme banquete. Pollo asado, elotes, arroz, panes, agua, verduras variadas y unas chuletas de cerdo en una salsa negra, similar a la de soya.

Andrea y Jose comieron como si nunca habían comido. Parecían cavernícolas.

Después de un largo rato, el chino volvió a entrar en la casa y los llamó.

Cuando regresaron a la camioneta, el conductor los estaba esperando.

– ¡Carmen! ¡Hay que conseguir que alguien cuide a Carmen! – exclamó Jose.

Carmen seguía en la camioneta, feliz de la vida, distraída y en su mundo, como siempre.

– ¿Y si se la damos al chino que nos llevó a comer?

– Sí, buena idea.

Jose bajó a Carmen y se la otorgó al chino. El chino puso cara de felicidad y le agradeció. Jose trató de decirle con señas que en tres meses iba a venir Carlos por ella.

Desearon que el chino lo haya entendido y que no se la comiera apenas se vayan ellos.

– Adiós, mi Carmen. –dijo Jose. – Gracias por cuidarnos.

– Te quiero mucho, Carmen. –dijo Andrea. – Gracias por aparecer de nuevo.

El chino y el conductor se vieron mutuamente. "¡Qué raros son los extranjeros que hablan con las cabras!" comentaron entre sí, obviamente en chino.

Jose y Andrea se subieron a la camioneta y al entrar olieron algo raro. El conductor había recolectado dos grandes sacos llenos de elotes. Se subió, encendió el coche y se despidió del chino. Andrea y Jose también se despidieron de él y le agradecieron con su "Ni hao" con pésima pronunciación.

– Bueno, no fueron ni tres minutos, tres horas, tres semanas ni tres meses.

– Tres poblados. –dijo Andrea y recostó su cabeza en el hombro de Jose.

Jose miró por la ventana.

– ¿Crees que maneje de noche? –preguntó Andrea.

El sol ya se estaba poniendo y apenas habían pasado dos poblados.
Faltaba uno más y sospechaban que no iban a llegar antes de que
anochezca.

– La camioneta se ve bastante vieja como para andar de noche. –
contestó Jose.

Las pequeñas luces de la aldea les avisaron que ya llegaron.

No eran luces, eran antorchas.

Rústica como Mao, Gou y la anterior, la tercera aldea seguía siendo
un lejano poblado que no tenía mucha comunicación con el mundo
exterior.

Pero la gente andaba en bicicletas. Bueno, eso era un gran avance.

El conductor dirigió la camioneta hacia una choza.

La detuvo, la apagó y se bajó. Una señora china de edad similar a la
suya salió de la choza y habló con él.

El chino se acercó de nuevo a la camioneta y les dijo con señas a
ellos: "Yo voy a dormir en la choza. Ustedes pueden dormir en la
camioneta".

– ¿Es en serio? –dijo Andrea. – ¿Aquí con estos sacos de elotes, las
bolsas con quesos y los palos de bambú?

– Creo que es mejor que dormir en un árbol. –dijo Jose.

Andrea rió.

– Sí, creo que tienes razón.

Ambos se acomodaron en el asiento alargado de la camioneta donde
estaban. Jose se acostó debajo y Andrea completamente sobre él.

Luego, recostó su cabeza en su pecho.

– ¿Puedes dormir así?

– Lo podemos intentar. –dijo Jose. – Si luego me cuesta respirar, te
empujo.

– ¿Rompo tu cara? –dijo Andrea, levantando la cabeza y luego la
volvió a recostar.

– Qué Luna de Miel…

– Sí. –dijo Andrea. – Qué Luna de Miel tan diferente…

Cerraron los ojos y durmieron.

Por ratos había ciertos ruidos que los despertaban. Debido a que estaban en la camioneta y estaba estacionada en una zona transitada de la aldea, pasaban personas, bicicletas o mulas durante la noche. El bochorno y el calor en la camioneta sólo les disgustó por breves momentos de la noche. El resto fue acogedor y agradable.

Uno que otro mosquito los estaba coqueteando, pero en general durmieron bastante bien para estar en una camioneta donde apesta a elotes y queso.

– ¿Es una broma? ¿Dónde va a meter eso? –preguntó Andrea.

En la mañana no los despertó el sol. El conductor abrió la puerta de la camioneta y los despertó con unos ligeros gritos amables.

Luego, se agachó y levantó un gigante saco lleno de plumas.

Jose y Andrea se arrimaron un poco en su asiento.

– Pégate más a mí, para que entre el saco. –dijo Jose.

– ¡No va a caber!

– Tiene que caber. Recuerda que nosotros somos los "colados". –dijo Jose.

Andrea inmediatamente se arrimó a Jose. Ni de broma la volvían a bajar de la camioneta porque "no cabía" un saco de plumas.

El conductor metió presión en el saco y pudo finalmente meterlo.

Cerró la puerta y dando la vuelta se subió a su lugar.

Andrea y Jose estaban apretados cual caricatura hacia la ventana.

– Ve el lado positivo. –dijo Jose. – No tenemos que caminar…

– No hay lado negativo. –dijo Andrea. – Estamos en nuestra Luna de Miel.

Ambos sonrieron, y luego el conductor encendió la camioneta y salieron del tercer poblado.

Casi todo el día estuvieron en la carretera.

La mayor parte del tiempo estaban todos en silencio. Andrea y Jose ocasionalmente dormitaban o se quedaban viendo por la ventana los maravillosos paisajes que la carretera les mostraba.

Jose empezó a hacer sumas. Tanto tiempo en carreteras que no cuadraba la lejanía que tenían con el primer pueblo que iba a llevarlos el taxi. Algo habrá pasado. O habrán tomado rutas sumamente escondidas que les ha tomado días para encontrar civilización de nuevo o el taxi nunca los estaba llevando adonde debían ir.
La duda hizo que Jose desistiera en sus pensamientos con respecto a esto. Cuando buenamente llegue a un hotel con internet iba a pasar horas acostado en una cama viendo el mapa de China para descifrar dónde estaba la aldea Mao.

En la tarde, la carretera se hizo más amplia y eso sólo significaba una cosa; civilización.
De pronto, un coche. Otro coche. Otro coche.
Después de unos minutos, ya estaban en las afueras de una zona urbana.

La camioneta se detuvo en un enorme edificio de tres pisos, el más grande de la pequeña ciudad en la que estaban.
El conductor sacó el gigante saco de plumas y luego les ayudó a sacar sus maletas.
Jose sacó unos billetes y se los dio al conductor. Muchos, muchos billetes. El conductor les agradeció mucho, pero en realidad eran ellos los que estaban infinitamente agradecidos con él.

– ¿Cómo nos vamos a comunicar con la gente de aquí? –preguntó Andrea, cuando entraron al gran edificio, que era en realidad un pequeño aeropuerto y oficinas.
– Primero necesitamos un teléfono. –dijo Jose. – Tenemos que avisar en nuestras casas que estamos bien.
Caminaron y encontraron unos teléfonos públicos.
Jose cambió algunos de sus billetes por monedas y luego intentó marcar.
Después de quince intentos fallidos, pudo atinarle a la correcta forma de poner el teléfono de su casa.

– ¿¡Mamá!?

– ¿¡Jose!? –exclamó su madre y estalló en llanto.

Jose le explicó muy brevemente todo lo que les pasó y luego le dijo que por favor avisara a los papás de Andrea.

Al colgar, una enorme carga se habían quitado de los hombros. Ahora sí, a disfrutar el resto de la Luna de Miel.

Después de que difícilmente pudieran entenderse con la empleada del aeropuerto, vieron que realmente era un aeropuerto muy, muy chico. Había tres avionetas y dos helicópteros. Dos de las avionetas eran vuelos programados y la tercera avioneta era privada. Los vuelos programados salían hasta mañana.

Los dos helicópteros siendo reparados.

– Do you rent this airplane? –preguntó Jose.

El chino que estaba apoyado en la llanta de la avioneta se volteó hacia ellos.

– Yes. Private flight. Five hundred dollars.

– Where will you take us?

– Anywhere between 500 km. –contestó el chino.

Jose y Andrea se miraron.

– ¿Adónde tenemos que ir? –preguntó Andrea.

Jose sacó el itinerario de su Luna de Miel.

– Supuestamente tenemos que ir al Templo Xiuli. Nos quedan unas cuántas noches ahí.

Jose se acercó al piloto.

– Temple Xiuli? –preguntó.

– Xiuli Mountain? –contestó el piloto. – No, I can't. That place is only for authorized airplanes. I do not have the permission that allows me to go there.

Jose volvió a ver el itinerario.

– Shanghai?

– Too far.

Jose volvió a ver el itinerario.

– ¿Qué pasa? –preguntó Andrea.

– No nos quiere llevar a ningún lado.

En eso, una avioneta pasó muy cerca de ellos (debido a que el aeropuerto era chico) y su ráfaga de viento arrebató la hoja del itinerario que Jose tenía en sus manos.

– ¡Nuestro itinerario! –gritó Jose y corrió hacia la hoja.

Sumamente motivada a correr maratones o a volar como pájaro libre, la hoja avanzó muchos metros en el aire, agitada violentamente mientras recorría casi toda la pista.

Jose corrió bastante. Andrea tuvo que caminar tras él, debido a que se estaba alejando mucho.

Cuando finalmente pudo agarra la hoja, se volteó y comprobó que sí se alejó mucho.

Andrea puso cara de tranquilidad al ver que recuperó el itinerario y siguió caminando hacia él.

– Tremendo susto. –dijo Jose, cuando finalmente estuvo junto a Andrea.

Ambos caminaron de regreso hacia la avioneta. Se dieron cuenta que el piloto estaba hablando con dos personas que tenían maletas a sus pies, justamente delante de las maletas de ellos.

Cuando llegaron, saludaron de nuevo al piloto. La otra pareja de chinos se fue a la parte de atrás del avión.

Jose volvió a abrir su itinerario, para ver adónde les podría llevar el piloto.

– So, what about..? –preguntó.

– No, no service anymore. –dijo el piloto. – Too late. I am going to flight them. –y señaló a los dos chinos que acababan de llegar.

– But we got here first! –reclamó Jose.

– Yes, but you did not decide quickly. –dijo. – Sorry. Next time decide faster.

– And what do we supposed to do now!? –gritó Jose.

– Jose, tranquilo. Vámonos. –dijo Andrea.

El piloto se alejó de ellos y fue con los dos chinos.

– ¿¡Y ahora qué vamos a hacer!? – exclamó Jose.

– ¿Y esa avioneta? ¿Es la que acaba de aterrizar? –preguntó Andrea.

Jose volteó y evidentemente había una nueva avioneta en la pista, desacelerando y estacionando.

– Sí, sí es.

– ¡Vamos! ¡Capaz de que es privada! –dijo Andrea.

Agarraron sus maletas y empezaron a caminar hacia la avioneta. En lo que se acercaban, vieron que la avioneta se detuviera por completo y se abrió una puerta lateral. La avioneta era muy pequeña, que ni siquiera tenía asientos para las personas de atrás. Parecía más bien de carga. Bajó un hombre y cargando una caja de tamaño mediano caminó hacia las oficinas.

Andrea y Jose se acercaron al avión. Al llegar, otro hombre bajó de la avioneta.

– Good morning! –exclamó Jose.

El hombre no era chino.

– ¿Español? –preguntó el piloto.

– ¡Sí! ¡Qué casualidad! –exclamó Jose.

– ¡Sí! ¡Reconocí tu acento! ¡Soy Gustavo! Piloto de esta gran belleza. –dijo el piloto, acariciando la avioneta.

– ¡Mucho gusto! ¡Yo soy Jose y ella es Andrea, mi esposa! –dijo Jose.

– ¡El gusto es mío! ¿En qué puedo ayudarles?

– ¿Das servicios de transportación?

– ¿Viaje turístico? –preguntó Gustavo.

– No. Más bien un traslado. –dijo Jose.

– No. Somos una avioneta de carga. Vinimos a entregar la caja que bajó mi compañero.

Andrea y Jose bajaron la mirada, totalmente desilusionados.

– Hey, ¿por qué la cara triste? ¿Qué sucede?

– Necesitamos transportación. Necesitamos ir a la montaña Xiuli o a Shanghái. –dijo Jose.

– ¿La montaña Xiuli? ¿Por qué quieren ir ahí?

– Ahí es nuestra Luna de Miel. –dijo Andrea. – En el Templo Xiuli.

– ¿¡Luna de Miel!? ¿¡Están de Luna de Miel!? ¡Qué emoción! ¡Y además en el Templo Xiuli! ¡Bellísimo lugar! –exclamó Gustavo.

– ¿Has ido?

– ¡Claro que he ido! ¡Nosotros les suministramos a ellos todo! ¡Vamos como dos veces al mes!

– Pues ahí tenemos que ir pero no tenemos cómo.

Gustavo asomó hacia las oficinas.

– Mira, nuestro itinerario estipula que mañana a primera hora tenemos que salir de aquí para llevar un paquete a Beijing. Tal vez podría hacer una excepción y los llevo ahora mismo, antes de que anochezca. Xiuli está cerca, como a una hora.

– ¡Sí, por favor! ¡Lo que sea! ¡Nombra tu precio! ¡Por favor! – exclamó Andrea.

– Digamos que con trescientos dólares será suficiente.

Jose sacó su cartera y le entregó los trescientos dólares a Gustavo.

– ¡Vaya, eso sí que es pago inmediato!

Andrea y Jose sonrieron.

– Iré a avisarle a mi compañero que iremos rapidito a la montaña Xiuli y nos vamos. Mientras, metan sus maletas en el compartimiento de atrás.

Gustavo se fue corriendo hacia las oficinas.

Andrea abrazó a Jose.

– ¡Al fin! –dijo, feliz.

Subieron las maletas y después de un rato, regresó Gustavo.

– Me dijo mi compañero que hay que hacer un chequeo del motor antes de irnos, que sonaba algo raro al venir.

Gustavo abrió un pequeño compartimiento en el motor que se encontraba en la nariz de la avioneta. Lo revisó por unos minutos y luego la cerró.

– No, no hay ningún problema, todo está perfecto. –dijo.

Luego subió por la puerta y la cerró.

– Hora de irnos, amigos. –dijo Gustavo sonriendo.

Gustavo se sentó en su asiento y apretando varios botones de la consola prendió la avioneta y la enorme hélice de la nariz de la avioneta empezó a girar.

– Tengo miedo. –dijo Andrea. – Aquí ni hay cinturones de seguridad.
– Es una avioneta de carga. Con estos cinturones de amarre
sobreviviremos. –dijo Jose.
Y finalmente despegaron.
La avioneta era pequeña pero bastante estable.
Un ligero seseo proveniente de una pequeña ventana en la parte de
atrás le daba un toque rudimentario.
El paisaje era extraordinario. Nada comparado con todo lo que habían
visto anteriormente. Las montañas dominaban el territorio, las
praderas y los bosques eran sus prendas, que las hacían lucir de gala.
Jose y Andrea permanecieron sentados con las piernas estiradas y
apoyados en la pared que dividía la sección donde estaban a donde
estaban sus maletas, en una pequeña bodega. Gustavo estaba callado,
concentrado.
Andrea abrazó a Jose. Luego, se levantó y empezó a buscar algo en su
maleta.
Sacó su libro.
– ¿Puedo? –preguntó.
– Claro. –dijo Jose.
Andrea le sonrió y abrió su libro donde había puesto el marcador.

    – No sé. Estaba llorando muy grueso. –dijo Jusepe.
    – ¿Crees que tenía mucho miedo? –preguntó Andreux.
Llegaron finalmente a su suite. Ya la gente estaba entrando a
sus cuartos, después de una muy interesante evacuación de
emergencia.
    – ¿No íbamos a comer? –preguntó Jusepe.
    – Sí, pero primero quiero ir al baño. Si quieres adelántate. –
dijo Andreux.
Jusepe se adelantó al restaurante italiano y Andreux entró a la
suite.

    – ¡Caramba! ¡Éste también es buffet! –dijo Jusepe, al ver las
enormes mesas con pasta en el restaurante italiano.

Agarró un plato y fue directo a la mesa de postres.

Al llegar, vio que estaba Miguello.

– Hola, Miguello.

– Hola, Jusepe. –dijo Miguello, un poco abatido.

– ¿Estás bien? –preguntó Jusepe.

– Sí, yo estoy bien. Es Fernandine la que no está tan bien.

– ¿Qué pasa?

Miguello se acercó a una mesa y se sentó. Jusepe entendió que Miguello se iba a desahogar, así que se sentó frente a él.

– Jusepe, hay algo que tienen que saber de nosotros. –dijo Miguello.

Jusepe puso más atención de la que pensaba poner.

– Verás, hace dos años, teníamos una niña de ocho años. Ocho años tenía mi princesa. Viajábamos en un crucero, por el mediterráneo. Nos encantaba ir a los cruceros. Íbamos cada año a una ruta diferente. Ese año, hubo un incidente similar a éste. Una de las cabinas se incendió y contagió a casi todo un piso. Nos empezaron a "evacuar" como ésta vez. Lo malo es que en ese momento, nosotros le habíamos dicho a nuestra hija que vaya por un helado, mientras nosotros estábamos en nuestra cabina. Cuando sonó la alarma, salimos corriendo a buscarla pero no estaba donde estaban los helados. Fuimos al lugar de evacuación que estuvimos en el simulacro y tampoco estaba. Nos empezamos a desesperar. Los de seguridad del crucero nos tuvieron que agarrar porque estábamos metiendo pánico a los demás pasajeros. Pero nuestro pánico no era por el crucero, era porque no encontrábamos a nuestra hija. Después de que pudieron controlar el incendio y vieron que no había necesidad de evacuar el crucero, nos soltaron y nos ayudaron a buscarla…

Miguelo hizo una pausa y volteó hacia el océano. Sus ojos se humedecieron.

– No la encontramos… –dijo con voz quebrada.

Jusepe bajó la mirada.

– Todo el resto del viaje no la encontramos. Se dio una alerta en todo el crucero y casi todos los pasajeros nos ayudaron a buscarla, pero ni así la encontramos. Cuando terminó el recorrido, cancelaron el siguiente itinerario del crucero y permitieron a la policía y más personas entrar a buscar en el crucero. ¡Dos semanas! ¡Dos semanas buscándola en cada rincón del crucero y nunca la encontramos!

La policía dijo oficialmente que pudo haber caído en altamar, mientras nadie se dio cuenta. ¡Imagínate! ¡Se cayó por la borda y nadie se dio cuenta!

Miguello empezó a llorar levemente.

Después de un breve silencio, continuó.

– Oficialmente se tuvo que cancelar la búsqueda. Enterramos un ataúd vacío. El peor año de toda nuestras vidas. Todo el año pasado vivíamos yendo casi todos los días con psicólogos. Uno de ellos nos sugirió volver a tomar cruceros, para superar el dolor. Todo este año hemos estado en cinco cruceros, tratando de superar este dolor que tanto nos consume.

Pero a veces, caemos. Caemos en la nostalgia, caemos en los recuerdos, caemos en el llanto y la desesperación.

Miguello volvió a llorar levemente. A Jusepe se le quitó el hambre por completo. Tenía un nudo en el estómago.

– He ahí la razón por la cual no pudimos ir ayer a cenar. –dijo Miguello. – Cuando salimos de nuestra habitación, yendo al restaurante, nos topamos con una familia de papá, mamá e hija. Su hija tenía un vestido morado exactamente igual a uno que tenía nuestra hija y además tenía casi su misma edad. Fernandine estalló en llanto. Yo igual. Fue una gran bofetada de dolor. Regresamos al cuarto y lloramos toda la noche. Y hoy, bueno, pues digamos que las evacuaciones son la parte más frágil y sensible de nuestros recuerdos…

Miguello hizo una pausa. Miraba el océano, con ojos de sufrimiento.

Luego volteó hacia Jusepe.

– Hemos tratado varias técnicas para distraernos, para seguir adelante. Crear amistades, divertirse, convivir. Ustedes han sido una buena motivación en este crucero para que nosotros sonriamos. Lamento mucho que los hayamos dejado mal en la cena y que los hayamos incomodado en la evacuación…
Ahora fue Jusepe el que tenía lágrimas en los ojos. Todo este tiempo, tratando de evitarlos a ellos. Una gran culpa y vergüenza se apoderó de él.
– Miguello… –dijo.
– De verdad lo lamentamos. –dijo Miguello.
– No, Miguello. Lo lamentamos nosotros. –dijo Jusepe. – Nosotros somos los que los hemos dejado mal en todas las invitaciones que nos has hecho. ¡Qué pena, amigo mío! ¡Por favor, perdónanos!
Jusepe ya estaba llorando ligeramente.
Miguello sonrió.
– Hagamos de cuenta que nada ha pasado. –dijo. – Punto y aparte y continuemos con la diversión.
Jusepe se limpió las lágrimas.
– Sí, de acuerdo. Vamos a disfrutar de lo que queda del viaje. –dijo Jusepe con una sonrisa.
Miguello le devolvió la sonrisa.
– ¿Comemos juntos? –preguntó Jusepe.
– No puedo. Tengo que ir a llevarle la comida a Fernandine, sigue en la cabina llorando. Pero ahora que vaya con ella trataré de animarla diciéndole que ustedes nos invitaron a la pared de escalar. ¿Quieren ir?
– ¡Perfecto! ¡Y yo le llevaré la comida a Andreux y nos vemos en la pared de escalar! ¿En cuánto tiempo? ¿Una hora?
– ¡Listo! ¡Una hora! –exclamó Miguello y se levantó de la mesa. – ¡Bon apetit!
Ambos se separaron, agarraron comida para sus esposas y se fueron a sus respectivas cabinas.

Al entrar Jusepe a su suite, asentó la bandeja con la comida y
tirándose en la cama estalló en llanto.

– ¿Jusepe? –preguntó Andreux, saliendo del baño. – ¿Estás
bien? ¿Qué pasa?

Jusepe le contó entre llantos toda la historia de Miguello y
Fernandine a Andreux. Ella se puso a llorar cuando la terminó
de contar.

– ¡Qué pésimos amigos hemos sido! –exclamó en llanto.

– ¡Pero aún podemos solucionarlo! –dijo Jusepe. – En una
hora nos vamos a ver en la pared de escalar.

– ¡De acuerdo! ¡Vamos! –dijo Andreux y se secó las lágrimas.
Su almuerzo fue incómodo. Los pensamientos de la historia de
Miguello seguían vivos y era difícil almorzar con lágrimas
saliendo ocasionalmente de los ojos.

– Mira. –dijo Jose, señalando la ventana de la puerta.

Andrea puso el marcador de su libro, lo cerró y asomó por la pequeña
ventana de la puerta.

Una enorme montaña estaba debajo de ellos, con miles de árboles de
distintos colores. Un largo río se extendía entre ellos, que con los
rayos del sol, brillaba como espejo.

– Verdes, este país tiene los mejores paisajes del mundo. –dijo
Andrea.

– Jajaja sí, comprobado. –dijo Jose.

Una explosión hizo que los tres brincaran del susto.

El sonido intermitente de la alarma empezó a dominar toda la cabina.

La enorme hélice del motor en la nariz de la avioneta giraba en
llamas, crujiendo de dolor y agonía. El humo negro nublaba toda la
vista.

– ¡No podremos aterrizar! ¡No veo nada! –gritó Gustavo. – ¡Agarren
los paracaídas de atrás! ¡Voy a tener que subir lo más alto que pueda
para que podamos brincar!

Andrea empezó a llorar.

Jose agarró rápidamente las tres mochilas de la parte de atrás y le empezó a poner el paracaídas a ella.

– ¡Tranquila! ¡Tranquila! –le ordenó.

– ¡No puedo hacerlo! ¡No puedo hacerlo!

– ¡Sí puedes! ¡Escúchame! ¡Vas a tirar de esta cuerda! ¡Primero estabilízate, poniéndote horizontal y luego vas a tirar…!

– ¡No puedo hacerlo! –gritó Andrea de nuevo, en llanto.

– ¡Escúchame! ¡Concéntrate! ¡Tienes que estabilizarte antes de jalar la cuerda!

– ¡Ustedes necesitan brincar primero! ¡Luego yo me pondré mi paracaídas y brincaré! –gritó Gustavo de nuevo. – ¡Cuando te indique, abre la puerta!

Jose se puso rápidamente el paracaídas y le pasó la mochila del tercer paracaídas al piloto.

– ¡Tienen que brincar! ¡Ahora! ¡Abre la puerta! –gritó Gustavo.

Jose abrió la puerta y la acercó bruscamente. Antes de empujarla se miraron a los ojos. Milésimas de segundo, donde los ojos fundidos en lágrimas de Andrea se abrazaban con los ojos fundidos en adrenalina de Jose.

– Nos vemos abajo. –dijo Jose. – Nuestra Luna de Miel no ha terminado…

Un estruendo hizo que el avión se agitara.

Andrea salió por la puerta y antes de que Jose pudiera salir, la puerta se cerró bruscamente, casi quitándole la mano que estaba sujetada en la orilla.

Un fuerte sonido, aún más ensordecedor que la alarma, llenó la cabina.

Jose volteó hacia el tablero de control y éste había explotado. Gustavo yacía de un costado, inmóvil y con llamas.

Jose se levantó y acercándose a él lo sacudió... pero estaba muerto.

Jose rápidamente se quitó las pequeñas llamas que quisieron abrazar sus brazos.

Luego se volteó hacia la puerta y la intentó abrir.

Cerrada.

Pero más que cerrada, atorada. Algo había hecho que se pusiera completamente rígida la palanca con la que la abrió.

– ¡Vamos! ¡Vamos! –gritó.

El avión seguía volando estable, pero el humo del motor en la nariz seguía negro y espeso y el tablero estaba empezando a sacar parte de ese humo dentro de la cabina. Las llamas en el difunto piloto se empezaron a hacer más grandes.

– ¡Vamos! ¡Vamos! –gritó Jose, mientras pateaba y golpeaba la puerta desesperadamente para poder salir.

La puerta, inmutable y decidida, no se movió ni un milímetro.

Jose gritó de la desesperación.

Agotado cayó al suelo de la avioneta.

Miró el techo.

Tan pacíficamente estaba la avioneta. Estable y a velocidad normal, pero con el motor de la hélice en llamas, el tablero destruido, el piloto muerto y la puerta atorada.

– Vaya, esto sí está de película... –dijo Jose.

Se incorporó y se sentó.

Por las ventanas del piloto, el humo ya estaba empezando a disiparse y se podía a ver un poco de cielo.

Cielo.

Eso tranquilizó a Jose. La avioneta aún no estaba en picada hacia abajo y estaba suficientemente alto como para chocar con una montaña.

Pero ¿qué hacer?

El tablero está destruido, el motor está en llamas y la puerta no abre.

Al menos el humo que generaba el cuerpo del piloto se filtraba por una pequeña ventana en la parte de atrás del avión. Ah, y las llamas del piloto no iban a llegar hasta donde estaba él.

Y ahí estaba, quieto y tranquilamente sentado, viendo el frente del avión, pensando.

Pensando en toda su Luna de Miel. Qué Luna de Miel.

La aldea Mao, Carlos, su familia, los días que trabajaron en la aldea, los desayunos, los almuerzos, las cenas, las noches en su cabaña, la

noche con Helbert (el arbolito), todos los momentos románticos con Andrea, los paisajes que vio, las sonrisas que tuvo, la boda de los recién casados de la aldea, los quesos, cacahuates, Carmen…
Todo.
Todas esas imágenes y recuerdos empezaron a hacerse visibles en esa pequeña cabina.
Había sido una buena Luna de Miel después de todo.
Andrea. Oh, su Andrea.
Las lágrimas se deslizaron por sus mejillas.
Volteó y vio el libro que estaba leyendo Andrea tirado en el suelo.
¿Cómo es que al abrir la puerta no salió volando?, pensó.
Estiró su mano y lo tomó.
Leer en ocasiones como ésta sonaría absurdo… pero Andrea lo haría.
Jose levantó el libro, lo abrió donde había puesto el marcador Andrea y empezó a leer.

> Su almuerzo fue incómodo. Los pensamientos de la historia de Miguello seguían vivos y era difícil almorzar con lágrimas saliendo ocasionalmente de los ojos.
> – ¿Te vas a comer tu helado de macadamia? –preguntó Andreux.
> – No, adelante. Voy a leer en lo que terminas de comer el helado, sapa. –dijo Jusepe. Se acostó en la cama y abrió su libro donde tenía el marcador.
>
> CAPÍTULO PRIMERO
>
> Ésta es la historia de la Luna de Miel de Josefino y Andreato. Una pareja que decide tener su Luna de Miel en…

Una explosión en el motor hizo que el avión volviera a agitarse y en la puerta atorada se escuchó un sonido metálico.
Jose miró hacia la puerta…

Sí, ya terminó el libro.

Esto ya no es parte del libro, son sólo palabras para tener tu atención.

¿Así acaba el libro? Bueno, claramente no ha acabado la historia.

El final depende de tu imaginación.

¿Habrá una continuación? Puede ser.

Pero lo que tienes que disfrutar por ahora es tu teoría; tu final.

¡Qué aburrido sería un libro con el mismo final para todos!

En cambio, ahora cada quien puede terminar la Luna de Miel como su imaginación lo decida.

¡Cuéntame tus comentarios, tus ocurrencias, tu final alternativo!

Quiero agradecerte profundamente por haber leído este libro.

Te tomaste el tiempo de leerlo y eso lo aprecio muchísimo.

Para nosotros, ha sido una experiencia y un viaje con el que estuvimos contigo todo el tiempo.

Sí, este libro es principalmente dedicado a Andrea, pero también es para cualquier lector que quiera vivir una Luna de Miel diferente.

Andrea y Jose son sólo nombres. Esta Luna de Miel la puedes vivir en primera o en tercera persona.

Vaya, si por alguna razón no quieres imaginarte qué sigue, te voy a ayudar un poco con un pequeño párrafo del siguiente libro llamado: *"Luna de Miel, Arroz y Chocolates"*:

El joven chino se acercó a un pequeño objeto que estaba en el suelo.

El estruendo que sonó hace dos minutos se había escuchado lejano y él y su compañero fueron caminando hacia donde lo escucharon.

Cuando el joven chino recogió el objeto se dio cuenta que era un libro.

Lo abrió y vio que:

> 1. No sabe leer, pero que definitivamente no estaba en idioma chino, sino en un idioma extranjero.

> 2. El libro estaba impecable. No parecía estar ahí desde hace mucho tiempo.

Su compañero chino le gritó algo. A lo lejos pudo notar otro objeto. Ambos corrieron y al llegar se quedaron asombrados. Lo que vieron era algo que nunca habían visto…

AGRADECIMIENTOS

Quiero agradecer primordialmente a mi esposa, por la paciencia y las noches que en su ausencia (siendo novios), pude aprovechar para escribir este libro. Lo chistoso es que este libro todo el tiempo fue destinado para ser un regalo de Luna de Miel, a manera de sorpresa, pero lo escribí en ocasiones junto a ella. Claro, tuve que decirle que escribía otro libro. Perdóname por eso, pequeña.
Siempre siendo mi obsesión y mi motivo para ser feliz, gracias por todas las experiencias vividas y las que aún vendrán.
Nota importante, Gogo: Tener cuidado si llegamos a viajar a China.

También quiero agradecer a mi familia, por las veces que me apoyaron con mi pasión y me otorgaron ese pequeño espacio en el comedor para mis noches de escritura.

Muchas gracias a esa personita que nadie sabe pero que me pude desahogar y le conté sobre este proyecto. Le pedí que me motivara a terminarlo y así fue. Gracias, de todo corazón.

Y claro, gracias a todos los lectores, porque ustedes son los que vivirán esta Luna de Miel cada vez que la leen y serán parte de nuestros corazones.

"Hoy es un buen día para amar."